Ullstein Krimi

Ullstein Krimi
Lektorat: Georg Schmidt
Ullstein Buch Nr. 10523
im Verlag Ullstein GmbH,
Frankfurt/M – Berlin
Titel der amerikanischen
Originalausgabe:
Fletch, too

Deutsche Erstausgabe

Umschlaggestaltung:
Hansbernd Lindemann
Umschlagbild: Ullstein Verlag

Printed in Germany 1988
Gesamtherstellung:
Ebner Ulm
ISBN 3 548 10523 8

Mai 1988

Vom selben Autor
in der Reihe der
Ullstein Bücher:

Toby ist verschwunden (10138)
Fletch (10238)
Gestehen Sie, Fletch! (10247)
Fletch und die Witwe (10255)
Fletch und Moxie (10268)
Flynn und der Dollarsegen (10270)
Fletch – Vermögen bringt Ärger (10279)
Fletch und der Präsidentschaftskandidat (10286)
Fletch in Brasilien (10315)
Fletch siegt (10453)
Bombensicher (20873)

CIP-Titelaufnahme
der Deutschen Bibliothek

Macdonald, Gregory:
Safari für Fletch. Roman / Gregory Mcdonald. Übers. von Sigrid Gent. – Dt. Erstausg. – Frankfurt/M; Berlin: Ullstein, 1988
(Ullstein-Buch; Nr. 10523: Ullstein-Krimi)
Einheitssacht.: Fletch, too <dt.>
ISBN 3-548-10523-8
NE: GT

Gregory Mcdonald

Safari für Fletch

Roman

Übersetzt von Sigrid Gent

Ullstein Krimi

Den *wananchi* gewidmet.
Ebenso Joyce und Arthur Greene gewidmet.
Mit besonderem Dank an
Kathy Eldon und Alexey Braguine.

1

Was Fletch verblüffte, war der Name, mit dem der an ihn gerichtete Brief unterzeichnet war: *Fletch.*

2

»Gelobst du, Irwin Maurice Fletcher, diese Frau zu lieben und zu ehren, ihr zu dienen und auf jegliche, einem Manne mögliche Weise beizustehen«, brüllte der Prediger. Am Fuß der Klippe peitschte der Wind Schaumkronen auf die Wellen des Pazifiks. Ein paar Meilen von der Küste entfernt war eine dunkle Regenwand zu sehen. ». . . für sie zu sorgen, sie zu achten, zu ermutigen und auf alle der Ehe abträglichen Interessen und Bestrebungen zu verzichten, bis daß der Tod euch scheidet?«

»Wer hat sich denn diesen Text einfallen lassen?« fragte Fletch.

Barbara, die mit windgepeitschtem Rock neben ihm stand, sagte: »Ich. Du hast mir ja nie Gelegenheit gegeben, mit dir darüber zu diskutieren.«

»Dann werden wir eben jetzt darüber diskutieren.«

Hinter ihnen auf der das Meer überblickenden Klippe standen ihre Hochzeitsgäste, die Mantelkrägen hochgeschlagen und ihre Hüte festhaltend.

»Sei kein Spielverderber«, sagte Barbara. »Sag schon, daß du gelobst. Wir werden noch jede Menge Zeit haben, darüber zu diskutieren.«

»Genau das befürchte ich.«

Barbara sagte zu dem Prediger: »Er sagt: ›Ich gelobe‹.«

Der Prediger sah Fletch an. »Geloben Sie?«

»Vermutlich ja.«

»Und gelobst du, Barbara Ralston, diesem Manne nach besten Kräften eine Ehefrau zu sein?«

»Ich gelobe.«

Danach schickte sich der Prediger an, endlos aus irgendeinem Computerausdruck vorzulesen. Irgendwelche Hasen bauten sich in einem kleinen engen Tal ihren Stall. Im Frühling kam der Regen und überschwemmte den Stall. Sie bauten sich auf einer Anhöhe einen neuen Stall. Der Wind wehte ihn um . . .

Als Fletch den vom Meer heraufziehenden Sturm beobachtete, kam ihm die Befürchtung, daß der Hochzeitsgesellschaft bald das gleiche Schicksal drohte.

Die Trauung war auf Samstagnachmittag, zwei Uhr, festgesetzt worden. Um zwei Uhr hatte Fletch sein Manuskript fertiggestellt, rasierte sich anschließend in der Herrentoilette der Zeitung und fand sich um vierzig Minuten nach zwei zu seiner Trauung ein.

»Überrascht, Sie hier zu sehen«, sagte Fletch zu Frank Jaffe, dem Chefredakteur der *News-Tribune.* »Dachte, Sie tun immer so, als ob Mitarbeiter samstags nicht existieren.«

»In den vergangenen drei Tagen habe ich bei mehreren Polizeirevieren und Gerichten ein gutes Wort für Sie eingelegt«, sagte Frank Jaffe. »Dachte mir, daß ich vielleicht auch heute bei Ihrer Hochzeit ein gutes Wort für Sie einlegen könnte.«

»Ist Ihnen fast geglückt.« Zwei kleine Lieferwagen mit heruntergelassener Heckklappe parkten auf der anderen Seite des Plateaus. Auf der Ladefläche des einen war ein Feinkostbuffet aufgebaut; auf der Ladefläche des anderen standen Plastikgläser, alkoholische Getränke und Eis. »Hat man diese ganzen diversen Anklagen gegen mich fallenlassen? Kann ich durch einen Flughafen gehen, ohne verhaftet zu werden?«

Frank kostete seinen Drink. »Gute Fortsetzung, die Sie da in der heutigen Morgenausgabe über diesen Anwaltsmord geschrieben haben. Haben Sie das große Sonntagsfinale für morgen fertig?«

»Jawohl, Frank.«

»Wie steht's mit der großen Demaskierung von Ben Franklyn für morgen?«

»Ben Franklyn wird in der Sonntagsausgabe demaskiert, Frank. Seitenlang. Mit Abbildungen.«

»Seit Montag haben Sie wohl Tag und Nacht gearbeitet.«

»So in etwa.«

»Sie sehen aus, als ob Sie schon halb schlafen würden.«

»Frank ...«

»Vergnügliche Flitterwochen.« Frank lächelte. »Sie können die Erholung gebrauchen.«

Alston Chambers sagte: »Danke für dein Erscheinen, Fletch. Mein Amt als Trauzeuge bei einer Hochzeit ohne Bräutigam wurde allmählich richtig spannend.«

»Sollten Sie während Ihrer Flitterwochen auf irgendwelche heißen

Stories stoßen«, sagte Frank, »vergessen Sie nicht, sie durchzutelefonieren. Könnte sein, daß wir Ihr Talent als Reporter entdeckt haben.«

Alston musterte Fletchs Jeans und Turnschuhe.

»Wohl keine Zeit zum Umziehen gehabt, was?«

»Alston, ich bin hier, ich habe mich rasiert, ich habe eine Stellung, ich bin auf dem Weg in die Flitterwochen.«

»Ich meine Lawinen. Schlammrutsche.« Frank leerte sein Glas. »Größere Erdbeben. Flugzeugabstürze. Eisenbahnunglücke.«

Alston sagte: »Ich habe dir in der Lokalredaktion etwas zum Anziehen hinterlegt. Hat man dir das denn nicht ausgerichtet?«

»Nein.«

Frank fuhr fort: »Massenmorde. Terrorakte, wie zum Beispiel Bombenanschläge auf Flughäfen, Sie wissen schon.«

Alston packte Fletch am Ellenbogen. »Nachdem deine Braut deine Anwesenheit bemerkt hat, wäre sie dir sehr verbunden, wenn du zu ihr gehen und dich neben sie vor den Prediger stellen würdest. Das ist unerläßlicher Bestandteil der Trauungszeremonie.«

»Vergessen Sie nicht anzurufen«, sagte Frank. »Wenn Sie irgendeinen guten Stoff finden.«

Fletch sagte zu seiner Mutter: »Ich bin überrascht, dich hier zu sehen.«

Eine langstielige Blume, die auf ihrem Hut wippte, piekste Fletch ins Auge, als sich Josephine Fletcher vorbeugte, um ihren Sohn zu küssen. »Um nichts in der Welt möchte ich deine erste Hochzeit versäumen.«

»Ich habe keine weiteren Hochzeiten geplant«, sagte Fletch.

Sie wedelte unbestimmt mit der Hand. »Wenn das hier vorbei ist, bist du unabhängig.«

»›Wenn das hier vorbei ist‹?«

Josie begutachtete seine Garderobe. »Für ein Picknick am Meer scheinst du mir passend gekleidet zu sein.«

Sie selbst war in Moiréseide gehüllt.

»Ich habe gearbeitet.«

»Barbaras Mutter war fest überzeugt, daß du überhaupt nicht aufkreuzen würdest. Sie sagt, das tätest du nie.«

»Wo ist sie? Ich bin der Dame noch nie begegnet.«

»Sie sagt das gleiche. Sie ist die da drüben, die in den Jodhpurs.«

»Hätte ich mir denken können.«

Josie suchte mit den Augen das Gebüsch ab. »Wo hat sie denn ihren Elefanten geparkt.«

»Elefanten?«

Cindy packte Fletch am anderen Ellenbogen. »Der Prediger sagt, wenn du nicht gleich rüberkommst, ist der Teufel los.«

Fletch wandte sich um und schüttelte ihr die Hand. »Kann dir gar nicht genug danken, Cindy, für alles. Du hast Barbara geholfen, sich auf unsere Skiflitterwochen vorzubereiten. Und mir hast du geholfen, meinen Job zu behalten.«

Cindy ergriff die Hand einer jungen Frau, die neben ihr stand. »Ich glaube, dies ist ebenso eure wie unsere Hochzeit.«

»Sie ist es.« Fletch schüttelte der anderen Frau die Hand. »Alles Gute euch beiden.«

»Fletch«, sagte Alston, der ziemlich derangiert aussah, »diese Person sagt, daß sie dich auf der Stelle kennenlernen muß. Ihr Name ist Linda.«

»Wahrscheinlich ist das nicht der richtige Zeitpunkt, aber ich muß es Ihnen einfach sagen.« Linda zog ihm das Hemd aus den Jeans und legte die Handflächen an seine entblößte Taille. »Ich bin in Sie verliebt.«

»Aber Sie haben mich doch noch nie gesehen.«

»Ich sehe Sie ja jetzt. Genau meine Kragenweite. Bin rasend, leidenschaftlich verliebt.« Ihre Augen sagten, daß sie es ernst meinte.

»Alston, wieviel bezahlst du dieser Person?«

Alston seufzte.

Fletch sagte zu Linda: »Ich bin gerade im Begriff zu heiraten.«

»Ach ja?« Mit vorgerecktem Kinn ließ sie die Hände an seinen Seiten hochgleiten.

»Deswegen sind wir ja alle hier«, sagte Fletch. Der Wind frischte auf. »Und stehen an diesem fürchterlichen Ort herum.«

Alston sagte: »Hochzeiten scheinen manche Leute in eine romantische Stimmung zu versetzen.«

Linda fragte: »Wann kommen Sie aus den Flitterwochen zurück?«

»In zwei Wochen. Wir fahren nach Colorado zum Skilaufen.«

»Passen Sie auf, daß Sie sich nichts brechen«, sagte sie.

»Ich werde mir Mühe geben.«

»Weil ich nämlich Ihre nächste Ehefrau sein werde.«

»Ach ja?«

»Ich bin fest entschlossen.« Linda machte den Eindruck, als wäre das, was sie sagte, vollkommen logisch. »Eigentlich könnten Sie sich diese Heirat mit Barbara völlig schenken.«

»Oh, Mann«, sagte Alston. »Nie wieder werde ich versuchen, dich unter die Haube zu bringen.«

»Hat sie das ernst gemeint?«

»Rufen Sie mich an, wenn Sie zurück sind«, sagte Linda. »Ich arbeite mit Barbara zusammen.«

»Wie reizend.« Fletch wurde energisch am Ellenbogen über das Plateau geführt. »Wirklich, sie ist wunderschön.«

»Barbara?« fragte Alston.

»Linda«, sagte Fletch.

»Oh, Mann.«

Der Wind blies jetzt so heftig, daß Fletch die Frau in den Jodhpurs beinahe anbrüllen mußte. »Hallo, Barbaras Mutter! Wie geht's Ihnen?«

Die Frau sah ihn an, als hätte er ihr einen unsittlichen Antrag gemacht. »Wer sind Sie?«

Fletch stopfte sein Hemd in die Hose. »Keine Angst. Sie kriegen keinen Sohn.«

»Oh, mein Gott.«

»Gleichfalls sehr erfreut, Sie kennenzulernen.«

Vor dem Prediger kniff Fletch Barbara in den Hintern.

Sie zuckte zusammen. »Nett, daß du doch noch kommen konntest.«

»He, ich habe in dieser Woche zwei irre Stories abgeliefert.« Er schüttelte dem Prediger die Hand.

Etwas abseits stand ein Mann, der Fletch unbekannt war. Er stand allein und sah unbeteiligt zu. Ein Mann in mittleren Jahren, mit Khakihosen, Khakihemd, einer blauen Krawatte und einer Lederjacke mit Reißverschluß bekleidet. Seine Augen waren hellblau. In der Hand hielt er einen versiegelten Manilaumschlag.

Fletch sagte: »Man hat mir gerade einen Heiratsantrag gemacht.«

»Und ziehst du ihn ernsthaft in Betracht?« fragte Barbara.

Die Braut trug feste Schuhe, um ihre Waden gekringelte Legwarmers, Rock und Pullover. In der Hand hielt sie einen Blumenstrauß.

Fletch sagte: »Hübsches Sträußchen.«

»Das sind Vergißmeinnicht. Alston hat daran gedacht.«

Fletch schaute über das Plateau hinweg zu den kleinen Lieferwagen. »Irgendwer hat auch für Speis und Trank gesorgt.«

»Alston.«

Fletch sah Alston an. »Da hab' ich mir offensichtlich den richtigen Trauzeugen ausgesucht.«

Alston zuckte die Achseln. »Hatte nichts anderes zu tun. Ich bin ein arbeitsloser Rechtsanwalt.«

»Und«, sagte Barbara, »Alston hat alle unsere Skisachen gepackt. Und sie zum Flughafen gebracht. Und sie eingecheckt.«

Fletch sah Cindy an. »Die wollen mich hier zur Minna machen.«

»Ohne Alston und Cindy . . .« Barbaras Stimme verlor sich im Wind.

Alston berührte den Arm des Predigers, als suche er nach einem Startknopf. »Sir?«

Der Prediger lächelte. »Ich habe zu warten gelernt, bis das Brautpaar seinen Streit beendet. Das trägt zur Verschönerung der Zeremonie bei.«

Alston sagte: »Das Wetter . . .«

Der Prediger blickte aufs Meer hinaus. »Schlechtes Zeichen.«

Obwohl der Prediger brüllte, ging das Ende der Hasenallegorie gänzlich im Getöse des Windes unter. Fletch fragte sich, ob er wohl jemals erfahren würde, wo die Hasen zu guter Letzt ihren Stall errichtet hatten.

Der Wind legte sich gerade soviel, daß man vernehmen konnte, wie der Prediger brüllte: »Kraft meines vom Staate Kalifornien verliehenen Amtes erkläre ich euch nun zu Mann und Frau. Was Gott zusammengefügt hat, das soll der Mann nicht scheiden.«

Ein schwerer Regentropfen platschte auf Fletchs Nase.

Im Nu drängte sich Linda zwischen Braut und Bräutigam und küßte den Bräutigam auf den Mund.

»Und was ist mit der Frau?« versuchte Fletch zu sagen.

Cindy küßte Barbara.

Die Hand in seinem Nacken, sagte Linda: »Nächstes Mal, Baby. Sie und ich.«

Der Prediger küßte Barbara.

Alston schüttelte Fletch die Hand. »Ich übernehme auch Scheidungen.«

»Mein Gelöbnis schien länger gewesen zu sein als ihrs.«

»Ich bin überzeugt, daß dies immer so zu sein scheint.«

Barbaras Mutter küßte Barbara.

Der khakigewandete Mann in mittleren Jahren drängte sich durch die Gratulantenschar und reichte Fletch den Umschlag.

»Danke«, sagte Fletch.

Im Nu waren Regenflecken auf dem Umschlag.

Alston küßte Barbara.

In dem Umschlag steckten zwei Reisepässe, zwei dicke Flugticketmappen, ein Bündel Geldscheine und ein Brief.

Fletch sagte: »Barbara?«

Frank Jaffe küßte Barbara.

Der Mann in Khaki war bereits auf der Straße und stieg in einen Sportwagen. Er hatte kein Wort gesprochen.

»Barbara . . .«

Lieber Irwin,

da hat Dir deine Mutter ja einen feinen Namen aufgehalst. Sobald ich erfuhr, daß dieser Name, Irwin Maurice, Dein Schicksal sein sollte, sagte ich mir: Es gibt nichts, was ich für ihn tun könnte. Mit einem derartigen Namen wird entweder ein Held oder ein Versager aus ihm.

Was trifft zu?

Ich bin gelinde neugierig.

Nachdem mir nun schon Dein ganzes Leben entgangen ist, wollte ich keinen absoluten Rekord brechen und an Deiner Hochzeit teilnehmen.

Wie neugierig bist Du?

Anbei ein Hochzeitsgeschenk, mit dem Du anstellen kannst, was Du willst. Du könntest zum Beispiel das Geld nehmen, die Tickets einlösen und Deiner Braut ein hübsches Porzellanservice kaufen oder so was. Das würde ich vermutlich tun. Solltest Du dagegen auch gelinde neugierig auf mich sein, so könntest Du mich mit Deiner Braut dort besuchen, wo ich normalerweise zu Hause bin. Davon abgesehen, macht es immer Spaß, Geld zum Fenster hinauszuwerfen.

In Anbetracht dessen, daß Du Dich nunmehr in die Lage versetzt hast, selbst Vater zu werden (zumindest hast Du geheiratet), dachte ich, daß wir uns mit einem gewissen Verständnis gegenübertreten könnten.

Für den Fall, daß Du nach Nairobi kommst, habe ich für Dich und Barbara im Norfolk Hotel ein Zimmer reservieren lassen.

Vielleicht sehe ich Dich ja dort.

Fletch

Der Regen verwischte die Tinte auf dem Papier.

»Barbara!«

Es regnete in Strömen. Auf der anderen Seite des Plateaus hasteten die Leute zu ihren Autos. Der Blütenstengel auf ihrem Hut wippte vor ihrem Gesicht, als Josephine zu ihrem Wagen rannte. Männer warfen Planen über die Ladefläche der Lieferwagen.

»Was ist denn das?« fragte Alston.

Hundertdollarnoten flatterten Fletch aus der Hand und wurden vom Wind verweht. Alston jagte herum und sammelte sie wieder ein.

Auf der Straße stieg Barbara mit ihrer Mutter gerade in einen Wagen.

»Wo liegt Nairobi?« Fletch reichte Alston den tropfnassen Brief.

»Nairobi? Ostafrika? Kenia?« Während Alston den Brief las, versuchte er ihn mit seinem Körper vor dem Wind und dem Regen zu schützen. »Fletch! Dein Vater!«

Auf der Straße fuhren Autos in alle Richtungen ab. Josephine war nirgendwo zu sehen. Selbst die Lieferwagen schlugen verschiedene Richtungen ein.

»Fletch, der muß von deinem Vater sein. Du hast doch immer gesagt, daß er tot wäre.«

»Er war ja auch immer tot.«

Gemeinsam betrachteten sie die unter der zerfließenden Tinte nur noch schwach zu erkennenden Zeilen auf dem Briefpapier.

»Sei's drum«, sagte Alston. »Euer Flugzeug nach Denver geht um sechs Uhr.«

Fletch spähte in den Umschlag und sagte: »Diese Tickets sind für einen Flug nach London, Abflug sieben Uhr dreißig.«

Nur noch wenige Autos standen auf der Straße.

»Alston, wo ist meine Mutter abgestiegen?«

»Im Hanley Motor Court. An der Caldwell, direkt vom Freeway ab Richtung Norden.«

»Glaubst du, daß sie dorthin gefahren ist?«

»Klar.« Alston fröstelte. »Wir sind klatschnaß.«

»Oh, natürlich.«

Fletch nahm Alston den unleserlich gewordenen Brief ab und stopfte ihn in den Umschlag zurück. »Wenn du Barbara siehst, sag ihr, daß ich sie am Flughafen treffe.«

»Wo willst du hin?«

Regen strömte über die Gesichter der beiden jungen Männer, als sie einander ansahen.

Als Fletch die Böschung zu seinem Wagen hinauftrabte, rutschte er aus und fiel hin. Er landete auf dem Umschlag im Morast.

3

»Dein Vater starb bei der Geburt.«

»Wessen?«

»Deiner.«

Sie standen in der Tür zu Josephine Fletchers Zimmer im Hanley Motor Court. Sie hatte sich umgezogen und trug jetzt Hosen, Bluse und Strickjacke. Er triefte vor Nässe.

Er klemmte den verdreckten Umschlag unter den Arm.

»Seit jeher tischst du mir den gleichen Spruch auf.«

»Du brauchst eine heiße Dusche.«

»Auch den Spruch tischst du mir seit jeher auf.«

»Meistens habe ich dir eine kalte Dusche empfohlen.« Josie schaltete das Licht im Badezimmer ein. »Du bist schmutzig, durchnäßt, derangiert, und, mein Sohn, du siehst erschöpfter aus als Hilary auf dem Gipfel des Mount Everest. Was hast du mit dir angestellt?«

»Gearbeitet. Geheiratet. Alltägliche Dinge.«

»Sie scheinen dir nicht zu bekommen. In einem muß ich mich allerdings korrigieren: Für diese eigentümliche Hochzeit warst du durchaus passend gekleidet. Wenn ich vorher gewußt hätte, was sich da abspielt, hätte ich einen Badeanzug angezogen.«

»Dein Seidenkleid hat eine Dusche abgekriegt.«

Josie kam durchs Zimmer auf ihn zu. Sie streckte die Hand nach dem Umschlag unter seinem Arm aus. »Bist du wirklich der Meinung, daß du eine Botschaft von deinem Vater erhalten hast? An deinem Hochzeitstag?«

»Ja. Der Meinung bin ich.« Er legte den schmutzigen Umschlag auf die Kommode.

»Eine interessante Vorstellung«, sagte Josie. »Aufregend. Für uns beide. Doch zunächst eine Frage: Ist deine Hochzeitsfeier schon zu Ende?«

»Die Feier schon.«

»Das war alles? Dieses ganze Herumgelaufe und Gebrülle auf einer stürmischen Klippe über dem Ozean?«

»Wir hatten keinen Ersatzplan.«

»Erst vor einer Stunde hast du ein nettes Mädchen namens Barbara geheiratet«, sagte Josie geduldig. »Du hast, zumindest glaubst du das, eine Botschaft aus dem Jenseits erhalten. So interessant und aufregend es ja sein mag, daß du möglicherweise etwas von deinem Vater gehört hast, meinst du nicht auch, daß dies eine dieser ganz besonderen Gelegenheiten ist, wo du eigentlich unter allen Umständen bei deiner Frau sein solltest?«

»Sie wird Verständnis dafür haben.«

»Sei da nicht so sicher, Kleiner.« Josies Gesicht wurde traurig. Sie wandte sich dem regennassen Fenster zu. »Liebe und Verständnis sind zweierlei. Ich liebte deinen Vater. Aber ich verstand ihn nicht. Warum nicht? Weil er zu männlich und ich zu weiblich war? Möglicherweise ist die heute gehegte Erwartung, daß Männer und Frauen einander wirklich verstehen können, so falsch, daß sie Ehen zerstört. Laß dir jedoch aus meiner Sicht als Frau sagen, daß die Anwesenheit eines Mannes in der Ehe für eine Frau eine ganze Menge bedeutet.« Sie wandte sich wieder zu Fletch um. »Zum Beispiel an deinem Hochzeitstag. Und bei anderen bedeutenden Anlässen.«

Fletch legte den Finger auf den Umschlag. »Dieses hier scheint von meinem Vater zu sein. Du hast mich stets mit diesem dämlichen Spruch abgespeist: ›Dein Vater starb bei der Geburt.‹ Und nie auch nur eine Silbe mehr, ganz gleich, wie ich gefragt habe. Ich habe dir den literarischen Witz dieses dämlichen Spruchs nie streitig gemacht. Aber der Witz ist mittlerweile so fadenscheinig wie meine Haut im Moment.«

»Du bist neugierig?«

Fletch atmete tief ein. »Gelinde.«

»Was ich sagen will, Kleiner, ist, daß ich sehe, wie dich das mögliche Lebenszeichen deines Vaters veranlaßt, genau das zu tun, was auch er getan hätte.«

»Und das wäre?«

»Daß du deine Braut an euerm Hochzeitstag allein läßt.«

»Hat er das mit dir gemacht?«

»Während des gesamten Hochzeitsempfangs hielt er sich am anderen Ende des Hangars auf und baute die Maschine des Flugzeugs aus, mit dem wir in die Flitterwochen fliegen wollten, reparierte sie und baute sie wieder ein.«

»Ihr wurdet in einem Flugzeughangar getraut?«

»Da du ja inzwischen weißt, wie Wind und Regen auf einer den

Unbilden des Meeres ausgesetzten Klippe die süßesten Worte, die eine Frau je hören sollte, übertönen können, kannst du dir ja vielleicht vorstellen, wieviel in einem Flugzeughangar aus Wellblech von einer Trauung zu hören ist, wenn alle dreißig Sekunden ein Flugzeug planmäßig startet oder landet.«

Fletch lächelte. »Bist du sicher, daß ihr getraut wurdet?«

»Bist du sicher, daß ihr getraut wurdet?«

»Er wollte sich eben von der Sicherheit der Maschine überzeugen, bevor er seine Braut in die Lüfte trug.«

»Den gleichen liebenswürdigen Gedanken hatte auch ich damals, als ich noch zu verstehen glaubte, weil ich liebte.«

»Und was glaubst du heute?«

»Ich glaube, daß er dem Empfang aus dem Weg ging, den Glückwünschen, dem Händeschütteln, dem Schulterklopfen, den Scherzen und den berechtigten Fragen, die ihn gezwungen hätten, sich verantwortungsbewußt über unsere Zukunft zu äußern.« Ihre Augen wurden schmal. »Was arbeitest du eigentlich?«

»Mein Chefredakteur, Frank Jaffe, meint, daß ich vielleicht das Zeug zum Reporter hätte.«

»Heute ist dein Hochzeitstag.«

Fletch zuckte die Achseln. »Ich habe ihn größtenteils mit Arbeit verbracht.«

»Warum hält man es eigentlich für den Gipfel der Männlichkeit, wenn ein Mann den erhebendsten Gefühlsmomenten seines Lebens dadurch aus dem Weg geht, daß er sich mit Leib und Seele in seine Arbeit vergräbt?«

»Kunstradfahrer behaupten, daß der Mann ein ebenso großes Verlangen nach Arbeit wie nach Sex hat.«

Sie lächelte. »Diesen Jargon der Brigade für geistige Gesundheit habe ich schon seit Jahrzehnten nicht mehr gehört.«

»Habe ich kürzlich gelesen.«

»Würdest du nicht sagen, daß Arbeit dem Mann auch als Mittel dienen kann, sich vor emotionaler Verantwortung zu drücken?«

»Na schön. Gut gebrüllt. Du solltest es ja wissen. Aber meiner Frage kannst du jetzt nicht mehr ausweichen.«

Josephine Fletcher errötete. Sie sagte: »Deine ›gelinde Neugier‹, das Rätsel um deinen Vater, ist es nicht wert, daß du dafür auch nur zwei Minuten deines Hochzeitstages opferst.«

Fletch fröstelte. »Da bin ich mir nicht sicher.«

»Geh unter die Dusche«, sagte seine Mutter. »Barbara wird sicher keinen Wert darauf legen, daß du sie während der gesamten Flitterwochen anniest. In diesem Vertretermotel, oder was auch immer das hier ist, dürfte es ja wohl eine Waschmaschine mit Trockner für diejenigen Amerikaner geben, die es vorziehen, ihr Leben ausschließlich hinter Windschutzscheiben zu verbringen. Im Bad sind Handtücher.«

Als er ihr durch die Badezimmertür seine Kleider reichte, sagte sie: »Weißt du, ich bin ebenfalls ›gelinde neugierig‹. Würdest du mir zeigen, was du glaubst von deinem Vater bekommen zu haben?«

In ein Handtuch gewickelt ging er durch das Zimmer zu dem Umschlag. »Ein paar Tickets nach Nairobi, Kenia, und etwas Bargeld und einen Brief.«

»Ja«, sagte sie. »Wenn er noch am Leben ist, wäre er wahrscheinlich in Afrika. Das habe ich mir schon gedacht. Darf ich den Brief sehen?«

Mit Zeigefinger und Daumen zog Fletch das durchweichte, blau verfärbte Stück Papier aus dem Kuvert und reichte es ihr.

Josie hielt es mit beiden Händen. Als sie auf den ausgewaschenen, leeren Briefbogen schaute, verzog sich ihr Gesicht. »Oh, Irwin. Siehst du denn nicht? Da steht ja gar nichts drauf.«

4

»Ironisch und reichlich traurig, daß du deinen Hochzeitstag mit deiner Mutter verbringst.«

Josie hatte beim Zimmerservice Lunch für sie bestellt. Jetzt saßen sie, bedingt durch die Enge des Motelzimmers, merkwürdig verwinkelt an dem runden Tisch und zogen die Zahnstocher aus ihren Clubsandwichs. Der Wind peitschte den Regen an die Fenster. »Ich sage, eher besorgt als verbittert: *Sieh nur, was dein Vater geschrieben hat?* Da hörst du nun zum ersten Mal in deinem Leben von ihm und reagierst mit einem unnatürlichen, aber für ihn typischen Benehmen.«

»Soviel ist mir bereits bekannt.«

Als Fletch in sein Sandwich biß, landete ein Klacks Mayonnaise auf dem Handtuch unterhalb seiner Taille.

»Kannst du Barbara denn nicht wenigstens anrufen?«

»Weiß nicht genau, wo sie steckt.«

»Gerade hast du mir erzählt, daß du Reporter bist. Du könntest sie bestimmt finden.«

»Ich habe Alston, meinem Trauzeugen, aufgetragen, ihr auszurichten, daß ich sie am Flughafen treffe.«

»Was soll das heißen?« Josie biß ein so winziges Stück von ihrem Sandwich ab, daß die Mayonnaise keine Chance hatte, ihr zu entrinnen.

»Daß ich Zeit zum Nachdenken brauche.«

Ihre Augen weiteten sich. »Du denkst doch wohl nicht im Ernst daran, nach Nairobi zu fliegen?«

Er zuckte die Achseln. »Wann bekommen wir jemals wieder eine solche Gelegenheit geboten?«

»Oh, Irwin! Dieser Mensch läßt dich dein ganzes Leben lang links liegen, wir halten ihn für tot; und plötzlich schnippt er mit dem Finger, und du sagst deine Flitterwochen ab und fliegst um die halbe Welt, um ihn kennenzulernen?«

»Es könnten ja Flitterwochen werden. Vielleicht findet Barbara Gefallen daran.«

Fletch erinnerte sich, daß er, als er aufwuchs, auch nicht gerade im Mittelpunkt von Josie Fletchers Universum gestanden hatte. Diesen Platz hatten stets ihre Detektivromane eingenommen. Er nannte sie ihre *Detektiv*romane. Da sich nämlich keiner sonderlich gut verkaufen ließ, hatte es die Masse bringen müssen. Andere Leute hatten sich über die Bücher seiner Mutter lustig gemacht. Sie hätte nicht viele Romane geschrieben, sagten sie, sondern nur einen Roman viele Male. Die Leute spotteten, daß ihr Verleger sie solange an einem Roman schreiben ließ, bis sie die richtige Form gefunden hatte. Zugegeben, ihre Mord- und Totschlagprodukte für beschauliche Bibliotheken im ganzen Land hatten ihnen stets ein ausreichendes Dach über dem Kopf und ausreichend zu essen garantiert. Und dafür war er ihr dankbar.

Josie Fletcher lebte in einer Welt, in der Romanfiguren Wirklichkeit besaßen und wirkliche Menschen vergessen, verständnislos betrachtet, achtlos behandelt wurden. Die Figuren in ihren Romanen bekamen selten gleichzeitig Frühstück, Mittagessen und Abendessen serviert, hatten niemals aufgeschürfte Ellenbogen, blaue Augen, gebrochene Finger, juckende Schamhaare oder Lehrer, die sich gründlich in der mathematischen Leistungsfähigkeit ihres Schülers irrten. Ihre Romanfiguren gingen niemals einkaufen, um Hosen zu ersetzen, die nur noch bis zum Schienbein reichten oder am Gesäß aufgeplatzt waren, als ihr Träger eben mal kurz anhielt, um aus dem Schulbrunnen zu trinken.

Um Unabhängigkeit hatte Fletch nie kämpfen müssen. Es hatte sogar Momente gegeben, in denen er sie gründlich verflucht hatte.

Trotzdem saß er jetzt hier, an seinem Hochzeitstag, in einem muffigen Motelzimmer, aß Sandwichs mit seiner Mutter und hörte sich ihre Überraschung darüber an, daß er »gelinde Neugier« hinsichtlich seines Vaters hegte. Sie hatte ihm noch nie von ihrer Ehe erzählt.

Im Grunde war er auf sie beide neugierig. War es schon immer gewesen.

»Warum hast du nicht?« fragte er.

»Warum habe ich was nicht?«

»Mir jemals etwas über meinen Vater, eure Ehe erzählt?«

»Aus Angst und Fairneß.«

»Angst?«

»Auch deine Männlichkeit, mein Sohn, ist etwas, womit ich mich nie habe auseinandersetzen können. Glaube ja nicht, daß eine Mutter nicht Bescheid wüßte. Du hast schon seit deinem neunten Lebensjahr deine Jeans an Gartenzäunen gewetzt.«

Fletch errötete wie ein kleiner Junge. »Männer werden nicht als Jungfrauen geboren, weißt du.«

»Du zumindest nicht.«

»Außer seiner Energie hat der Mann nichts zu verlieren.« Fletch lachte.

»Oh, Gott.«

»Ich kann nichts dafür, wenn ich energetisch bin.«

»Nennst du das so?«

»Darf ich ein paar von deinen Pommes frites haben?«

»Natürlich. Erhalte dir deine Energie.«

»Heute morgen gegen drei habe ich eine Pizza gegessen. Abendbrot oder Frühstück, was von beiden, weiß ich nicht.«

»All meinen letzten Kapiteln zum Trotz lassen sich nicht alle Rätsel lösen. Wie soll eine Mutter einem Sohn erklären, daß sie einen Ehemann, einen Vater nicht versteht? Daß sie sich in einer Ehesituation befand, die sie nicht versteht?«

»Indem sie mit dem ersten Kapitel anfängt?«

»Und da gibt es auch noch den Aspekt der Fairneß. Ich hätte ausspucken können, was ich über deinen Vater dachte, meine Bestürzung, meinen Schmerz, meine Verwirrung, das *Rätsel*, aber er war ja nicht da, verstehst du, um sich zu verteidigen, dir seine Version von welcher Geschichte auch immer zu erzählen. Ich liebte ihn, verstehst du.«

»Verflixt noch mal, du hättest mir wenigstens sagen können, daß er dich verlassen hat, und nicht, daß er *gestorben* ist.«

»Das habe ich doch nie genau gewußt, verstehst du.« Ihr Gesicht wurde blasser. »Heute bist du mit einem, rundheraus gesagt, leeren Stück Papier dahergekommen . . .«

Fletch sah zu, wie seine Mutter sich bemühte, ein weiteres Viertel ihres dreistöckigen Sandwichs mit einer Hand zusammenzuraffen.

»Du weißt, daß wir deinen Vater nach sieben Jahren für voraussichtlich tot erklären lassen mußten. Sonst hätte ich Charles nicht heiraten können.«

»Ich erinnere mich an ihn.«

»Er war nicht lange bei uns, was? Oder Thad.«

»Du hast den Namen Fletcher beibehalten.«

»Nun ja, ich hatte unter diesem Namen Bücher veröffentlicht, verstehst du, und es war dein Name. Und Charles und Thad und . . . sie waren eben nicht dein Vater.« Sie betupfte sich mit ihrer Papierserviette die Augen. »Es war die *Unmöglichkeit* deines Vaters, die ich liebte. Wenn dieses leere Stück Papier, das du mir gezeigt hast, irgendeine Bedeutung hat, wenn er irgendwohin gegangen ist, wäre ich liebend gerne mit ihm gegangen.«

»Aber du hast doch gesagt, daß du ihn nicht verstanden hast.«

»Oh, wer, zum Teufel, versteht schon jeden? Ständig werde ich von irgendwelchen verdammten Idioten gefragt, warum ich Kriminalromane schreibe. Vielleicht, weil es in meinem Leben einen großen Kriminalfall gibt, den ich nie habe lösen können. Folglich berichte ich, neurotisch wie ich bin, am laufenden Band über fingierte Kriminalfälle und komme zu fingierten Lösungen. Frustrationsübungen.«

»Schriftsteller haben einen nicht zu bezähmenden Zwang, den Zwang zu bezähmen«, sagte Fletch. »Das habe ich auch irgendwo gelesen. Fiel mir bei meinem angestrengten Versuch, dich zu verstehen, wieder ein.«

»Viel Glück«, sagte sie.

»Erstes Kapitel.« Fletch warf einen verstohlenen Blick auf ihre Armbanduhr. »Ich versuche in dieser Sache eine Entscheidung zu fällen. Fliege ich nach Denver, Colorado, oder nach Nairobi, Kenia?«

»Ich weiß nicht, was ich dir erzählen soll.«

»Erstes Kapitel«, wiederholte er.

»Erstes Kapitel«, sagte sie. »High-School. Montana. Ich war das hübsche kleine Ding. Cheerleader. Besonders geförderte Studentin.«

»Dieses Buch habe ich schon gelesen«, sagte Fletch. »Mehrmals. Und er war der Anführer, der Klassensprecher, der Kapitän der Footballmannschaft.«

»Irrtum. Er war längst draußen.«

»Verzeihung. Falscher Roman.«

»Längst draußen, donnerte mit seinem aufgemotzten Motorrad um die armselige Ranch seiner Eltern herum. Keineswegs dumm. Einmal hat er dieses Referat für den Englischunterricht geschrieben, eine lange, tiefschürfende, brillante Analyse eines Shakespeare-Sonetts. Der Lehrer gab ihm eine Eins mit zwei Sternchen und belobigte Walter vor der Klasse. Walter brüllte vor Lachen. Er erzählte jedem, daß er das ›Shakespeare‹-Sonett selbst verfaßt und dann analysiert hätte. Hat den Lehrer fast am Boden zerstört.«

»Aha«, sagte Fletch. »Dann hat also Daddy Shakespeare geschrieben.«

»Als sie ihn deswegen hinauswarfen – «

»Sie haben ihn deswegen hinausgeworfen?«

»Er wurde zeitweilig ausgeschlossen. Damals war Erziehung auf Gehorsam ausgerichtet, nicht auf intellektuelle Freiheit. Hat sich da etwas geändert? Wie auch immer, Walter klaute von einer benachbarten Ranch ein Flugzeug – «

»Er konnte schon in der High-School fliegen?«

»Niemand wußte das. Zuerst zog er ein paarmal im Tiefflug über die High-School, als gerade eine Sitzung stattfand. Dann bombardierte er sie. Mit einem Werk, das den Titel trug: *Die gesammelten Dramen von Shakespeare.* War ebenfalls ein perfekter Treffer. Zerschmetterte das Oberlicht über dem Treppenaufgang. Das Buch fiel mitsamt den Scherben drei Stockwerke tief.«

»Und von diesem Mann hast du mir nie erzählen wollen?«

»Unbändig. Du hast Football erwähnt. Eines Samstags bei einem Heimspiel erschien er plötzlich auf dem Feld, aufrecht im Sattel seines Motorrads stehend. Er fing einen Paß ab, setzte sich hin und röhrte, Ball unter einen Arm geklemmt, das Feld hinunter und durch die Torpfosten hindurch.«

»Hat er jemals im Gefängnis gesessen?«

»Ein paarmal. Er war so attraktiv, so . . .« Josie zuckte die Achseln, ». . . energetisch, daß ihn eigentlich jeder hätte lieben müssen. Aber jeder haßte ihn. Mit allem, was er tat, verhöhnte er alles, was wir heilig hielten. Er verhöhnte die Schule, indem er den Lehrer mit *seinem* Shakespeare-Sonett zum Narren hielt. Er verhöhnte den Football, indem er sagte: Falls ihr die Absicht habt, den Football über das Spielfeld und durch die Torpfosten zu befördern, dann benutzt ein Motorrad. Er kreuzte regelmäßig betrunken bei den Schultanzfesten auf und tanzte energetisch, *satirisch*, wie mir jetzt klar wird. Alle anderen gingen dann heim.«

»Tanzte er mit dir?«

»Ja, was mir sehr peinlich war.«

»Was fing ein nettes Mädchen wie du mit einem Rabauken wie ihm an?«

»Vielleicht hatte ich ein wenig Verständnis für ihn. Wenn zwischen jemandem, der sehr weiblich ist, und jemandem, der sehr männlich ist, schon keine große Verständnisfähigkeit besteht, gibt es dann nicht zumindest eine sehr starke chemische Verbindung? Elektrizität?«

»Sex?«

»Er war kein Krimineller. Sobald alle in der Stadt ihn dafür hielten und die echten Kriminellen zu reden anfingen, als wäre er einer der ihren, zog Walter das an, was in seiner und in der Garderobe seiner Familie am meisten Ähnlichkeit mit einem Anzug und einer Krawatte hatte, machte sich auf den Weg zum Stammlokal der Bande, einer wirklich schrecklichen Straßenspelunke rund acht Meilen außerhalb der Stadt, und zettelte einen Aufruhr an. Wahrscheinlich redet man heute noch darüber. Er verhöhnte *jeden.*«

»Wie alt war er damals?«

»Fünfzehn, kannst du dir das vorstellen?«

»Wieso konntest du mir nicht von ihm erzählen?«

»Energetisch«, sagte seine Mutter. »Gescheit, attraktiv und energetisch. Beurteilte die Dinge auf seine Weise und fragte nie, ob man damit einverstanden war. Ich meine, nicht jeder wird aus der Schule *und* der Stadtspelunke rausgeworfen. Ich fand ihn einfach hinreißend.«

»Ist das der Grund, warum du mich nie gefragt hast, ob ich einverstanden bin?«

Josie sah ihren Sohn unter gesenkten Augenlidern hervor an. »Jedenfalls wurden wir buchstäblich über der Leiche meines Vaters getraut. Ich habe dir doch erzählt, daß dein Großvater während meines letzten Hochschuljahres an einem Herzanfall starb.«

»Ja. Das muß ich unbedingt in mein Gesundheitsbulletin aufnehmen, falls ich lange genug lebe.«

»Walter hatte einen Job als Pilot. Flog Rancher in der Gegend herum, Bergbauleute, dringende medizinische Geräte, Schädlingsbekämpfung außerhalb des Staates während der Saison. Ehrlich gesagt, manchmal war ich keineswegs sicher, wo er sich gerade aufhielt. Bei einem Job wie diesem ist das Wetter immer ein Problem.« Josie schenkte ihnen Kaffee ein. »Ich wurde auf der Stelle schwanger. Ich war der Meinung, daß sich das so gehörte, daß das Leben nun mal so spielte, daß wir beide es so wollten. Mir kam nie in den Sinn, daß man über solche Dinge *nachdenken* sollte. Wir kauften einen Wohnwagen. Ich dachte, wir wären rundum glücklich.«

»Was glaubst du wohl, was er dachte?«

Josie seufzte. »Jeder sagte diesem *Kind*, Walter, daß er verheiratet und angehender Vater wäre und daß er das Fliegen und Motorradfahren aufgeben müßte. Daß er aufhören müßte, *Walter* zu sein. Damals dachte ich, daß auch dieses Gerede normal wäre. Seitdem frage ich mich immer wieder, wie er es wohl aufgenommen hat.«

»Na los, komm zum erfreulichen Teil: mir.«

»Du kamst zehn Tage früher als erwartet zur Welt. Walter hatte versprochen, bei mir zu sein, wenn du geboren würdest. Tatsächlich war er jedoch auf der anderen Seite des Staates. Meine Mutter teilte ihm die frohe Botschaft telefonisch mit. Er sagte, daß er sofort starten und nach Hause fliegen würde. Da auf seiner Route ein schwerer Sturm herrschte, riet man ihm vom Fliegen ab. Er startete trotzdem. Und kam nie an.«

»Er stürzte ab?«

»Sieben Jahre später konnten wir davon ausgehen, daß er tot war. Nach der Schneeschmelze im Frühjahr suchte man nach seinem Flugzeug. Es wurde nie gefunden.«

»Er starb bei der Geburt.«

»Eine nebulöse Erklärung, für die ich um Verzeihung bitte. Ich hielt sie eigentlich immer für ziemlich taktvoll. Was ich damit meine, ist: Was ging ihm im Kopf herum, als er in dieses Flugzeug stieg, als er abhob, als er allein in der Nacht über den Staat Montana flog, allem Anschein nach zu seiner Frau und seinem Sohn, zu mir und dir? Begreifst du? Was ihm zu diesem Zeitpunkt im Kopf herumging, war in gewisser Weise immer wichtiger für mich als die Frage, ob er noch lebte oder tot war.«

»Kann sein, daß ich verstehe. In Ansätzen.«

»Wer *war* Walter? Wer *ist* er?«

»Ich brauche meine Sachen.«

Josie sah ihn an, als wäre sie plötzlich aufgewacht. »Wo willst du hin?«

»Ich weiß es noch nicht.«

»Wann wirst du es wissen?«

Fletch sagte: »Die Fahrt zum Flughafen ist lang.«

5

»Darf auch ich die Braut küssen?«

Erst als Fletch mit dem verdreckten Kuvert unterm Arm den Flughafengang entlangschritt und Barbara und Alston vor dem Flugsteig warten sah, entschied er, wohin er wollte.

»Wo bist du gewesen?« fragte Barbara.

»Wo bist du hin?« fragte Fletch.

»Wo bist *du* hin?«

»Ich wußte nicht, wo du hin bist.«

Alston verdrehte die Augen.

»Sind Cindy und ihre Freundin schon weg?« fragte Fletch.

Barbara sagte: »Sie sind weg.«

»Wo ist unser Gepäck?« fragte Fletch.

Barbara sagte: »Das ist auch schon weg.«

»Ich habe es bereits heute morgen eingecheckt«, sagte Alston. »Damit ihr euch jetzt nicht damit abgeben müßt.«

»Es ist weg?«

»Es ist weg.«

»Wir müssen es zurückholen.«

»Oh, nein«, sagte Alston. »Es ist weg.«

»Die Maschine fliegt gleich ab«, sagte Barbara.

»Sie ist noch nicht abgeflogen«, sagte Fletch.

Alston schaute auf seine Uhr.

»Fliegen wir denn nicht?« fragte Barbara.

»Wir fliegen«, sagte Fletch zu Alston. »Du hast es ihr nicht gesagt?«

»Werde ich auch nicht.«

»Wir fliegen nicht nach Colorado.«

»Unser Gepäck fliegt aber«, sagte Barbara.

»Dann müssen wir's zurückholen«, sagte Fletch.

Alston schlug sich mit der Handfläche gegen die Stirn. »Skier.«

»Los«, sagte Fletch. »Auf geht's.«
Sie stürmten den Gang hinauf.
»Wir fliegen nicht?« fragte Barbara.
»Ich habe die Tickets«, sagte Alston. »Geb' sie zurück. Ich hab' die Gepäckscheine. Hol' das Gepäck.«
Barbara sagte: »Wir fliegen nicht.«
»Wir fliegen«, sagte Fletch. »Alston, wir müssen das Gepäck zur British Air im International Terminal kriegen.«
»Hat die Maschine gewechselt?«
»Wir wechseln die Maschinen.«
»Nach Colorado?«
»London.«
»London, Colorado?«
»Kenia.«
»London, Kenia?«
»Nairobi, Kenia.«
»Nairobi, Kenia!«
»Afrika.«
»Afrika!«
»Ostafrika.«
»Ostafrika . . .«, äffte Barbara nach.
»Hast du nicht gesagt, daß du mir bis ans Ende der Welt folgen würdest?«
»Nie! Du bist ja nicht mal imstande, in Malibu eine Pizzeria zu finden!«
Mitten im Hauptgebäude des Terminals sprang Barbara vor Fletch, machte auf dem Absatz kehrt und pflanzte sich, die Fäuste in die Hüften gestemmt, vor Fletch auf.
»Fletch! Wohin führt das?«
»Nach London«, sagte Fletch. »Dann weiter nach Kenia.«
Alston war weitergerannt.
»Sag mir auf der Stelle, was hier gespielt wird!«
»Wir haben ein Hochzeitsgeschenk erhalten«, sagte Fletch. »Eine Reise nach Nairobi, Kenia.«
»Von wem? Ich glaube dir kein Wort.« Barbara schoß die Röte ins Gesicht. »Fletch! Du hast in unseren Flitterwochen einen Auftrag von der Zeitung angenommen!«
»Nein, nein. Nichts dergleichen.«
Mit Bordkarten, Flugtickets und Gepäckkontrollscheinen herum-

fuchtelnd stand Alston am Serviceschalter der Fluglinie und strapazierte offensichtlich die Servicebereitschaft des Diensttuenden.

»Und ob du das getan hast!«

»Würde ich dir das antun?«

»Ich denke nicht im Traum daran, in irgendeinem Hotelzimmer oder in irgendeiner, irgendeiner Strohhütte herumzusitzen, während du meilenweit im Kreis herumrennst und versuchst, einen verdammten Zentimeter dieser verdammten Zeitung zu füllen! Nicht in meinen Flitterwochen!«

»Ich habe dir doch gesagt: Die Reise ist ein Geschenk. Ein Hochzeitsgeschenk. Es wird bestimmt lustig werden.«

»Ganz bestimmt. Ein Geschenk von der Zeitung!«

»Nein. Nicht von der Zeitung.«

»Wer würde dir wohl sonst eine Reise nach Afrika spendieren?«

Der Diensthabende am Serviceschalter hielt jetzt gegen jedes Ohr einen Telefonhörer, während er offensichtlich gleichzeitig Alston zuhörte.

»Mein Vater.«

Barbara riß die Augen auf. »Dein Vater?«

»Vermutlich.«

»Bei der Trauung hast du nicht *ja* gesagt, sondern *vermutlich ja.* Und nun sagst du, daß du *vermutlich* von deinem Vater eine Reise nach Afrika zur Hochzeit geschenkt bekommen hast?«

»Das Ganze hat sich zu einem äußerst vermutungsreichen Tag entwickelt.«

Am Schalter bewegten sich Alstons Lippen mit rasender Geschwindigkeit.

»Du hast nie einen Vater gehabt. Beziehungsweise hast du vier davon gehabt oder so.«

»Wo ist da der Unterschied?«

»Welcher Vater?«

»Der, der gestorben ist.«

»Du hast etwas geerbt?«

»Nein. Wir haben jetzt wirklich keine Zeit, darüber zu diskutieren, Barbara.«

»Du hast auch keine Zeit gehabt, über die Hochzeit zu diskutieren.«

»Und sie hat trotzdem stattgefunden, siehst du? Sie ist zwar nicht ganz glatt über die Bühne gegangen. Was soll's? Läßt sich alles ausbügeln.«

Barbara schüttelte den Kopf. »Das hier läßt sich nicht ausbügeln.«

»Aber natürlich.«

»Ich kann nicht nach Kenia reisen.«

»Weil wir noch nicht geimpft sind, meinst du?«

»Weil ich keinen Reisepaß habe!«

»Ach, das.« Fletch langte in den schmutzigen Umschlag. »Du hast einen Reisepaß.« Er reichte ihn ihr.

Alston schlenderte lächelnd auf sie zu.

»Alston«, sagte Fletch, »wir sind noch nicht geimpft.«

»Geimpft werden müßt ihr nur aus medizinischen Gründen«, sagte Alston. »Nicht aus rechtlichen.«

»Wie gut, daß du Anwalt geworden bist.«

»Mmh.« Alston warf Barbara einen schnellen Blick zu. »Vergiß nicht: Ich übernehme auch Scheidungen.«

»Woher stammt dieses Foto von mir?« sagte Barbara zu ihrem Paß.

Fletch warf über ihre Schulter einen schnellen Blick darauf. »Hübsches Foto.«

»Okay.« Alston sortierte diverse Tickets und Gepäckscheine in seiner Hand. »Eure Tickets nach Colorado sind storniert. Bin nicht sicher, ob ich euer Geld wiederkriege.«

»Können wir unser Gepäck wiederkriegen?«

»Das ist mein grüner Pullover«, sagte Barbara zu ihrem Paßbild.

»Sie wollen versuchen, euer Gepäck aus der Maschine zu holen, dann werden sie's zum International Terminal, zur British Air, rüberschicken und in eure Maschine nach London verladen lassen, durchgecheckt nach Nairobi.«

Fletch steckte Barbaras Paß wieder in den schmutzigen Umschlag. »Wir werden also erst wissen, ob unser Gepäck mitgekommen ist, wenn wir in Nairobi angekommen sind.«

»Die Skier«, sagte Barbara.

»Kann das Gepäck jetzt nicht auseinanderreißen.« Alston schüttelte den Kopf. »Ausgeschlossen. Die Geschichte ist sowieso schon verwirrend genug.«

»Bist du etwa verwirrt?« fragte Barbara. »Ich bin nicht verwirrt.«

Alston spähte auf seine Uhr. »Wir müssen dalli-dalli zum International Terminal rüber. Muß denen sagen, welches euer Anschlußflug nach Nairobi ist.«

»Dalli-dalli.« Fletch packte Barbaras Ellenbogen.

»Wir werden also nicht Ski laufen«, sagte Barbara. »Wir haben Skikleidung eingepackt! Nichts als Skikleidung!«

»Barbara, wir müssen flitzen.«

»Wohin?«

»International Terminal«, sagte Fletch.

»British Air«, sagte Alston.

Sie stürmten durch das Gewühl.

»London, England«, sagte Fletch.

»Paßkontrolle«, sagte Alston.

»Nairobi, Kenia«, sagte Fletch.

»Fletch! Ich habe meiner Mutter gesagt, daß ich sie aus Colorado anrufen würde!«

»Können nicht anhalten«, sagte Fletch

»Heute abend!«

Fletch bugsierte sie in die Drehtür.

»Ist das Eheleben nicht lustig?« Nachdem er selbst die Drehtür passiert hatte, sagte er: »Bis jetzt?«

6

»Meine Mutter hatte nur den Wunsch, dich kennenzulernen.« Barbara schloß ihren Sicherheitsgurt.

»Ich habe sie kennengelernt. Bei der Trauung.«

»Könntest du dir vorstellen, daß sie dich eigentlich *vor* der Trauung kennenlernen wollte?«

»Ich habe sie vor der Trauung kennengelernt. Sie trug Jodhpurs. Stimmt's? Sie schien echt überrascht zu sein, mich zu sehen.«

»Wohl eher entsetzt. In der vergangenen Woche hat sie jeden Abend ein Dinner für uns vorbereitet. Du hast es nie geschafft zu kommen. Nicht ein einziges Mal.«

»Ich habe gearbeitet. Habe ich dir schon erzählt, daß ich einen Job habe?«

»Und du schleifst mich um die halbe Welt, um deinen Vater kennenzulernen?«

»Vermutlich.«

»Was soll das heißen: ›vermutlich‹?«

»Er ist dafür bekannt, daß er bedeutenden Ereignissen aus dem

Weg geht.« Nachdem er sich angeschnallt hatte, lehnte er seinen Kopf seitlich gegen die Lehne seines Sitzes.

»Hast du etwa die Absicht zu schlafen?«

»Barbara, ich muß. Ich habe seit Tagen und Nächten nicht mehr geschlafen, seit Tagen und . . .«

Barbara seufzte. »Wie lange brauchen wir bis Nairobi, Kenia?«

»Zwei Tage.«

»Zwei Tage!«

»Zwei Nächte? Vielleicht drei Tage.«

»Fletch. Wach auf. Nimm deinen Kopf von meiner Schulter. Hör zu, was der Steward gerade darüber sagt, was man tun muß, wenn das Flugzeug abstürzt.«

»Geht schon in Ordnung«, murmelte Fletch. »Du bist ja bei mir.«

»Oh, mein Gott! Zwanzig Minuten nach sieben in unserer Hochzeitsnacht, und er schläft!«

»Die Sache ist die«, sagte Fletch, »daß ich bis jetzt nicht wußte, daß mein Vater möglicherweise noch am Leben ist.«

Viele, viele Stunden später auf dem Flug von London nach Nairobi saßen sie in der drangvollen Enge in der bis auf den letzten Platz besetzten Maschine. Die Sitze waren schmal und standen dicht beieinander. Unter jedem Sitz quoll Handgepäck hervor.

»Wußte es deine Mutter? Wußte deine Mutter, daß er möglicherweise noch am Leben ist?«

»Ich glaube, daß sie sich einredete, daß er tot war. Um ihren Stolz zu wahren. Ihr Seelenheil. Um wieder heiraten zu können, mußte sie ihn nach sieben Jahren gesetzlich für tot erklären lassen.«

»Um vor Gericht gehen und deinen Ehemann für tot erklären lassen zu können, muß man vermutlich fest davon überzeugt sein, daß er tot ist.«

»Aber sie wußte es nie genau. Immer wenn ich ihr Fragen über ihn stellte, weißt du, als ich heranwuchs, waren ihre Antworten so nichtssagend, so beiläufig, weißt du? Ich hatte immer das Gefühl, daß es sich nicht lohnte, über das Thema zu diskutieren?«

»Vielleicht lohnte es sich tatsächlich nicht.«

»Trotzdem sagt sie, daß sie ihn geliebt hat.«

»Was hat sie dir denn immer so erzählt?«

»Sie sagte: ›He, ich war nur zehn Monate mit deinem Vater verheiratet, und ich habe ihn nie verstanden.‹«

»Was hat sie dir sonst noch gesagt?«

»›Wie schreibt man ›Lizenz‹?‹«

»Warum denn das?«

»Na ja, du weißt doch, daß sie diese Detektivromane schreibt. Und in Orthographie war sie von jeher schwach. Sie hat mich immer gebeten, für sie irgendwelche Wörter im Wörterbuch nachzuschlagen. Das war ihre Art, mich loszuwerden.«

»Was wußtest du über deinen Vater?«

»Ich wußte, daß er Pilot war. Ich wußte oder glaubte zu wissen, daß er etwa zu der Zeit starb, als ich geboren wurde. Deshalb ging ich stets davon aus, daß er kurz nach meiner Geburt bei einem Flugzeugabsturz ums Leben kam. Oder kurz davor. Ich wußte, daß meine Mutter allein war, als sie mich zur Welt brachte. Ich merkte nicht, daß sie auf einen Ehemann wartete, der nie auftauchte. Ein Kind findet sich mit dem ab, was man ihm sagt.«

»Hast du jemals ein Bild von deinem Vater gesehen?«

Fletch durchforschte sein Gedächtnis. »Nie. Das ist merkwürdig, was? Normalerweise stünden doch Bilder von deinem Vater herum, wenn er tot wäre.«

»Aber nicht, wenn die Möglichkeit bestand, daß er noch am Leben war und euch beide im Stich gelassen hatte.«

»Demnach muß meine Mutter diese Möglichkeit für sehr wahrscheinlich gehalten haben.«

»Für sehr wahrscheinlich, würde ich auch sagen.«

Die Flächen unter den Sitzen vor ihnen waren ebenfalls vollgestopft.

Anstatt in Heathrow acht Stunden auf ihren Anschlußflug nach Nairobi zu warten oder einen Platz zum Schlafen zu suchen, waren Barbara und Fletch mit dem Bus nach London hineingefahren. Fletch hatte außer den Jeans und dem Hemd, das er trug, nichts anzuziehen. Barbara hatte darauf bestanden, Pullover zu kaufen. Sie hatten in einem nicht besonders guten Lokal zu Mittag gegessen, Bücher gekauft und sich verlaufen, so daß sie mit dem Taxi zum Flughafen zurückfahren mußten.

»Dieses Bürschchen kam nach der Trauung einfach zu mir, während alle außer dem Bräutigam gerade die Braut küßten, und drückte mir einfach diesen Umschlag in die Hand.«

»Ich habe ihn nicht bemerkt.«

»Er war aber da, ich schwör's. Er sprach kein Wort. Drückte mir einfach den Umschlag in die Hand und verschwand.«

Barbara fragte: »Bist du sicher, daß es nicht dein Vater war?«

»Wenn er es gewesen wäre, hätte ihn meine Mutter doch wiedererkannt, würde ich meinen.«

»Es ist lange her.«

»Trotzdem . . . sie kannten sich seit der Schule.«

»Vielleicht hat deine Mutter ihn ja gar nicht gesehen. Wir waren im Freien, ziemlich viele Leute, schlechtes Wetter . . .«

»Und man weiß nie, ob meine Mutter wirkliche Menschen sieht oder mit Produkten ihrer Fantasie gesellschaftlich verkehrt.«

»Richtig«, sagte Barbara. »Das alles muß sie tief verletzt haben.«

»Und tief verwirrt.«

Barbara lächelte. »Das Rätsel, das Josie Fletcher nicht lösen konnte. Besser, wenn ihre Fans in den Bibliotheken nichts davon erfahren.«

»Ihre einzigen Fans sind in den Bibliotheken und schweigen.«

»Was war sonst noch in dem Umschlag?«

»Die Tickets, die Pässe, zehn Hundertdollarscheine und der Brief.«

»Den Brief hast du mir nicht gezeigt.«

»Da gibt's nichts zu sehen.« Fletch langte unter den Sitz vor ihm und hob das Kuvert auf. »Ist alles vom Regen weggewaschen worden.«

Er reichte ihr das verknitterte Stück Papier.

»Schade.« Sie starrte auf das Blatt in ihrer Hand. »Vielleicht hätte deine Mutter die Handschrift wiedererkannt. Woher weißt du, daß er von deinem Vater stammt?«

»Er war mit ›Fletch‹ unterschrieben.«

»Wie lautet sein richtiger Name?«

»Walter.«

»Walter. Ich frage mich, was ich von dir als Walter junior gehalten hätte.«

»Auch wenn ein *fletcher* einen anderen Namen trägt, bleibt er immer noch ein Pfeilemacher.«

»Also, was stand in dem Brief?« Sie gab ihm das Blatt zurück.

»Es stand tatsächlich etwas über meinen Namen drin.« Er beugte sich so weit wie möglich vor, um den Umschlag zurückzulegen. »Etwas darüber, daß ihm meine Namen, Irwin Maurice, nicht gefielen, daß meine Mutter mir diese Namen gegeben hätte und nicht er oder nicht mit seiner Zustimmung, als ob er nichts damit zu tun hätte.«

»Wovon redest du eigentlich?«

Er lehnte sich zurück. »Der Brief klang fast so, als hätte meine Mutter dem Baby, also mir, eigenmächtig diese Namen gegeben, die ihm nicht gefielen, zu denen er keine Beziehung hatte, und daß das Baby, also ich, somit mehr ihr Baby als seins geworden wäre: daß er zu jemandem, der Irwin Maurice hieße, keine Beziehung haben konnte.«

»Kannst du auch nicht.«

»Aber ich bin bei der Stange geblieben. Ich habe mich nicht aus dem Staub gemacht.«

»Du machst dich ständig aus dem Staub.«

»Er schrieb, daß er ›gelinde neugierig‹ darauf wäre, mich kennenzulernen, und fragte, ob ich auch ›gelinde neugierig‹ wäre, ihn kennenzulernen.«

»Dieses Wort hat er gebraucht? ›Gelinde‹?«

»Ja. ›Gelinde‹. Aber die Flugtickets nach Nairobi und zurück kosten viel Geld.«

»Vielleicht ist er reich.«

»Vielleicht hat er jedem von uns ein Hintertürchen offengelassen. Er schrieb, daß ich keineswegs zu kommen brauchte, wenn ich keine Lust dazu hätte. Er schrieb, daß ich die Tickets einlösen und dir von dem Geld ein Porzellanservice oder so was kaufen könnte.«

»Ein Porzellanservice«, sagte Barbara. »Das hätte mir gefallen können.«

»Dein Porzellan wirst du nie sehen, aber dafür wirst du Kenia sehen.«

»Vielleicht ist der Brief ja überhaupt nicht von deinem Vater.« Barbara rutschte unbehaglich auf ihrem Sitz hin und her. »Vielleicht hat ja irgendwer versucht, dich für eine Weile außer Landes zu schaffen. Wegen einer dieser Stories, die du recherchiert hast.«

»Wäre schon möglich.«

»Dich vom Gericht fernhalten will, dich daran hindern will, noch mehr Ärger zu machen oder so was in der Art.«

»Vielleicht haben alle in der Zeitung zusammengelegt, um mich loszuwerden. Vielleicht sind die Rückflugtickets gar nicht gültig.« Fletch lächelte.

»Vielleicht ein Schuß in den Ofen.«

Fletch fragte: »Bist du denn nicht auch ›gelinde neugierig‹?«

»Nur gelinde.«

Fletch ließ den Blick nicht von Barbara.

»Ich will damit etwas sagen«, sagte sie.

»Ich weiß. Was?«

»Ich glaube nicht, daß es gut für dich ist, wenn du mehr als ›gelinde neugierig‹ bist. Du weißt, was ich meine?«

»Damit ich dann nicht mehr als gelinde enttäuscht bin?«
»Mmmh«, sagte Barbara. »So was in der Art.«

7

»*Jambo*«, sagte der Zollbeamte in Nairobi. Er beäugte die zwei Paar in Hüllen steckenden Skier, die Fletch hochkant festhielt.

Sehr behutsam sagte Fletch: »*Jambo.*«

»*Habari?*« Der Zöllner war ein kleiner, untersetzter, kahl werdender Mann in Hemd und Hose, beides fein säuberlich gebügelt.

Fletch sagte: »*Habari.*«

»Also waren Sie schon mal in Kenia.«

»Noch nie«, sagte Fletch. »War noch nie in Afrika.«

»So ist das nun mal.« Der Mann gluckste leise. »Alle Welt spricht Suaheli.«

Barbara sagte: »Ich muß diesen Pullover ausziehen.«

Die beiden Paar Skier in ihren weichen Plastikhüllen hatten die besondere Aufmerksamkeit des Zollbeamten auf Barbara und Fletch gelenkt. Genau genommen lenkten die beiden Paar umhüllter Skier die Aufmerksamkeit vieler Leute auf dem Flughafen von Nairobi auf sich. Sie standen in einem lockeren Kreis um Fletch, Barbara und die Skier herum. Zwei dieser Leute waren in Uniform. Gummiknüppel und Handfeuerwaffen baumelten von ihren Gürteln. Einer trug eine Maschinenpistole.

Der Zollbeamte riß seinen Blick gerade lang genug von den eingepackten Skiern los, um die Pässe zu betrachten, die Fletch ihm reichte. »Besuchen Sie Kenia geschäftlich oder zum Vergnügen?«

»Zum Vergnügen«, antwortete Barbara. »Wir haben gerade geheiratet. Schon vor Tagen. Schon vor einer Million Jahre.«

Dann hörte Fletch zum ersten Mal die kleine, aus vier Tönen bestehende Melodie, die er in Kenia noch oft hören sollte: »Ah, so ist das.«

Der Zollbeamte machte eine Notiz auf seinem Klemmbrett. »Und welche Art von Schießausrüstung ist das, da in den Gewehrhüllen, die Sie nach Kenia einführen? Sehr lange Gewehre, wie mir scheint.« Er wies mit dem Ende seines Kugelschreibers darauf, als bedürften sie tatsächlich noch eines besonderen Hinweises.

»Oh, die.« Fletch musterte die Skier, die er neben sich festhielt, von oben bis unten. »Mit denen schießt man Berge hinunter.«

Der Beamte sah beunruhigt drein. »Schießt man Berge hinunter. Geht das denn?«

»Skier.«

»Skier . . . Mombasa?«

Sehr behutsam sagte Fletch: »Mombasa.«

»Ich bin schon vor Mombasa Ski gelaufen. Hinter einem Rennboot her.« Der Beamte nahm die Stellung eines Skifahrers hinter einem Rennboot ein: Knie gebeugt, Hände vorgestreckt, um sich an einem Schleppseil festzuhalten. »Die Skier, die ich benutzte, waren allerdings kurz. Vielleicht im Verhältnis zu den Füßen?« Er blickte auf Barbaras und Fletchs Füße hinunter. »Scheint mir nicht so.«

»Schneeskier.«

»Ah, so ist das. Die habe ich schon mal in Filmen gesehen. So groß, nicht wahr? Sie machen Zwischenstation in Kenia?«

Fletch hoffte inständig, daß er bald eine Toilette aufsuchen konnte. »Eigentlich nicht.«

»Wohin reisen Sie nach Kenia?«

»Nach Hause. Zurück in die Staaten.«

»Sie kehren in die Vereinigten Staaten zurück? Mit den Skiern?«

Fletch reckte den Hals und schaute durch die Tür des Zollbereichs, um zu sehen, ob möglicherweise jemand wartete, nach ihnen Ausschau hielt. »Ja.«

Der Beamte dachte eine Weile nach. »Reisen Sie stets mit Schneeskiern, selbst zum Äquator?«

»Nein.«

»Es gab da eine gewisse Verwirrung«, sagte Barbara.

»Ah, so ist das.«

»Am Flughafen. Schließlich haben wir die Skier mitgenommen.«

»Am Flughafen wußten Sie noch nicht, daß Sie nach Afrika kommen würden? Haben Sie das falsche Flugzeug bestiegen?«

»Wir wußten es«, sagte Fletch. »Wir haben das richtige Flugzeug bestiegen.«

»Also wußten Sie, was Sie taten, als Sie Ihre Schneeskier nach Kenia mitnahmen, nur, um sie anschließend wieder mit nach Hause zu nehmen?«

»Nun, so ist es in der Tat.« Barbara sah Fletch an. »Wir haben unsere Skier nach Afrika mitgenommen.«

»Auf dem Mount Kenya liegt Schnee«, räumte der Beamte ein, »aber auf dem Gipfel, Sie verstehen. Es gibt keine Skisafaris. Vielleicht haben Sie diese Schneeskier nach Afrika mitgenommen, um sie zu verkaufen. Sie sind hier eine Rarität.«

»Wir können sie nicht verkaufen«, sagte Barbara. »Sie sind geliehen.«

»Ah, so ist das. Sie haben sich Skier geliehen, um sie nach Afrika und wieder nach Hause mitzunehmen.«

»Fletch«, sagte Barbara, »dieser Herr möchte ganz zu Recht wissen, warum wir nach Äquatorialafrika Skier mitgenommen haben.«

»Warte, bis ich meinen Pullover ausgezogen habe.« Fletch lehnte die Skier gegen Barbara und wand sich aus seinem in London gekauften Pullover. »Heiß.«

»Vielleicht kann hier jemand Schneeskier als Wanddekoration gebrauchen«, sinnierte der Beamte. »Jemand, der eine sehr große Wand besitzt.«

»Ursprünglich wollten wir nach Colorado«, sagte Fletch. »Skilaufen.«

»Und Sie haben versäumt, aus dem Flugzeug zu steigen, als es in Colorado zwischenlandete?«

»Es ist in Colorado nicht zwischengelandet«, sagte Barbara. »Sonst hätte ich ja meine Mutter angerufen.«

Der Beamte lächelte sie an.

Fletch sagte: »Es ist etwas schwierig, genau zu erklären, warum wir in Kenia mit Skiern im Gepäck gelandet sind. Das gebe ich zu.«

Der Beamte wackelte mit dem Kopf. »Ich liebe meinen Job.«

»Wir werden die Skier ganz bestimmt mitnehmen, wenn wir abreisen«, sagte Fletch.

»Wir müssen sie nämlich zurückgeben«, sagte Barbara. »Sie sind nur geliehen.«

»Es wäre mir eine große Freude, wenn ich sie mir ansehen könnte«, sagte der Beamte, »solange sie noch hier sind.«

»Selbstverständlich.« Fletch öffnete den Reißverschluß an einer der Skihüllen. Der Mann mit dem Maschinengewehr trat einen Schritt zurück. »Da«, sagte Fletch. »Skier.«

Der Beamte schien überrascht zu sein. »Und das da...« Er beugte wieder die Knie und benutzte seine Hände jetzt als Paddel. »...das da sind Skiruder?«

»Skistöcke.«

Der Beamte beschäftigte sich mit seinem Klemmbrett. »Dafür,

daß man sie nicht benutzen kann, sind Schneeskier sehr große Gepäckstücke.«

»Und unhandlich obendrein«, sagte Barbara.

Fletch sagte: »Ich liebe sie sehr.« Er zog den Reißverschluß der Hülle wieder zu.

»Darf ich sehen, was in Ihrem Gepäck ist, bitte?« fragte der Beamte.

»Selbstverständlich.« Fletch reichte Barbara die Skier und zog den Reißverschluß seines großen Rucksacks auf. Als er die Klappe umlegte, entdeckte er oben auf den Kleidungsstücken ein Buch mit dem Titel: *Sex für Anfänger.* »Ach, du Schreck«, sagte er. Ihm fiel ein, daß Alston für ihn gepackt hatte. Rasch nahm er das Buch heraus und hielt es neben sich.

Der Beamte strich mit der Handfläche über die Nylonoberfläche von Fletchs Skihosen. »Das fühlt sich herrlich an«, sagte er. »Wie die Haut einer Frau. Tragen Sie die?«

Fletch schluckte. »Wenn ich Ski laufe.«

»Ah, so ist das. Das sind Skihosen.«

»Ja.«

Die Hand des Beamten arbeitete sich Lage um Lage bis zum Boden der Tasche durch. »Das sieht aus wie Mondkleidung.«

»Wir kommen nicht vom Mond«, sagte Barbara.

»Das ist Skikleidung«, sagte Fletch.

Der Beamte sagte: »Diese Tasche ist voller Skikleidung.«

Fletch sagte: »Sieht ganz danach aus.«

»Normalerweise, wenn Leute zum Vergnügen nach Kenia kommen«, sagte der Beamte, »bringen sie Shorts mit. Safarijacken. Sonnenhüte. Badeanzüge. Wanderstiefel.«

Fletch sagte: »Ah, so ist das.«

Mit einem Wedeln der Hand in Richtung Tasche bedeutete der Beamte, daß sie nunmehr geschlossen werden könne. »Ich fürchte, daß Sie keine sehr angenehme Zeit in Kenia verbringen werden, wenn Sie darauf bestehen, Ski laufen zu wollen.«

Fletch ließ *Sex für Anfänger* wieder in die Tasche fallen. »Wir werden uns alle Mühe geben.«

8

Fletch gab Barbara einen Hundertdollarschein. »Würdest du bitte zum Wechselschalter gehen und etwas einheimisches Geld besorgen?«

Sie waren kaum aus dem Zollbereich herausgekommen, als sich auch schon fünf kleine Buben ihrer Skier bemächtigt und sie auf den Schultern zum Trottoir hinausgetragen hatten. Ein Mann hatte sich des übrigen Gepäcks bemächtigt. Andere hatten ihnen lediglich *Taxi!* zugeschrien.

»Wohin willst du?«

»Zur Toilette. Wir brauchen Taxigeld.«

»Wie ist der Wechselkurs?«

»Wie du mir, so ich dir. In etwa.«

»Danke.«

In der Herrentoilette hielt sich nur ein Mann auf. Schlanke Figur, von oben bis unten im Safarilook gekleidet, das sich lichtende Haar straff über seinen Schädel gezogen, bleistiftdünner Schnurrbart. Er wusch sich gerade an einem der Waschbecken die Hände.

In der Kabine sitzend beobachtete Fletch, wie die braunen Stiefel des Mannes jene kleinen Bewegungen auf dem Fußboden machten, die jeder unwillkürlich macht, auch wenn er stillzustehen glaubt. Das Wasser plätscherte ins Waschbecken.

Die Haupttür der Herrentoilette öffnete sich. Schwere schwarze Schuhe unter dunklen Hosenbeinen wurden unter der Kabinentür sichtbar. Die braunen Stiefel machten kehrt. Die beiden Männer unterhielten sich in einer Sprache, die Fletch nicht verstand. Er konnte sie durch den Lärm des plätschernden Wassers kaum hören. Dann schrie der eine Mann. Dann schrie der andere. Dann schrien beide. Die Füße gerieten heftig in Bewegung. Vorwärts, rückwärts, seitwärts, irgendein verrückter Tanz. Die braunen Schuhe näherten sich der Toilettentür. Einer der schwarzen Schuhe knickte auf dem Fußboden um. Die schwarzen Schuhe bewegten sich rückwärts nach rechts. Die braunen Stiefel machten kehrt und sprinteten zur Tür. Das Wasser plätscherte immer noch.

Fletch trat aus der Kabine, während er sich die Jeans hochzog. Er preßte eine Hand auf den Magen, die andere auf den Mund.

Auf dem Spiegel, auf dem weißen Waschbecken, auf dem Fußboden – überall war Blut.

In der Ecke lag der Körper eines Mannes, den Hals gegen die Wand gedreht. Das weiße Hemd war von knapp unter der Brust an abwärts blutdurchtränkt. Blut war auch auf den schwarzen Hosen, bis hinunter zu den Knien. Die Kinnlade hing schlaff herunter. Die Augen, glasig wie die eines ausgestopften Tieres, starrten auf die Toilettentür. An der Seite des Beckens über dem Kopf war ein blutiger Striemen seines Händeabdrucks.

Das Wasser plätscherte immer noch ins Becken. Ein Messer war hineingeworfen worden. Das um das Messer herumwirbelnde Wasser war immer noch blutig.

Selbst mit beiden Händen konnte er nicht zurückhalten, was heraus wollte. Er ging zu einem Becken, das näher an der Tür war, übergab sich, spülte das Becken aus, übergab sich erneut.

Nachdem er das Becken ein zweites Mal ausgespült hatte, lehnte er sich einen Moment dagegen, um seine Fassung wiederzuerlangen. Dann wusch er sich Gesicht und Nacken.

Den Saum seines Hemdes um die Hand gewickelt, öffnete er die Toilettentür.

Mit brennenden Augen, hämmernden Schläfen und weichen Knien versuchte Fletch, auf direktem Weg das Airportterminal zu durchqueren, während er sein Hemd hineinstopfte.

9

Die Sonne auf dem Trottoir vor dem Flughafen von Nairobi war gleißend. Barbara zeigte dem Taxifahrer, wie man das eine Ende der Skier mit einem Rucksack beschwerte, damit sie aus dem Kofferraum ragen konnten, ohne herauszufallen. Viele Leute standen drumherum, die sich sehr für das Problem, Skier mit einem Taxi zu transportieren, interessierten.

Zitternd ging Fletch über das Trottoir direkt auf das Taxi zu, setzte sich auf den Rücksitz, kurbelte das Fenster herunter und saugte die warme, trockene Luft in seine Lungen.

Barbara beugte sich durch die Fondtür des Taxis und sah ihn an. »Die Fahrt zum Norfolk Hotel dürfte etwa hundertsiebzig Shilling kosten. Ich habe einen Hundertdollarschein in hiesige Währung umgetauscht, drinnen, am Bankschalter.« Als sich ihre Augen an die Beleuchtung im Taxi gewöhnt hatten, wurden sie schmal. »Was ist los mit dir? Was ist passiert?«

»Steig ein, bitte.«

Sie setzte sich auf den Rücksitz. »Kannst du nicht mal einen kleinen Jetlag vertragen?«

»Schließ die Tür, bitte.«

»Sehe ich genauso schlimm aus wie du? Fletch, was ist los?«

Mit leiser Stimme sagte er: »Ich habe gerade gesehen, wie jemand ermordet wurde. Erstochen. Blut.« Er versuchte, sich das gleißende Sonnenlicht aus den Augen zu reiben. »Überall Blut.«

»Mein Gott! Du meinst es ernst!« Sie rutschte näher an ihn heran. »Überall wo?«

»Herrentoilette.«

Auch sie sprach leise. »Was meinst du damit, daß du einen Mord *gesehen* hast? Mein Gott, das ist ja entsetzlich.«

Am Heck des Wagens bemühte sich der Fahrer, den Kofferraumdeckel so zu befestigen, daß er während der Fahrt nicht aufflog und wippte.

Mit geschlossenen Augen und gesenktem Kopf preßte Fletch die Finger gegen Stirn und Backenknochen. »Als ich in die Herrentoilette ging, stand da ein Typ am Waschbecken und wusch sich gerade die Hände. Ich ging in die Kabine. Während ich da saß, kam noch so ein Typ rein. Sie begannen sich anzuschreien. Unter der Kabinentür sah ich, wie ihre Füße in heftige Bewegung gerieten, diesen verrückten Tanz aufführten. Dann stieß einer von ihnen einen lauten Schrei aus, Qual, Schmerz.« Barbara legte den Arm um Fletchs Schulter. »Ich kam, so schnell ich konnte, raus. Der zweite Mann, der, den ich vorher nicht gesehen hatte, lag zusammengesunken in einer Ecke, tot. Überall war Blut, es trat genau unterhalb seiner Rippen aus. An der Wand war eine blutige Handspur. Seine Augen standen offen, starrten auf die Tür. Das Wasser rauschte immer noch im Becken. Im Becken war ein Messer. Das Wasser im Becken war rot.«

»Bist du sicher, daß er tot war?«

»Er hat nicht geblinzelt.«

»Mein Gott, Fletch. Was tun wir denn jetzt?« Sie schaute durch ihr geschlossenes Fenster zum Airportterminal hinüber.

»Ich weiß nicht. Was können wir denn tun?«

»Was hast du bis jetzt getan?«

»Mich übergeben.«

»So siehst du auch aus.«

»In eines der anderen Waschbecken. Ich habe hinterher selbst saubergemacht.«

»Braver Junge.« Sie nahm seine Hand. »Meinst du, daß sonst noch jemand davon erfahren hat?«

Fletch schaute durch das Fenster auf die Leute, die das Trottoir bevölkerten. »Niemand scheint sonderlich erregt zu sein.«

»Wir müssen es irgendwem erzählen.« Ihre Hand langte nach dem Türgriff.

»Warte einen Moment.« Er griff nach ihrer Hand. »Laß uns erst einen Moment nachdenken.«

»Wozu soll das gut sein? Es ist etwas Entsetzliches passiert. Jemand ist ermordet worden. Du hast es gesehen. Wir müssen es irgendwem erzählen.«

»Barbara, warte nur einen Moment.«

»Kannst du den Mörder identifizieren? Den ersten Mann in der Herrentoilette?«

»Ja.«

»Wie sah er aus?«

»In mittleren Jahren. Schlank. Sich lichtendes, rotblondes Haar, Bleistiftschnurrbart. Khakikleidung. Safarijacke.«

»Worüber haben sie sich gestritten?«

»Könnte ich nicht sagen. Fremde Sprache. Portugiesisch, glaube ich.«

»Fletch, wir müssen es irgendwem erzählen.«

»Barbara, du denkst nicht nach.«

»Was gibt's denn da nachzudenken? Du hast einen Mord gesehen.«

»Wir sind gerade in Kenia angekommen. Wir wissen nicht, wie das hier so läuft. Auf dem Weg durch den Zoll haben wir uns wegen der Skier und der Skiklamotten wie die Clowns aufgeführt.«

»Nun hör aber auf. Das war doch lustig.«

»Haha. Und die Presse wird berichten, daß wir uns auf dem Weg durch den Zoll nicht wie normale Menschen aufgeführt haben. Daß wir einen verwirrten Eindruck machten.«

»Ich bin ja auch verwirrt.«

»Ich weiß. Ich habe selbst schon solche Artikel geschrieben. Barbara, wir haben die beiden bewaffneten Soldaten auf uns aufmerksam gemacht.«

»Stimmt.«

»Was haben wir in Kenia zu suchen?«

»Was haben wir in Kenia mit Skiern zu suchen?«

»Wir sind hier, um meinen Vater zu besuchen. *Können Sie das beweisen?* Da ist dieser ausgewaschene Brief, in dem er uns einlädt. *Der ist unleserlich!* Wir stehen hier nicht gerade auf sehr festem Boden.«

»Du meldest einfach einen Mord.«

»Mit einem Mord möchte ich aber nichts zu tun haben. Das hier ist nicht Kalifornien. Wir sind gerade in einem fremden Land angekommen. Wir wissen nicht, wie's hier zugeht. Ich gehe in eine Herrentoilette. Da ist jemand drin, der lebt. Und dann soll ich herausspaziert kommen und einfach so melden, daß da noch jemand in der Toilette ist, und daß derjenige tot ist? Erwartest du im Ernst, daß mir die Leute abnehmen, daß ich nichts damit zu tun habe? Na, sag schon, Barbara, was würdest du davon halten? Ich bin nicht um die halbe Welt gereist, um mich auf der Stelle an Händen und Füßen gefesselt ins hiesige Polizeigewahrsam schleppen zu lassen.«

»Hat irgendwer gesehen, wie du in die Toilette gegangen bist?«

»Woher soll ich das wissen?«

»Oder herausgekommen bist?«

»Barbara . . .«

»Du hast recht. Solange kein besserer Verdächtiger auftaucht, wärst du der beste Kandidat für die Polizei.«

»Bloß ein kleiner Zwischenfall auf dem Flughafen.«

»Kannst du denn nicht durch irgendwas beweisen, daß noch ein Typ, ein dritter, in der Toilette war?«

»Nein. Ich kann nur mein Ehrenwort geben. Und das ist das Ehrenwort eines Typs, der gerade am Äquator eingetroffen ist, Skier und Skiklamotten mit sich herumschleppt und mit der unleserlichen Einladung eines Mannes herumwedelt, den die Gerichte von Kalifornien vor Jahren für tot erklärt haben.«

»Wackliger Boden.«

»Und kein Standbein.«

»Fletch, da haben wir uns ja was Hübsches angelacht.«

»Das kannst du laut sagen. Ein Heidenspaß. Bis was in die Hose geht.«

Verärgert schaute Barbara erneut durch die Scheibe zum Terminal hinüber. »Warum hat uns dein Vater auch nicht vom Flughafen abgeholt? Er ist doch Pilot. Er muß doch wissen, wo der Flughafen ist.«

Fletch sagte nichts. Er atmete langsam aus.

»Dein Atem riecht wie der einer alten Katze«, sagte Barbara. »Ist dir immer noch schlecht?«

»Ein Glück, daß uns die British Air kein pompöses Frühstück serviert hat.«

Der Fahrer ging an Fletchs Fenster vorbei.

»Barbara, laß nichts über diese Sache verlauten, was der Fahrer hören kann.«

Barbara seufzte. »Deine Entscheidung.«

Bevor er den Motor anließ, drehte sich der Fahrer auf dem Vordersitz um und sah Fletch an. *»Jambo.«*

»Habari«, hauchte Fletch.

Der Fahrer runzelte die Stirn. *»Mzuri sana.«*

»Meinem Mann ist schlecht«, sagte Barbara. »Hat bestimmt was Falsches gegessen.«

Und nun hörte Fletch zum ersten Mal die andere Melodie, mit drei Tönen: »Tut mir leid.«

Wie war es nur möglich, daß Fletch in einem Land, in dem die Menschen, sogar ein bulliger Taxifahrer, ihre schlichten Artigkeiten »Ah, so ist das. Tut mir leid« so freundlich, so sanft sangen, so etwas erleben konnte, wie er es gerade erlebt hatte? In weniger Zeit, als er brauchte, um sich zu erleichtern, verwandelte sich eine saubere öffentliche Toilette in eine blutbespritzte, blutverschmierte, in Blut schwimmende Schreckenskammer. Als erlebe man, wie eine Schlange aus einem Hühnerei schlüpft. Wieder rieb sich Fletch mit den Fäusten die Augen. In einer Ecke der Kammer saß der Mann in einer Blutlache auf dem Boden, die Beine gespreizt, den Hals verdreht, die Augen starr auf die Tür gerichtet, und überall unterhalb des Brustkorbs Blut.

»Verdammt!« schimpfte Barbara. »Dein Vater ist nicht zum Flughafen gekommen, um uns abzuholen.«

Leise sagte Fletch: »Vermutlich nicht.«

Als das Taxi von der Bordsteinkante ablegte, kam es an einer Gruppe von Leuten vorbei, die sich gerade in einen Lastwagen zwängte. Hinter dem Lastwagen trat eilig der erste Mann hervor, den Fletch in der Herrentoilette gesehen hatte, sich lichtendes, straff gekämmtes Haar, Bleistiftschnurrbart: der Mörder. Seine Safarijacke trug er zusammengerollt in der Hand. Kleine Partien seiner khakifarbenen Hose waren dunkelbraun, feucht.

Fletch sagte: »He, warten Sie einen Moment.«

Das Taxi wurde langsamer. Der Fahrer sah Fletch durch den Rückspiegel an.

Barbara fragte: »Wird dir wieder schlecht?«

Der Mann, der Mörder, hatte seine Hand auf dem Türgriff eines geparkten Wagens. Er sah sich nach allen Seiten um.

Fletch war wieder schlecht.

»Fahren Sie weiter«, sagte Barbara zu dem Fahrer. »Ihm wird's gleich besser gehen.«

Das Taxi fuhr weiter durch das Tor. Der Augenblick war vorüber.

Barbara zog Fletchs Hand in ihren Schoß. »Geht's dir schon besser?«

»Gleich. Bloß der Schock. Das letzte, was ich zu sehen erwartete.«

»Es war das letzte, das jemand gesehen hat.« Sie drückte seine Hand. »Willkommen in Afrika.«

»Was, zum Teufel, haben wir hier eigentlich verloren?«

»Bei der Ankunft in einer Skilodge in Colorado begrüßt man dich mit einer Tasse heißer Schokolade.«

»Irgendwie glaube ich nicht«, sagte Fletch, »daß dieser Empfang vom kenianischen Fremdenverkehrsbüro vorbereitet wurde.«

»Nein«, sagte Barbara. »Aber ich hätte deinen Vater hier erwartet. Er hat die Tickets besorgt. Er kannte unsere Ankunftszeit. Seine Anwesenheit wäre alles in allem hilfreich gewesen.«

Wieder atmete Fletch heftig aus.

Auf der Fahrt vom Flughafen nach Nairobi nahm Fletch allmählich seine Umgebung bewußter wahr.

Das Taxi rollte mit gleichmäßigem Tempo dahin. Immer wieder warf der Fahrer einen besorgten Blick in den Rückspiegel. Im Laufe der Fahrt wippte der Kofferraumdeckel höher und höher.

Die aus einem nach Nairobi, Kenia, fahrenden Taxi herausragenden Skier erregten eine Menge Aufsehen. Andere Autofahrer lächelten ihnen zu, hupten oder winkten dem zu, was wie ein Scherz oder zumindest etwas Lustiges aussah. Passanten auf den Bürgersteigen zeigten mit dem Finger darauf. Ein paar Leute schienen zu wissen oder konnten sich zumindest vorstellen, um was es sich dabei handelte. Andere fanden schon zwei aus dem Heck eines schaukelnden Mercedes herausragende blaue Fangzähne recht lustig.

Als sie sich anschickten, einen Kreisel zu umrunden, sah Fletch zu seiner Linken einen Kinderspielplatz. Überall auf dem Spielplatz standen übergroße Verkehrsschilder: STOP, EISENBAHN-SCHRANKE, WARTEN, GEHEN, ACHTUNG.

Fletch sagte: »Die Menschen hierzulande lieben ihre Kinder.«

Barbara sah ihn mißbilligend an. »Auf der ganzen Welt lieben die Menschen ihre Kinder.«

»Ich habe noch nie zuvor einen Stadtpark gesehen, der dazu dient, Kindern Verkehrsschilder beizubringen.«

Der Wagen verringerte das Tempo, bevor er eine U-Kehre machte, um vor dem Eingang des Norfolk Hotels vorzufahren.

»Oh, nein«, sagte Barbara.

»Oh, nein, was? Es ist fantastisch.«

Das Hotel sah wie eine Tudor-Jagdhütte in tropischer Sonne aus. An der Vorderseite nahm eine tiefe, überdachte Veranda, eine Bar mit Restaurant, die halbe Länge des Gebäudes ein.

»Sieh dir doch diese vielen Leute an.«

»Na und?«

»Oh, nichts«, sagte Barbara. »Es macht mir überhaupt nichts aus, vor all diesen Leuten vorzufahren, mit einem gespensterhaften jungen Mann, dem eindeutig speiübel war, aus dem Wagen zu steigen, meine Skier zu schultern und in ein Tropenhotel zu spazieren. Warum sollte es mir auch etwas ausmachen?«

»Okay.« Fletch schickte sich an, aus dem Taxi zu steigen. »Bleib hier. Ich lasse dir ein pochiertes Ei herausbringen.«

»Entweder landen wir in einem kenianischen Gefängnis«, sagte Barbara, als sie ihm folgte, »oder in einer Klapsmühle.«

»Bezahle den Fahrer, Barbara. Du hast das Geld.«

»Ich werde ihm ein Trinkgeld geben«, sagte Barbara, »und ihn bitten, uns zu vergeben und zu vergessen.«

Tatsächlich jedoch holte der große Türsteher die Skier aus dem Kofferraum, brachte sie in die Halle und lehnte sie gegen die Wand, als wäre dies eine seiner stündlichen Beschäftigungen.

Ein paar Leute auf der Veranda blickten auf und nickten Fletch und Barbara zu.

In den Augen der Leute stand kaum mehr als gelinde Neugier.

»Hallo?«

Ein Zögern. »Mr. Fletcher?«

»Ebenfalls Mr. Fletcher?« antwortete Fletch.

Wieder ein Zögern. »Mein Name ist Carr. Ich bin ein Freund Ihres Vaters. Sind Sie alle dort oben?«

»Wer alle?« fragte Fletch. »Wo oben?«

»Ist Ihr Vater bei Ihnen? Bei Ihnen und Ihrer Frau, in Ihrem Zimmer?«

»Ich habe ihn nicht gesehen«, sagte Fletch. »Noch nie.«

»Oh. Er sagte, daß wir uns alle hier treffen würden, auf der Lord Delamere's Terrace. Auf einen Drink. Glaube fast, der alte Knabe wollte mich zur moralischen Unterstützung dabeihaben, was? Kann die Situation verstehen. Erste Begegnung zwischen Vater und Sohn.«

Barbara stand unter der Dusche.

»Dann verstehen Sie mehr als ich, wie mir scheint.«

Fletch hatte die Rucksäcke geöffnet und sein Rasierzeug herausgeholt.

»Ich habe einen Tisch auf der Terrasse. Er wird schon noch aufkreuzen.«

Die Skier lehnten schräg zur Wand am Fenster. Überall vor dem Fenster waren prächtige Blumen.

»Ich komme runter«, sagte Fletch. »Wie erkenne ich Sie?«

»Wir werden zwei manierlich aussehende Herren sein, hoffe ich, mit Drinks vorm Gesicht, alle Augen auf den Hoteleingang gerichtet.«

Fletch lachte in sich hinein. »Okay. Aber ich brauche noch ein paar Minuten. Wir haben nämlich die vergangenen Monate in Flugzeugen zugebracht, und wenn ich mich nicht erst rasiere und dusche, könnte es sein, daß Sie mich geflissentlich übersehen.«

»In Ordnung«, sagte Carr. »Wir werden nach einer sauberen Person Ausschau halten.«

»Habe ich gerade das Telefon gehört?« Barbara kam aus dem Badezimmer, Kopf und Leib in Handtücher gewickelt.

»Ja.« Fletch, der das Hemd ausgezogen hatte, ging mit seinem Rasierzeug ins Bad.

»War es dein Vater?«

»Nein.«

»War es die Polizei?«

»Warum die Polizei? Ein Freund meines Vaters, jemand, den mein Vater wohl zur moralischen Unterstützung bei dem Treffen dabeihaben möchte. Sie warten unten auf dieser Veranda auf uns.«

»Warum hat dein Vater nicht selbst angerufen?«

»Weil er noch nicht da ist. Barbara!«

»Ja, Schatz?«

»Für den Fall, daß wir einmal heiraten sollten –«

»Wir haben geheiratet. Wir sind verheiratet.«

»– muß ich mir entweder einen Bart wachsen lassen oder zum Rasieren in den Spiegel sehen können.«

»Du hast mir gesagt, daß ich zuerst unter die Dusche dürfte.«

»Aber mußt du denn dann gleich den ganzen Raum unter Dampf setzen? Mußt du bei geschlossener Tür duschen?« Im Bad gab es einen Telefonapparat. »In welchem Jahrhundert lebst du eigentlich? Warum duschst du überhaupt bei geschlossener Tür?«

»Die Luft hier ist sehr trocken. Siehst du?« Sie langte mit der Hand ins Bad, schloß ihre Finger und warf den Dampf hinaus. »Alles weg.«

»Ich sehe schauderhaft aus«, sagte er beim Rasieren.

»In der Tat«, sagte sie ernst. »Ich wollte dir diesen Anblick ersparen.«

»Ha, ha.«

»Wie geht's dir?«

»Der Jetlag macht mir nicht mehr zu schaffen als dir. Wir werden den Tag schon überleben.«

»Ich kann ja nach unten gehen und sagen, daß du krank bist. Du kannst diesen . . . deinen Vater ja auch morgen treffen.«

»Warum sollte ich?«

»Mute deinem Organismus immer nur eine Erschütterung auf einmal zu. Hat das nicht Aristoteles gesagt?«

»Aristoteles sagte: ›Der Lammbraten ist heute ausgezeichnet‹.«

»Du bist so prosaisch.«

Als er aus der Dusche kam, war Barbara immer noch in ihre Handtücher gewickelt, aber im ganzen Zimmer lagen Kleidungsstücke herum. Skisachen. Pullover, Skischuhe. Handschuhe. Eine Dose Skiwachs.

Barbara machte ein unglückliches Gesicht.

»Wo sind meine Sachen?« fragte Fletch.

»In der Wäsche.«

»In welcher Wäsche?«

»Da kam so'n Typ an die Tür und sagte, daß er Sachen für die Wäsche holen möchte, also habe ich ihm deine gegeben.«

»Sehr großzügig von dir.«

»Meine auch. Alles, was wir auf dem Flug anhatten.«

»Habe ich irgendwas anderes? Ich meine, zum Anziehen?«

»Nein«, sagte sie. »Ich auch nicht. Sieht jedenfalls nicht so aus. Sie wedelte mit der Hand im Zimmer herum. »Skisachen.«

»Nicht einmal Jeans?«

»Ich habe Alston gesagt, daß ich keine Lust hätte, dich während unserer Flitterwochen in Jeans zu sehen. Oder in Turnschuhen. Nur in Skikleidung.«

»Großartig.«

Er setzte sich auf die Bettkante. Die Füße noch auf dem Boden, ließ er sich rückwärts aufs Bett fallen und versank in einem Meer von Skikleidungsstücken.

»Du bist noch naß«, sagte sie.

»Ich will mich nicht erkälten.«

Sie legte das Handtuch ab, das sie um den Leib gewickelt hatte, und wischte ihn leicht, in einem Zug, von den Schultern bis zu den Knöcheln ab.

»Du hast meine Fußsohlen ausgelassen.«

»Heb deine Beine hoch«, sagte sie. »Alles andere ist schließlich auch schon oben.«

Sie kniete sich hin. Er legte seine Knie über ihre Schultern.

»Maibaum«, sagte sie. »Flaggenmast. Tower von London.« Sie schwang es hin und her. »Es gibt doch wirklich nichts Vergleichbares. Steif und trotzdem flexibel.«

»Solche Dinger gibt's millionenfach, wie ich gehört habe.«

»Aber dieses ist das gewisse, das ich mir geangelt habe.«

»Richtig. Dies ist das gewisse.«

»Was fange ich damit an?« fragte sie.

»Was du willst. Ich kann jederzeit ein neues wachsen lassen.«

»Mmmmmm.«

»Mein Vater . . .«

»Meine Turnschuhe?« fragte er.

»Die habe ich auch dem Wäschemann mitgegeben. Ich bezweifle, daß du sie zurückbekommen wirst.«

Fletch stand von einer zweiten Dusche tropfend mitten im Zimmer.

»Mittlerweile werden sie besoffen sein.« Sie lag auf irgendwelchen Skisachen auf dem Boden und blickte immer noch zur Decke.

»Wer?«

»Dein Vater und sein Freund. Sie werden entspannt sein. Du bist entspannt.«

»Ich fand, daß er ruhig eine Weile warten könnte.«

Barbara rollte sich auf die Seite und bettete den Kopf auf die Handfläche. Sie zog ein Knie an. »Du siehst schon viel besser aus. Du hast wieder Farbe gekriegt.«

»Barbara, ich muß mich mit meinem Vater treffen, zum allerersten Mal, im Skidreß, in Äquatorialafrika. Graublau oder sattes Gelb?«

»Zieh deinen blauen an. Ist ja so was wie ein offizieller Anlaß.«

»Skistiefel!«

»Soll ich mit dir nach unten kommen?«

»Was denkst du?«

»Ich denke, daß ich versuchen könnte, meine Mutter anzurufen. Sie muß schon ganz verrückt vor Sorgen sein. Ich hätte sie eigentlich – vor wie vielen Tagen? – aus Colorado anrufen sollen!«

»Vielleicht sollte ich mich erst einmal alleine mit ihm treffen. Ohne Ablenkung.«

»Ohne moralische Unterstützung?«

»Meine Moral braucht keine Unterstützung.« Er zog enganliegende, graublaue Nylonskihosen an.

»Wahrscheinlich hat sie schon sämtliche Fluggesellschaften, die Polizei, Krankenhäuser und die Skilodge an den Rand des Wahnsinns getrieben. Sie muß außer sich sein.«

»Tut mir leid. Ich hätte Alston bitten sollen, sie anzurufen.«

»Und wie hätte er ihr das alles plausibel erklären sollen? ›Hallo, Mrs. Ralston. Fletch hat Ihre Tochter nach Afrika entführt. Sagte irgendwas über weißen Sklavenhandel.‹« Sie rollte sich auf den Rükken. »Oh, Gott. Was soll ich ihr denn bloß sagen? ›Hallo, Mom. Der Schnee hier ist zum Skilaufen gar nicht so toll. Wir sind in Afrika.‹«

»Ist wenigstens einer von diesen Pullovern leicht?«

»Zieh den roten an.«

»Der sieht warm aus.«

»Dann kremple die Ärmel hoch. ›Wir haben unser ursprüngliches Ziel um zwei komplette Kontinente und einen riesigen Ozean verfehlt!‹«

»Sag ihr einfach, daß es dir gut geht.«

Sie streckte die Beine aus, hob sie vom Boden hoch und ließ sie mit angespannten Bauchmuskeln in der Luft schweben. »Du wirst nicht mit der Polizei reden?«

Er fuhr in seine Skistiefel. »Eins nach dem anderen. Wie du gerade gesagt hast.«

»›Hallo, Mom! Du kennst doch diese aquamarinblauen Shorts von mir? Könntest du sie mir nach Nairobi schicken?‹ Wie wäre das als Einleitung?«

»Klingt gut.« Er ließ die Verschlüsse der Stiefel zuschnappen und kniete sich auf den Boden. Er beugte sich vor und küßte Barbara.

Ihre Hand glitt an der Innenseite seines Beines entlang. »Hmmm. Du fühlst dich gut an, selbst in Hosen.«

»Der Beamte vom Zoll meinte das auch.«

»Komische Sitten.«

An der Tür sagte er: »Kommst du später nach?«

Sie rollte sich auf den Bauch. »Klar. Was habe ich gesagt?«

»›Sei nicht enttäuscht‹?«

Sie zwinkerte ihm zu. »Du hast's erfaßt, Schätzchen.«

11

Als Fletch in Skistiefeln, graublauen Skihosen, rotem Pullover (die Ärmel hochgekrempelt) und Sonnenbrille auf der Lord Delamere's Terrace erschien, konnte er nur einen manierlich aussehenden Herrn mit einem Drink vorm Gesicht und die Augen auf den Hoteleingang gerichtet entdecken. Zumindest konnte er nur einen manierlich aussehenden Herrn mit einem Drink vorm Gesicht und die Augen auf den Hoteleingang gerichtet entdecken, der sich bei seinem Anblick verschluckte.

Andere schauten nur kurz zu ihm hin und unterhielten sich weiter.

Der Mann machte Anstalten, sich zu erheben, daher ging Fletch zu ihm hinüber.

Der Mann streckte die Hand aus. »Ich bin Carr. Das viertürige Modell.«

Händeschüttelnd sagte Fletch: »Mein Vater noch nicht da?«

»Keine Ahnung, was mit ihm los ist.« Der Mann nahm wieder Platz. Sein Bierglas war halbleer. Es war ein runder Tisch mit vier

Stühlen. Fletch setzte sich ihm gegenüber. Carr sagte: »Sie sind ein irrer Typ. Ein absolut irrer Typ. Ist das der neuste Schrei in Amerika?«

»Sofern man Ski läuft.«

An einem Tisch in ihrer Nähe saßen zwei dickleibige, in kurze Safarianzüge gewandete Männer mit beginnender Glatze, frischem Teint und Schnauzbärten, die jeder Konkurrenz standgehalten hätten. An einem anderen Tisch saß eine in Schwarz gewandete Frau mit einem schwarzen, breitkrempigen Federhut. Ihr Begleiter trug einen doppelreihigen blauen Blazer, weißes Hemd und rote Krawatte. Sein Haar war pomadisiert. Um einen anderen Tisch zwängten sich sechs Studenten, männliche und weibliche, weiße und schwarze, in abgeschnittenen Jeans und T-Shirts, und schwatzten lebhaft. An einem anderen Tisch waren zwei Geschäftsleute, Aktentaschen neben sich auf dem Fußboden, in ein ernstes Gespräch vertieft. Nur die weißen Manschetten und Kragen ihrer Hemden unterbrachen die vollkommen übereinstimmende Schwärze ihrer Haut und ihrer Anzüge. Etliche Tische entfernt saßen drei Frauen in farbenprächtigen Saris zusammen. Nahezu alle anderen auf der Terrasse trugen lange und kurze Khakianzüge.

Carr fragte: »Spielen Sie Gitarre?«

»Nein«, antwortete Fletch. »Kein Talent.«

Carr selbst war mit Khakishorts, langen Khakistrümpfen und einem kurzärmeligen Khakihemd bekleidet. Er war ein muskulöser Mann in mittleren Jahren mit kräftigen Knien, kräftigen Unterarmen, kräftigem Brustkorb und nur geringem Bauchansatz. Sein rotblondes Haar lichtete sich. Seine Haut war trotz der tiefen Bräune mit einem leichten, mit Sommersprossen gesprenkelten Sonnenbrand überzogen. Er hatte große, kräftige und stark schwielige Hände und vielleicht die klarsten Augen, die Fletch jemals gesehen hatte.

»Wie gefällt Ihnen das Norfolk?« fragte Carr.

»Es macht einen authentischen Eindruck«, sagte Fletch. »Vielleicht der authentischste Ort, an dem ich jemals gewesen bin.«

Carr lachte leise. »Das will ich hoffen. In den alten Zeiten, wissen Sie, da kamen die Cowboys immer dermaßen staubig und durstig in die Stadt, daß sie mit ihren Pferden geradewegs in die Bar ritten. Damals ging es noch dort in die Bar.« Er zeigte auf eine zugemauerte Tür. »Jetzt ist da ein stinkvornehmer Speiseraum. Die

Kerle waren dermaßen ausgetrocknet, daß sie schon von einem halben Drink besoffen wurden und anfingen, das Lokal zusammenzuballern.« Wieder lachte er leise. »Ich bin hier schon so oft rausgeworfen worden, daß ich mich gar nicht mehr an all die Male erinnere.«

»Davon bin ich überzeugt.« Fletch bezweifelte es.

»Rot, weiß, blau.«

Fletch blickte auf seine graublauen Hosen und seinen roten Pullover hinab. »Was ist weiß?«

»Sie.«

»Oh, natürlich. Habe ich glatt vergessen.«

Ein junger Kellner sagte zu Fletch: *»Jambo.«*

»Jambo. Habari?«

»Habari, bwana?«

»Mzuri sana.«

»Gütiger Gott!« sagte Carr. »Sie sprechen Suaheli?«

»Warum nicht?« Fletch schaute auf seine Uhr. »Ich bin ja schon zweieinhalb Stunden hier.«

Carr sah Fletch lange an. Dann sagte er zu dem Kellner: *»Beeri mbili, tafahadhali.«* Er berührte sein Glas. *»Baridi.«*

Sehr behutsam sagte Fletch: *»Baridi.«*

Lachend sagte Carr: »Sie sind wirklich ein irrer Typ!« Der Kellner entfernte sich. »Früher haben sich die Amerikaner nie bemüht, Fremdsprachen zu lernen.«

Fletch blickte über die Harry Thuku Road zur Universität von Nairobi. »Spricht mein Vater Suaheli?«

»Oh, ja. Und, weiß Gott, was sonst noch alles. Muß er ja auch, verstehen Sie, wenn er mit kleinen Flugzeugen in der Weltgeschichte herumgondelt. Hier sprechen neunzig Prozent der Leute Englisch, neunzig Prozent Suaheli, und neunzig Prozent sprechen zumindest eine andere Stammessprache.«

»Was sind Sie?« fragte Fletch.

»Wie meinen Sie das?«

»Ihrem Akzent nach könnten Sie Engländer, Amerikaner, Südafrikaner oder Australier sein, schätze ich.«

»Bloß nicht Australier«, sagte Carr. »Bloß nicht Australier. Das ist viel zu aufreibend. Ich bin Kenianer. Hab' einen britischen Paß gegen einen kenianischen Paß eingetauscht und es nie bereut. Wenn Sie hier mal eine Weile leben, nehmen Sie wahrscheinlich jeden Akzent an. Ein Dorf mit Weltflair.«

»Sie sind Pilot?«

»Immer noch bei der Fliegerei, wie man so sagt.«

»Dann war der Mann, der auf meiner Hochzeit erschien, vergangenen Samstag, zwar keinen Ton sagte, mir aber das Päckchen mit den Tickets für den Flug hierher überreichte, vermutlich auch Pilot, ja?« Fletch schwitzte. Der rote Pullover kratzte auf der Haut. »War so ein kleiner Bursche, in Khaki gekleidet, blaue Krawatte.«

»Die internationale Bruderschaft der Buschpiloten.«

»Wo sind Sie sonst noch geflogen?«

»In Lateinamerika, Indien. Ein bißchen in den Staaten. Andere Orte in Afrika.«

»Schmuggel?«

»Damit gebe ich mich nicht ab.«

»Und mein Vater?«

»Ebensowenig.«

Der Kellner brachte das Bier.

Fletch sagte: »Danke, *bwana*.«

Carr lächelte. Er stellte sein halbleeres Glas Bier auf das Tablett des Kellners.

»Wie geht's meinem Vater?« fragte Fletch.

Carr blickte über die Straße. »Wir haben alle schon bessere Zeiten gesehen.«

»Er muß reich sein.«

»Wie kommen Sie denn auf die Idee?«

»Tickets hierher, für zwei, plus tausend Mäuse, dieses Hotel. Das ist 'ne ganze Menge.«

»Nicht aufs ganze Leben berechnet. Haben Sie sonst jemals etwas von ihm bekommen?«

»Nein.«

»Sind Sie nur hergekommen, weil Sie dachten, er könnte reich sein?«

»Nein. Ich war ›gelinde neugierig‹.«

»Er ist nicht reich.«

»Wie hat er Ihrer Meinung nach erfahren, daß ich heirate? Genaue Uhrzeit, außergewöhnlicher Ort... Ich hab's ja selbst kaum geschafft.«

Carr schien seine rauhen Hände zu studieren. »Ich vermute, daß Ihr Vater schon Ihr ganzes Leben lang Informationen von Ihnen erhält.«

»Nicht von mir.«

»Informationen über Sie. Ich habe Bilder von Ihnen gesehen.«

»Von mir?«

»In einem Schulhof. Auf einer Straße. In einem Footballtrikot. An einem Strand.«

»Alle diese alten Schmutzfinken, die mich fotografiert haben.«

»Pilotenkameraden, nehme ich an.«

Fletch grinste. »Und all die Jahre glaubte ich, die hätten mich geknipst, weil ich so ein hübsches Kerlchen war.«

»Haben Sie denn noch nie ein Bild von ihm gesehen?«

»Nein.«

»Was hat man Ihnen erzählt?«

»Man ließ mich in dem Glauben, daß er tot ist. Er wurde für tot erklärt, als ich im zweiten Schuljahr war. Erst vergangenen Samstag habe ich erfahren, daß meine Mutter stets die Möglichkeit in Betracht gezogen hat, daß er noch am Leben ist. Wahrscheinlich wollte sie nicht, daß ich mich auf eine unausgegorene Vatersuche begebe, wissen Sie, nur um dann enttäuscht zu sein.«

Carrs Augen wurden noch größer. Er schüttelte den Kopf. »Kein Zweifel«, sagte er, »das muß Mrs. Fletcher sein.«

Fletch sah sich um.

Vor dem Hoteleingang stand Barbara, in Skistiefeln, graublauen Skihosen und einem roten Pullover mit hochgekrempelten Ärmeln.

12

»Dreimal Hase«, sagte Carr zu dem Kellner, »und, wie ich annehme, ein Bier für die Dame.«

»Hase«, sagte Barbara leise. »Amerikaner essen keine Hasen.«

Carr hatte gesagt, daß sie, da sie schon mal hier wären, gleich auch zu Mittag essen könnten.

Nachdem er bestellt hatte, wurde Carr von einem Mann unterbrochen, der an den Tisch kam. Sie wurden einander kurz vorgestellt. Dann sprachen der Mann und Carr über den Lufttransport irgendwelcher Glasmusterkästen nach Kitale.

»Das ist nicht dein Vater?« flüsterte Barbara.

»Ein Freund von ihm. Auch Pilot. Ein gewisser Carr. Vorname unbekannt.«

»Wo ist dein Vater?«

»Er weiß es nicht. Ich glaube, das Ganze ist ihm ziemlich peinlich. Er ist als moralische Unterstützung hier, und der alte Herr läßt sich nicht blicken. Er gibt sich Mühe, besonders nett zu sein.«

Die Unterhaltung über Glasmusterkästen wurde beendet.

»Peter der Hase«, sagte Barbara. »Peter Mümmelmann. Der Osterhase. Mein Name ist Hase.«

Carr sagte zu Fletch: »Mein Vorname ist Peter. Genannt werde ich Carr.«

»Peter.«

»Ich kann Peter Mümmelmann nicht essen«, sagte Barbara.

Carr sagte: »Wie bitte?« – wie jemand, der an einem chronischen Gehörschaden leidet.

»Wo ist Fletchs Vater?« fragte Barbara.

Carr schaute offensichtlich gepeinigt zum Eingang. »Ich wünschte, ich wüßte es.«

»Können Sie ihn denn nicht irgendwo anrufen?«

»Wir sind hier nicht in Europa«, sagte Carr. »Oder in den Staaten. Wenn hier jemand vermißt wird, ist es unwahrscheinlich, daß er gerade neben einem Telefon steht.«

»Ich habe übrigens meine Mutter angerufen«, sagte Barbara zu Fletch.

»Was hast du ihr erzählt?«

»Ich sagte: ›Ich bin in Nairobi, Kenia, Ostafrika, in meinen Flitterwochen mit Fletchbubi, mir geht's sehr gut, und tut mir leid, wenn du dir Sorgen gemacht hast, als ich dich nicht aus Colorado anrief‹.«

»Da haben Sie's«, sagte Carr. »Sie können von hier aus einfacher in die ganze Welt telefonieren als über die Straße.«

»Was hat sie gesagt?«

»Erst dachte sie, ich mache Witze. Dann sagte sie: ›Ist dieser *Bubi*, den du geheiratet hast, eigentlich jemals zur vereinbarten Zeit an der vereinbarten Stelle?‹ Dann sagte sie: ›Bei allem, was er tut, ist irgendein Trick dabei. Das ist kein Leben für dich, Barbara‹.«

Carr versuchte, Fletchs Augen durch Fletchs Sonnenbrille zu beobachten.

Fletch legte seine Sonnenbrille auf den Tisch.

»Sie sagte, ich solle auf der Stelle nach Hause kommen und mich von dir scheiden lassen.«

»Und hast du die Absicht?«

»Ich hatte die Absicht, erst einmal zu Mittag zu essen. Aber Hase?«

»Sehen Sie nicht zu auffällig hin«, sagte Carr, »aber da kommt gerade ein Mann herein, den Sie sich nicht entgehen lassen dürfen.«

Der Mann zog an ihrem Tisch vorüber wie ein Flugzeugträger. Er maß etwa zwei Meter und wog annähernd hundertfünfzig Kilo. Sein Kopf hatte die Form eines riesigen, blanken Raketenkopfes. Er und Carr nickten sich zu.

Er setzte sich mit dem Rücken zum Tageslicht und dem Gesicht zum Eingang an einen Tisch in der Nähe des Geländers. Er zog eine Zeitung hervor und glättete sie auf dem Tisch.

Sofort brachte ihm ein Kellner eine Flasche Bier und ein Glas.

»Normalerweise läßt er sich hier nicht vor vier Uhr nachmittags sehen«, sagte Carr.

»Wer ist er?« fragte Fletch.

Carr zögerte. Der Kellner stellte die Teller vor sie hin. »Sein Name ist Dawes. Dan Dawes.«

»Was macht er?«

Barbara inspizierte ihren Teller. »Das sieht aber nicht nach Hase aus.«

»Er unterrichtet an der High-School.«

»Ich möchte wetten, daß ihn seine Studenten ›*Bwana*‹ nennen.«

»Ganz recht«, sagte Carr.

Barbara steckte ihr Messer in das, was auf ihrem Teller war. »Hackfleisch.«

»Hackepeter«, sagte Fletch.

»Das ist falscher Hase.« Barbara machte sich glücklich über das Essen her.

Der Kellner hatte sich wieder entfernt.

»Er erschießt Menschen«, sagte Carr. »Nachts. Fast ausschließlich nachts.«

Barbara würgte.

»Schlechte Menschen, versteht sich. Bösewichte. Manche behaupten, er täte es im Auftrag der Polizei. Er bringt Leute um, gegen die die Polizei zuwenig in der Hand hat, um sie vor Gericht zu bringen; Leute, von denen die Polizei meint, daß sie die Kosten für einen Prozeß, fürs Gefängnis oder fürs Hängen nicht wert sind.«

»Er zieht einfach so los und erschießt Menschen?«

»Eine Ladung aus einer .45er in den Hinterkopf. Immer sehr sauber.«

Barbara traten die Augen aus dem Kopf. »Und er unterrichtet an der Schule?«

»Mathe an der High-School.«

Barbara sah Fletch an. »Ist das der Mann –«

»Halt die Klappe«, sagte Fletch freundlich.

Während des Essens spähte Fletch ständig zu dem riesigen Mann hinüber, der seine Zeitung studierte. Sein kahler Schädel hatte die Ausmaße eines Obelixschen Hinkelsteins.

Carr sagte: »Sie arbeiten für eine Zeitung?«

»Ja.«

»Wie schön. Welche besonderen Fähigkeiten brauchen Sie dazu?«

»Kräftige Beine.«

»Und was springt dabei für Sie heraus?«

»Ein Ersterklassenachruf.«

Der Mann mit den rauhen Händen und den feinen Tischmanieren fragte Barbara: »Und Sie?«

»Ich habe in einer Boutique gearbeitet. Jodhpurs verkauft.«

»Jodhpurs? Ich muß schon sagen, ihr Amerikaner zieht euch wirklich ulkig an.«

Als sie mit dem Essen fertig waren, sagte Carr: »Wie fühlt ihr beiden euch?«

»Heiß«, sagte Barbara.

Fletch zerrte an seinem Pullover. »Heiß.«

»Es ist nicht heiß, wissen Sie«, sagte Carr. »Sie sind hier gut sechzehnhundert Meter über dem Meeresspiegel.«

Fletch sagte: »Trotzdem sind die Pisten staubtrocken. Ihr braucht dringend Schnee.«

»Ich meine, wie geht's Ihnen, mit dem Jetlag und so weiter?«

Barbara sagte: »Ich komme mir wie benebelt vor.«

»Wir sind entschlossen, den Tag durchzustehen«, antwortete Fletch. »Sonst schaffen wir's nie, uns zu akklimatisieren.«

Carr überlegte einen Moment. »In Anbetracht dessen, daß Ihr Herr Papa nicht zu erscheinen scheint ... Wie soll ich mich ausdrücken? Sie schreiben doch für eine Zeitung.«

»Er ist nicht da«, sagte Fletch. »Und das ist keine Neuigkeit.«

»Ich habe heute nachmittag eine Privatsache zu erledigen, draußen in Thika.« Plötzlich war Carrs Gesicht noch röter geworden. »Sie beide scheinen recht aufgeschlossene Menschen zu sein. Ich meine, Sie stehen der Tatsache aufgeschlossen gegenüber, daß es eine Sprache gibt, die Suaheli genannt wird, und daß Sie vielleicht ein paar Wörter davon aufschnappen könnten.« Barbara beobachtete Carr aufmerksam und fragte sich, wovon er eigentlich redete. »Privatsache. Eine merkwürdige Verabredung. Nun denn«, er seufzte. »Auch wenn Ihr Herr Papa diese Verabredung verpaßt zu haben scheint, ich habe nicht die Absicht, die meine zu verpassen.« Er kratzte sich am Ohr. »Mit einem Medizinmann, einem weiblichen.«

»Einem weiblichen Medizinmann«, wiederholte Fletch.

»Einem weiblichen Medizinmann«, wiederholte Barbara.

»Ich habe da ein Problem.« Carr vermied ihren Blick. »Ich habe da mit einer Sache nicht viel Glück, und da dachte ich, daß es eigentlich nichts schaden könnte, wenn ich mal diese eine Frage stelle.«

Barbara sagte zu Fletch: »Eine Medizinfrau.«

»Klingt interessant«, sagte Fletch.

Carr schaute auf seine Uhr. »Hat ja keinen Sinn, daß Sie hier herumhängen, bis Fletch aufkreuzt. Ich meine den anderen Fletch. Genausogut könnten Sie mich begleiten. Auf einer Fahrt durch die Vororte von Nairobi.«

»Sind Sie sicher, daß wir nicht im Weg wären?« fragte Fletch.

Carr lachte. »Nein, bin ich nicht. Aber was ist schon das Leben ohne Risiko?«

Barbara sagte zu Fletch: »Ich meine, daß wir eigentlich keine große Lust haben, hier zu sein, wenn dieser andere Fletch aufkreuzt. Jedenfalls im Moment nicht.«

Carr schob seinen Stuhl zurück. »Ich werde den Landrover holen. Es dauert nur eine Minute. Er steht drüben am Nationaltheater.«

13

»Beeil dich«, sagte Barbara. »Ich will noch was erledigen.«

Sie rannten die Treppe an der Rückseite der Halle hinauf.

»Was?«

In der ersten Etage durchquerten sie einen sonnengesprenkelten Hof mit einem japanischen Garten.

»Mir diese Sachen vom Leib reißen.«

»Barbara, dazu ist keine Zeit. Wir haben diesen netten Mann heute morgen schon lange genug warten lassen. Er saß da und hat sich die ganze Zeit, während wir uns verlustiert haben, an einem halben Glas Bier festgehalten.«

»Wirst du Carr erzählen, was du heute morgen am Flughafen gesehen hast?«

»Ich habe daran gedacht.« Fletch steckte ihren Schlüssel ins Schloß. *»Eine Medizinfrau!?«*

In ihrem Zimmer waren alle ihre Kleider weggeräumt worden.

Auf der Kommode stand ein neues Paar Turnschuhe. Daneben lag ein Zettel.

Lieber Mr. Fletcher,
leider wurden Ihre Turnschuhe in der Wäsche sofort und so irreparabel beschädigt, so daß wir sie ersetzt haben.

Mit dem Ausdruck unseres
tiefen Bedauerns
Die Geschäftsleitung
Norfolk Hotel

»Meine geliebten Treter! Wie peinlich!«

Barbara las den Zettel über seine Schulter hinweg. »Wie süß!« Sie hielt eine Schere in der Hand. »Du hast recht. Wie peinlich.«

»Was machst du denn da?«

»Zieh sie aus.«

»Was soll ich ausziehen?«

»Ich halte es in diesen Klamotten nicht mehr aus. Ich halte es nicht mehr aus, dich in diesen Klamotten zu sehen. Wir können nicht in dieser Montur auf dem Äquator herumspazieren.«

»Meine Frau geht mit einer Schere auf mich los! Und wir sind noch keine Woche verheiratet!«

»Zieh deine Hosen aus, oder ich schneide sie dir an Ort und Stelle ab!«

»Hilfe! Dan Dawes! Rette mich! In meinem Zimmer ist ein Bösewicht!«

14

Die Shamba lag ländlich still in der gleißenden Mittagssonne.

Fletch und Barbara standen abseits, an dem Lattenzaun innerhalb der Einfriedung.

Carr stand vor der Medizinfrau, seine großen, rauhen Hände hingen scheinbar nutzlos an den Seiten herab.

Sie saß in der Türöffnung ihrer strohgedeckten Lehmhütte auf dem Boden, die in einen schwarzen, schenkellangen Rock gewickelten Beine flach vor sich ausgestreckt. Ihre Füße waren nackt. Auf ihrem Kopf saß ein Turban.

Ihr Mann, in zerschlissenen Shorts, zerschlissener Anzugjacke, ohne Hemd und barfuß, saß auf einem niedrigen Stuhl an ihrer Seite, das Gesicht zu ihr gewandt und voll auf sie konzentriert.

Zusammen wog das greise Paar kaum fünfzig Kilo.

Auf der anderen Seite der Einfriedung standen drei junge Männer, späte Teenager, die nur mit grellfarbenen Shorts bekleidet waren und einen unbeteiligten Eindruck machten. Zwei schwankten betrunken. Die Augen des dritten blitzten aufmerksam und lebhaft über den Hof hinweg.

Die Alte hatte in den Staub um sich herum, sogar über den kleinen, dunklen Teppich an ihrer Seite, mit weißer Kreide ein Rechteck gezogen und weiße Kreidepunkte auf ihre Schläfen gemalt.

Dann hatte sie ein unmelodisches Lied gesungen, ein Gebet, eine Zauberformel.

Ihr Mann reichte ihr eine Vase mit engem Hals, aus der sie immer wieder ein paar Perlen in ihre Hand schüttelte. Die Perlen schnippte sie dann auf den dunklen Teppich, verteilte sie und gruppierte sie neu, wobei sie jedesmal das jeweilige Muster, das sie bildeten, gründlich studierte. Danach murmelte sie ein wenig, sang ein wenig, sammelte die Perlen wieder ein, gab sie in ihre Vase zurück, schüttelte die Vase und begann von vorn.

Ihr Mann beobachtete alles, was sie tat, mit ehrfürchtiger Aufmerksamkeit.

Ein gackerndes Huhn überquerte den Hof.

Carr hatte auf der Fahrt nach Thika nicht viel gesprochen.

Er hatte bereits vor dem Hotel in seinem Landrover auf sie gewartet und gelächelt, als er Barbara und Fletch nun in glänzenden graublauen Shorts erblickte, Fletch trug dazu dicke Skisocken und weiße neue Turnschuhe. Sein Pullover war von den Achselhöhlen bis zur Taille abgeschnitten, die Ärmel waren herausgetrennt.

Barbara trug eins von Fletchs T-Shirts und ihre Gummisandalen. »Das sieht schon besser aus«, sagte Carr.

Sie hielten bei einem Gasthaus außerhalb von Nairobi an, das Blue Post hieß, und tranken in einem auf einen kleinen Wasserfall blickenden Garten eine Tasse Suppe. »Diese Suppe kuriert alles«, sagte Carr. »Magenverstimmung. Liebeskummer. Und vermutlich, obwohl nicht überliefert, sogar Jetlag. Eine hiesige Spezialität. Wird aus Knochen hergestellt.« Er wedelte zu den Hügeln hinter ihm. »Verschiedene Tiere. Gekochte Knochen. Kräuter. Gott weiß, was alles.« Die Suppe schnürte einem die Kehle zu. Fletch fühlte sich besser, nachdem er sie getrunken hatte.

Als sie die befestigte Straße entlangrüttelten, verpaßte Carr die Abzweigung und mußte, halb auf, halb neben der Straße, zurücksetzen. Überall, auf jeder Straße, die sie befahren hatten, waren außer Personenautos und Lastwagen auch jede Menge Menschen zu Fuß unterwegs gewesen, zu beiden Seiten der Straße, in jeder Richtung, die meisten in dunklen, schäbigen Hosen, Röcken und Kleidern, viele barfuß; stets waren ein paar Schulkinder in einheitlichen Shorts, Schuhen, Socken und Hemden und nicht übereinstimmenden Pullovern darunter. Fletch fiel auf, daß häufig ein einzelner Mann von einem oder mehreren Kindern begleitet wurde. Carr bog in einen schmutzigen Pfad ein, der sich durch ein Kornfeld wand.

Dreißig Meter inmitten dieses Kornfelds und von der Straße aus vollkommen unsichtbar, lag ein kleines Dorf, ein halbes Dutzend geräumiger Lehmhütten mit kegelförmigen Strohdächern, alle durch eigene Zäune aus dicken Latten voneinander getrennt.

Als sie eintrafen, erschien die Medizinfrau und ließ sich in der Tür nieder. Sie hatte Carr also erwartet. Carr bedeutete Barbara und Fletch mit einem Blick, daß sie sich still im Hintergrund halten sollten. Er stellte sich vor die Alte.

Plötzlich durchquerte der dritte junge Mann, der mit den lebhaften Augen, mit weitausholenden, federnden Schritten, die ihn um die ganze Welt hätten tragen können, den Hof und drängte sich zwischen Barbara und Fletch. Sie machten ihm Platz. Er wandte Carr und der Medizinfrau das Gesicht zu, dann hockte er sich auf die Fersen.

Gleich darauf zupfte er heftig an Fletchs Skisocken.

Fletch schaute nach unten.

»Ich bin James«, sagte der junge Mann. »Komm runter.«

Fletch hockte sich ebenfalls auf die Fersen, hielt es in dieser Stellung allerdings nicht lange aus. Er setzte sich im Schneidersitz auf den Boden.

Auch Barbara ließ sich im Schneidersitz nieder.

Als James das sah, veränderte er seine Stellung und setzte sich ebenfalls im Schneidersitz hin. Eines seiner Knie lag auf Barbaras Bein, das andere auf Fletchs.

Fletch zeigte mit dem Daumen zu seiner Frau. »Barbara.« Dann auf sich selbst. »Fletch.«

James' Augen weiteten sich. Er starrte in Fletchs Augen, blickte dann weg und gab Fletch das ganze Lied zum besten, alle sieben Töne: »Ah, so ist das. Tut mir leid.«

»Und das heißt?«

»Ich weiß über deinen Vater Bescheid.« James sprach hastig weiter. »Ich habe euch deswegen gesagt, daß ihr euch setzen sollt, versteht ihr«, sagte James leise, »weil solche Sachen lange dauern.« Zu Barbara sagte er: »Du mußt aufpassen, daß du keinen Sonnenstich kriegst.«

Barbara machte ein verwirrtes Gesicht. Sie saß direkt am Zaun. Eine Ausweichmöglichkeit gab es nicht.

Flüsternd sagte James: »Wißt ihr, was der Mann sie gefragt hat?«

Carr hatte die Medizinfrau etwas gefragt, nachdem sie die Kreidezeichen um sich herum und auf ihre Schläfen gemalt hatte.

Fletch sagte: »Ich hab's zwar gehört, aber nicht verstanden.«

»Er sagte, daß er versucht, etwas zu finden. Er möchte, daß sie ihm sagt, wo es ist.«

»Warum hat sie die weißen Punkte auf ihre Schläfen gemalt?« fragte Barbara.

James sah sie an, als hätte sie gefragt, ob die Sonne überall im Osten aufgeht. »Sie kann über die Götter auf dem Mount Kenya mit deinen Vorfahren Verbindung aufnehmen.«

Fletch sagte: »Ah, so ist das.«

»Das Weiße ist der Schnee.«

»*Das* ist also der Schnee«, sagte Barbara.

Unter der Äquatorsonne an einen Lattenzaun gelehnt im Staub sitzend fragte Fletch: »Hat sie schon mal richtigen Schnee gesehen?«

»Das bezweifele ich. Sie liest aus den Perlen. Fünf Perlen für Männer, drei für Frauen, zwei fürs Haus. So ähnlich. Ich weiß es nicht genau. Jede Perle bedeutet etwas anderes. Ist alles sehr kompliziert.«

»Es muß lange dauern, so was zu lernen«, sagte Barbara.

»Lernen«, sagte James. »Ja. Aber, versteht ihr, sie ist eine Medizinfrau.«

»Du meinst, sie muß das nicht lernen?«

»Doch, vieles«, sagte James. »Aber du kannst das nicht lernen, wenn du nicht die Veranlagung dazu hast.«

James riß Fletch ein sonnengebleichtes Haar aus dem Bein. Er hielt es zwischen den Fingern und betrachtete es aufmerksam im Sonnenlicht. Ohne es loszulassen, schaute er auf Barbaras Bein. Dann studierte er das Haar noch einmal eingehend und sagte: »Es muß komisch sein, wenn man nicht schwarz ist.«

Fletch hörte Barbara sagen: »Eine Schwärze wie deine habe ich noch nie zuvor gesehen. Du bist genauso unheimlich schwarz, wie manche Leute unheimlich weiß sind.«

»Ich habe kein weißes Blut«, sagte James. »In England oder Amerika, oder wo ihr herkommt, sind alle Schwarzen, die ihr seht, wahrscheinlich überhaupt nicht schwarz. Sie haben weißes Blut. Gefällt es euch, weiß zu sein?«

»Nicht übel«, sagte Fletch.

James pustete das Haar von seinem Finger. »Ich habe mich noch nicht entschieden, ob es besser ist, schwarz zu sein oder weiß.«

»Ist James dein richtiger Name?« fragte Fletch.

»Warum nicht?«

»Das ist aber doch kein afrikanischer Name, oder?«

»Möchtet ihr mich lieber . . .« James schien sich einen Namen auszudenken. ». . . Juma nennen?«

»Klar. Ich habe nichts dagegen.«

»Das ist schön«, sagte James. »Wahrscheinlich kennt ihr schon irgendwo einen anderen James, und ihr dürft mich nicht mit ihm verwechseln.«

Barbara sagte: »Unwahrscheinlich, Jim-Bob.«

Juma kicherte. »Die Medizinfrau sagt gerade zu dem Mann: ›Du suchst nach etwas, was du gar nicht verloren hast‹.«

Die Unterhaltung drüben an der Tür wurde so leise geführt, daß Fletch sie kaum wahrnahm. »Hat Carr zugestimmt?«

»Carr hat gesagt, daß er nach einem Ort sucht. Nach einem Ort, der schon lange verschwunden ist.«

Jetzt beugte sich Carr über die Alte.

Die Alte hob ihm ihre gewölbten Hände entgegen.

Carr spuckte hinein.

Fletch blickte zu Boden. »Vielleicht sollte ich sie fragen, wo mein Vater ist.«

»Dein Vater ist nicht verschwunden«, sagte Juma. »Er ist hier in Kenia, Fletch. Ich kenne ihn.«

»Was weißt du über ihn?«

»Er fliegt Flugzeuge. Ich habe ihn schon gesehen. Ich habe auch Carr vorher schon gesehen. Ich komme überall hin.«

Barbara sagte: »Schhh.«

Juma flüsterte: »Sie hat gesagt, daß er den Ort finden wird, daß es aber schwierig sein wird. Die Toten dort wollen, daß er ihn findet, damit sie nicht vergessen werden.« Er hörte einen Augenblick zu. »Sie hat gesagt, daß er weit, weit nach Süden gehen muß, dorthin, wo es Hügel gibt, und daß er nach einem Fluß suchen muß.«

Carr sah sich zu Fletch um. Sein Gesicht strahlte vor Erleichterung.

»Oh, wau«, sagte Barbara. »Hokuspokus fidibus, dreimal schwarzer Kater.«

Fletch fragte: »Wie alt bist du?«

Wieder schien sich Juma die Zeit zu nehmen, etwas zu erfinden. »Siebenunddreißig.«

Fletch sagte: »Auch recht.«

Juma hörte gespannt zu. Er legte seine Hand auf Fletchs Knie. »Sie spricht über dich.« Die Alte schaute auf ihre Perlen auf dem kleinen Teppich, rollte sie hin und her. Sie schien mit ihnen zu sprechen. »Sie fragt, warum du nicht vortrittst.«

Carr sah Fletch mit gerunzelter Stirn an. Juma schubste ihn an. »Steh auf. Geh vor. Sie sagt etwas zu dir.«

Fletch stand auf und staubte sich den Hosenboden ab.

Er trat vor die winzige Greisin.

Carr sagte: »Sie möchte wissen, warum Sie nicht mit ihr gesprochen haben.«

»Nicht aus Unhöflichkeit«, sagte Fletch. »Also gut. Wo ist mein Vater?«

Carr hatte gerade angefangen, zu der Alten zu sprechen, als diese zu sprechen begann, nicht zu Fletch, sondern zu den Perlen, die sie auf dem Teppich herumrollte.

Als sie innehielt, sagte Carr: »Sie sagt, daß Sie keine Frage hätten, aber etwas sagen müßten, sonst würde es noch schlimmer für Sie werden.«

»Was wird schlimmer werden?«

Die Alte fuhr fort, ihre kleinen Geräusche zu machen.

»Sie sagt, daß Sie zu ihr sprechen müßten. Sie schleppen eine Kiste voller Steine mit sich herum, die immer schwerer wird, bis Ihre Beine zerbrechen.«

»Ich habe kräftige Beine.«

»Wissen Sie, wovon sie spricht?«

»Vermutlich.«

»Sie sagt, Sie müßten diese Kiste voller Steine fallenlassen oder weggehen, da sie nicht erleben möchte, wie Ihre Beine zerbrechen.«

Fletch schaute über den Hof zu den beiden betrunkenen Teenagern, die schwankend und mit glasigem Blick in der Sonne standen. Er schaute zu Barbara und Juma, die wie zusammen geborene und aufgewachsene Schulkinder einträchtig nebeneinander am Zaun saßen. Er schaute auf die alte kleine Dame herunter, die im Staub in der Tür ihrer Lehmhütte saß.

Er schaute Carr ins Gesicht.

Fletch sagte: »Sie alle sind meine Steine.«

Fletch verließ als erster den Hof, um der Alten den Anblick seiner zerbrechenden Beine zu ersparen und stieß mit dem Kopf gegen einen dicken Ast, der einen Bogen über dem Tor bildete.

Juma sagte die Dreitonmelodie: »Tut mir leid.«

Sich den Kopf reibend sagte Fletch: »Warum entschuldigst du dich? Es war meine Schuld, daß ich dagegengelaufen bin.«

Juma sagte: »Es tut mir leid, daß du dir die Rübe angehaun hast.«

Barbara kam durch das Tor, sonnenverbrannt.

Carr trat ab, benommen, wenn nicht gar verhext aussehend.

Sie gingen den Pfad zum Landrover hinauf.

Schwankend fummelten die beiden jungen Männer an dem Tor herum.

Fletch sagte zu Juma: »Deine beiden Freunde sind ja ganz schön betrunken.«

»Freunde?« Juma schaute nicht zu ihnen hin. Er schaute auch Fletch nicht an, sondern schaute tief versunken in das Kornfeld.

Juma runzelte die Stirn, sagte jedoch nichts.

»Nein, ich kenne ihn nicht.« Carr lächelte. »Ich dachte, er wäre ein Freund von Ihnen.«

Auf der Tanzfläche des Shade Hotels war Juma gerade dabei, mit einigen professionellen Tänzern einen Breakdance vorzuführen. Es war früher Abend, und nur wenige Tische im Hof waren besetzt. Die Tänzer schienen Juma ein paar Dinge zu zeigen, und Juma schien ihnen ein paar Dinge zu zeigen. Aus einem Tonbandgerät am Rand der Bühne beziehungsweise der Tanzfläche dröhnte »Get Out of Town«.

»Er ist einfach mit uns in den Wagen gestiegen«, sagte Barbara. Sie saßen an einem kleinen Holztisch unter einem Schirm. »Zuerst sagte er, sein Name wäre James. Dann sagte er, wir könnten ihn Juma nennen.«

Carr sagte: »Wahrscheinlich sucht er nur eine Rückfahrgelegenheit nach Nairobi.«

Carr war über den Hof zum Grill gegangen und hatte ihr Essen bestellt. Eine Kellnerin brachte drei Bier.

Fletch sagte: »Ich habe ihn gefragt, wie alt er ist, und er sagt siebenunddreißig.«

»Er ist siebenunddreißig«, sagte Carr.

Sie schauten zu, wie sich Juma auf der Bühne/Tanzfläche wie ein Kreisel auf den Muskeln seiner linken Schulter drehte.

»Es gibt hier pro Jahr zwei Regenzeiten«, sagte Carr. »Die lange und die kurze. Wenn Sie jemanden nach seinem Alter fragen, wird er Ihnen sagen, wie viele Regenzeiten er hinter sich hat. In Jumas Fall wären es siebenunddreißig. Das heißt, daß er achtzehneinhalb Jahre alt ist.«

Fletch sagte: »Ah, so ist das.« Die vier kleinen Töne gelangen ihm beinahe.

Auf der Fahrt von der Shamba der Medizinfrau zum Shade Hotel hatte Carr mit ihnen einen Umweg durch Karen gemacht. Sie hatten bei Karen Blixens oder Isak Dinesens Farm oder bei dem, was davon übriggeblieben war, angehalten. Das niedrige Steinhaus und ein bißchen Land, noch nicht zur Touristenattraktion aufgemotzt, grenzten an eine Handelsschule. Sie waren aus dem Landrover gestiegen und herumgelaufen, unter den Gattern hindurch, zwischen den Wurzeln und Stämmen der großen Bäume im Hintergrund hindurch.

Barbara und Fletch hatten sich für einen Augenblick auf die Steingruppen in der Nähe der Hintertür gesetzt, wo Karen Blixen mit *ihren Leuten* Hof gehalten und vielleicht auch über sie geschrieben hatte.

»Dinesen, Hemingway, Roark«, sagte Carr. »Das liegt nach afrikanischer Zeitrechnung alles Lichtjahre zurück.«

»Zeit, Raum.« Juma machte sich auf den Rückweg zum Landrover. »Die waren sowieso immer Lichtjahre von Afrika entfernt.«

In der zunehmenden Dämmerung am Tisch im Hof des Shade Hotels sagte Carr: »Sie müssen sich außerdem klar darüber sein, welche Uhrzeit es ist. Sie sind am Äquator. Die Sonne geht jeden Morgen gegen sieben auf und jeden Abend gegen sieben unter, das ganze Jahr hindurch. Mit Sonnenaufgang beginnt der Tag, natürlich, und mit Sonnenuntergang die Nacht. Wenn also jemand sagt, daß er Sie morgen um drei besuchen wird, könnte er zehn Uhr morgens meinen. Zehn könnte fünf Uhr nachmittags sein. Morgen nacht um fünf ist Mitternacht.«

Fletch sagte: »Ah, so ist das.«

»Kleine Mißverständnisse dieser Art sind daran schuld«, sagte Carr, »daß Kulturen nicht zueinanderfinden.«

Die Kellnerin brachte ihnen eine große Platte gebratenes Fleisch und eine Schüssel Reis. Sie stellte drei Pappteller auf den Tisch.

Carr nahm mit den Fingern ein Stück Fleisch und schaufelte damit Reis aus der Schale in den Mund.

»Sollten wir Juma nicht fragen, ob er etwas essen möchte?« fragte Barbara.

Carr sagte: »Er wird jetzt nichts essen wollen.«

Barbara hob die Augenbrauen. »Und das heißt, *bwana*?«

»Üblicherweise nehmen die Leute hier nur eine Mahlzeit am Tage ein, um neun oder zehn Uhr abends, wenn es kühler wird. Eine sehr proteinreiche Mahlzeit, wenn sie sie bekommen können. Sie glauben, daß man krank, fett und faul wird, wenn man während der Tageshitze ißt.« Carr schaute sich nach den um diese frühe Stunde wenigen anderen Gästen um. »Einige ziehen natürlich in die Stadt, tragen Polyesterkleidung, nehmen die Gewohnheit an, drei Mahlzeiten pro Tag zu essen, und im Handumdrehen sind sie genauso feist und schwabbelig wie euer durchschnittlicher New Yorker.«

Barbara, die ihm beim Tanzen zusah, sagte: »Juma ist nicht feist und schwabbelig.«

»Folglich«, sagte Carr, »wird er jetzt nichts essen wollen.«

Fletch, der das Fleisch und den Reis ebenfalls mit den Fingern aß, fragte Carr: »Wonach suchen Sie?«

»Wie bitte?«

»Wonach suchen Sie? Oder sollte ich das nicht fragen? In Thika hat Juma für uns übersetzt. Er sagte, Sie hätten der Medizinfrau erzählt, daß Sie nach einem Ort suchen. Sie hätten sie gefragt, wo er liegt.«

»Oh, das«, sagte Carr.

»Privatsache«, warnte Barbara.

Fletch zuckte die Achseln. »Kein Mensch ist verpflichtet, eine Frage zu beantworten.«

»Und kein Mensch ist verpflichtet, eine Frage zu stellen«, sagte Barbara.

»Ich bin Reporter.«

»Du bist jetzt nicht im Dienst.«

»Möge das alles erhellende Licht der freien Presse niemals erlöschen«, sagte Fletch.

Im rötlichen Schein der Kerosinlampe wirkte Carrs Gesicht röter als sonst.

»Die Medizinfrau war faszinierend«, sagte Barbara. »Danke, daß Sie uns mitgenommen haben. Sie sagten, daß Leute, die sich mit der Ganzheitsmedizin beschäftigen, jetzt allgemein sich für dieses Phänomen interessieren . . .«

Plötzlich sagte Carr: »Ich suche nach einer römischen Stadt.«

»Was?« sagte Fletch.

»Hurra!« rief Barbara. »Endlich hat es eine Antwort auf deine unverschämten Fragen mal geschafft, daß du dich fast an deinen Zähnen verschluckst!«

»Hier?«

Carr nickte. »In Ostafrika.«

Barbara seufzte.

»Ein verdammt langer Marsch vom heimischen Herd«, sagte Fletch. »Durch Ägypten, den Sudan, Äthiopien . . .? Wie haben sie es geschafft, sich über Tausende von Meilen durch die Wüste zu verpflegen?«

»Die Araber haben das ja auch geschafft«, sagte Barbara. »Es kann nicht alles Wüste sein.«

»Das Rote Meer abwärts«, sagte Carr. »Ins Somalibecken.«

»Mit dem Schiff.«

»Die Leute haben deswegen immer daran gezweifelt«, sagte Carr,

»weil man, ist man erst mal im Somali-Becken, heftig gegen die südöstlichen Winde und Strömungen anzukämpfen hat.«

»Folglich?«

»Folglich«, sagte Carr, »sind sie gerudert.«

»Verdammt lange Ruderpartie.«

»Schwierig, zugegeben. Aber die Römer haben immer schwierige Dinge gemacht.«

»Was wollten sie denn hier?« fragte Barbara.

»Gewürze. Minerale. Keimlinge.«

»Die Römer eroberten die bekannte Welt«, sagte Fletch. »Diese Welt war unbekannt.«

»Richtig«, sagte Carr. »Kenia wäre weiter entfernt, als die Römer nach bisheriger Meinung jemals gereist sind.«

»Eine römische Stadt in Kenia«, sagte Barbara.

»Kenia ist von Rom genausoweit entfernt wie New York«, sagte Fletch.

»Die Römer sind ja auch bis Amerika gekommen«, sagte Barbara.

»Sie haben aber keine Städte gebaut.«

»Nein«, sagte Barbara. »Sie haben Hummer gegessen und sind entweder gestorben oder wieder nach Hause gefahren. Typische Touristen.«

»Ich glaube nicht, daß die Römer jemals vorhatten, nach Amerika zu fahren«, sagte Carr. »Sie wurden irrtümlich dorthin geweht. Niemand aus Europa wurde jemals irrtümlich nach Ostafrika geweht. Ich glaube, daß die Römer hierherkamen, sich hier niederließen und hier sehr lange Zeit blieben.«

»Falls Barbara die Güte besitzt, eine weitere unverschämte Frage zu verzeihen«, sagte Fletch, »worauf stützen Sie das?«

»Um ehrlich zu sein«, sagte Carr, »es geht da zur Zeit ein Gerücht um, daß in London irgendein Beweis aufgetaucht ist, der dokumentiert, daß es an der ostafrikanischen Küste südlich des Äquators eine römische Stadt gegeben hat. Das ist alles, was ich darüber weiß: Es gibt ein Gerücht. Aber ich war schon lange, bevor mir dieses Gerücht zu Ohren gekommen ist, davon überzeugt.«

»Warum?«

»Die Massai.« Carr lehnte sich auf seinem Stuhl zurück. »Wie kann man die Massai studieren und dann noch glauben, daß die Römer nicht hier waren?«

Fletch schüttelte den Kopf, als wolle er ihn klären.

»Also gut«, sagte Carr. »Es gibt da einen Stamm, der Massai genannt wird. Von der Abstammung her Bantus, Verwandte der Samburu. Die Massai durchstreifen den Süden, die kenianisch-tansanische Grenze, die Samburu den Norden. Die Massai sind ein kriegerischer Stamm. Sie sind mit Speeren bewaffnet, traditionsgemäß auch mit Schildern. Sie tragen Togas. Gemäß historischer Überlieferung unterziehen sich die jungen Massai-Männer einer gründlichen Ausbildung in der Kunst der Kriegsführung, um den Rang eines *moran*, eines Kriegers, zu erwerben, wozu auch ausgeklügelte Mutproben gehören. Nach allem, was bekannt ist, waren die Massai perfekt geschult im Umgang mit komplizierten, raffinierten militärischen Formationen und Taktiken. Als Militärmacht waren sie so perfekt, daß es ihnen bis kurz vor Beginn des zwanzigsten Jahrhunderts gelang, die westliche Welt, also die Weißen, mit Hilfe ihrer Bögen, Pfeile, Armbrüste und ihres Schießpulvers vom ostafrikanischen Binnenland fernzuhalten. Was sie schließlich zum Rückzug zwang, waren das Automatikgewehr und die englische Eisenbahn. Die Küste war längst erschlossen, Lamu, Malindi, Mombasa waren von den Arabern, den Portugiesen, von wem auch immer, unterworfen worden. Doch nie wagte sich jemand ins Binnenland, so groß war ihre Angst vor den Massai.«

Barbara pulte Knorpel aus ihrem Fleisch. »Wäre es nicht möglich, daß sie diese militärischen Taktiken selbst entwickelt haben?«

»Das wäre schon möglich«, sagte Carr. »Aber einige ihrer militärischen Taktiken waren nur für urbanisierte Gebiete geeignet. Es gab jedoch keine urbanisierten Gebiete, wo sie solche Taktiken hätten entwickeln können. Und warum, falls sie diese Regeln und Taktiken wirklich selbst entwickelt haben sollten, sind dann diese Techniken, sogar ihre Art, sich zu kleiden, den römischen so ähnlich?«

»Nun mal langsam«, sagte Fletch. »Warum sollte ein afrikanischer Stamm eine militärische Ausbildung beibehalten, die ihm vor über zweitausend Jahren von einer fremden Kultur aufgedrängt wurde?«

»Weil«, antwortete Carr, »die Massai ein körperlich sehr anfälliges Volk sind. Ungemein groß. Ungemein dünn. Traditionsgemäß ernähren sie sich nur von Fleisch, Milch und Blut.«

»Guter Gott«, sagte Barbara.

Carr lächelte sie an. »Sie produzieren den bestriechenden Schweiß der Welt.«

»Was?«

»Ihre Ausdünstung riecht wundervoll. Es ist ein schwerer, konzentrierter, sauberer Geruch, den Sie in Flaschen aufziehen und in Ihrer Boutique verkaufen könnten.«

»Massaischweiß-*parfum*.« Barbara schüttelte den Kopf. »Ich glaube nicht, daß es ein Verkaufsschlager wäre.«

»Die Massai sind derart schwächlich«, sagte Carr, »daß sie niemals einen Nahkampf gewinnen könnten. Sobald ihre Urfeinde, die Kikuyu, in die disziplinierten Formationen der Massai eindringen und sie mit Händen und Füßen angreifen würden, würden die Massai verlieren. Nur durch die Beibehaltung dieses römischen Militarismus konnten sie zweitausend Jahre lang überleben.«

Elektronische Musik dröhnte von der Bühne her.

»Die Massai«, fügte Carr hinzu, »sind sogar derart schwächlich, daß sie Schwierigkeiten haben, Kinder zu gebären. Jahrhundertelang haben sie dafür die Frauen anderer Stämme gebraucht. Die Massai waren nicht nur militärisch defensiv, sondern diese ungemein großen, mageren Menschen mußten auch militärisch aggressiv sein, um zu überleben.«

»Puh.« Fletch schüttelte den Kopf. »Medizinfrauen. Eine verschwundene römische Stadt. Carr, Sie sind ein erstaunlicher Bursche.«

Carr zuckte die Achseln. »Ist bloß ein Steckenpferd von mir. Wenn was dabei herauskommt, könnte ich mir vielleicht einen kleinen Namen machen. Jedenfalls ist es so verrückt, daß ich mich nicht gescheut habe, deswegen eine Medizinfrau aufzusuchen. Man weiß ja nie, ob sich aus überlieferter Weisheit nicht vielleicht ein bißchen Honig saugen läßt.«

»Wenden Sie tatsächlich Zeit und Geld für die Suche nach diesem Ort auf?« fragte Barbara.

»Zeit und Geld. Ich habe ein Camp eingerichtet. Sheila ist jetzt dort.«

»Ist Sheila Ihre Frau?«

»Könnte man sagen. Die gute alte Seele ist jetzt schon jahrelang mit mir zusammen.«

Barbara betrachtete ihn scheu. »Hat einer von Ihnen Anthropologie, Archäologie oder so was studiert?«

»Gütiger Himmel, nein. Mit Ach und Krach die Schule beendet. Aber um den Kulturbanausen anders zu definieren: Wenn ich etwas Ungewöhnliches sehe, werd' ich's schon erkennen.«

Fletch lächelte. »Und liegt Ihr Camp im Süden, in den Bergen, in der Nähe eines Flusses?«

Carr nickte. »Genau. Stellte mir vor, daß die Römer eine gewisse Höhe benötigt haben, Versorgung mit Frischwasser und einen Fluß, der groß genug war, um ihnen Zugang zum Meer zu bieten, sie aber gleichzeitig davor schützte.«

Fletch schob seinen Stuhl zurück. »Wir werden niemandem davon erzählen.«

Er konnte sich Frank Jaffes Reaktion auf eine solche Story sowieso nicht vorstellen. *Lawinen, Schlammrutsche, größere Erdbeben, Flugzeugabstürze, Eisenbahnunglücke, Massenmorde, Terrorakte, Bombenanschläge auf Flughäfen . . . Vergessen Sie nicht anzurufen, wenn Sie irgendeinen guten Stoff kriegen . . .*

Hallo, Frank? Ich bin da auf eine tolle Sache gestoßen, die Suche nach einer verschwundenen römischen Stadt an der ostafrikanischen Küste. Eine meiner Quellen ist die Medizinfrau von Thika . . . Äh, Frank . . .?

»Erzählen Sie's, wem Sie wollen«, sagte Carr. »*Harambee.* Alles aus reinem Spaßvergnügen. Besser, als unerlaubt Elefantenzähne zu jagen.«

»Dann stürzen Sie sich mal ins Vergnügen.«

Carr lächelte Barbara an. »Ich dachte, daß Sie vielleicht die Ziege dem Rind vorziehen.«

Barbara sagte: »Welche Ziege?«

»Jedesmal, wenn Sie hier in der Gegend zwischen Ziege und Rind wählen können«, sagte Carr, als er sich erhob, »wählen Sie Ziege.«

Barbara schaute auf die leeren Teller. »Ich habe Ziege gegessen?«

»Ziege ist weitaus zarter als Rind«, sagte Carr. »Und obendrein schmackhafter.«

»Ich habe Ziege gegessen? Ich habe Billy die Ziege gegessen?«

Barbara sah auf einmal grün aus.

Juma stand breitbeinig auf dem dunklen Bürgersteig vor dem Norfolk Hotel und hatte die Arme über der Brust verschränkt.

Carr war gerade im Landrover weggefahren.

Juma sagte zu Fletch: »In der Shamba in Thika hast du gesagt, daß meine Freunde betrunken wären.«

»Tut mir leid«, sagte Fletch. »Wollte deine Freunde nicht beleidigen. Sie kamen mir nur reichlich betrunken vor.«

»Wie bestimmst du Freunde?«

Fletch sagte: »Es ist mir egal, wenn jemand betrunken ist.«

»Wie bestimmst du, wer dein Freund ist? Bestimmst du so etwas?«
»Wie bitte?« fragte Barbara.
»Wie kannst du bestimmen, daß jemand dein Freund ist, ohne zu bestimmen, daß jeder andere nicht dein Freund ist?«
»Ich bin mir nicht sicher, ob ich das verstehe«, sagte Fletch.
»Bestimmst du, wer dein Feind ist? So läuft das nicht ab«, sagte Juma.
»Ah, so ist das.«
»Das passiert einfach«, sagte Juma. »Als du mich das erste Mal gesehen hast, war ich mit diesen Jungs zusammen. Sie waren betrunken. Ich bestimme nicht, ob sie meine Freunde oder nicht meine Freunde sind. Vielleicht sind sie meine Feinde. Wie konntest du es bestimmen?«
Barbara schüttelte den Kopf. »Ich bin sehr, sehr müde. Das muß ich nicht erst bestimmen.«
Juma packte ihren Arm. »Das ist richtig!«
»Barbara hat etwas Richtiges gesagt?«
Juma sah sich nach allen Seiten um. »Alles so zu bestimmen, immerzu, Norden, Osten, Süden, Westen, das ist sehr hart.«
Barbara fragte: »Meinst du schwierig ...?«
»... oder harsch?« vollendete Fletch.
Juma machte kehrt und entfernte sich langsam die Straße hinunter. Er winkte. »Schöne Zeit!«
Hinter ihm herblickend sagte Barbara: »Meint er nun: *Verlebt* eine schöne Zeit ...«
»... oder: Wir *verlebten* eine schöne Zeit?« vollendete Fletch.
»Ich weiß es nicht.« Barbara nahm Fletchs Arm, als sie ins Hotel hineingingen. »Aber er weiß, daß Fletch dein Vater ist ...«
»... und es tut ihm leid.«

16

Fletch hatte sich einen dummen Spruch zurechtgelegt, aber obwohl er ihn schon einmal benutzt hatte, fiel er ihm nicht mehr ein. Statt dessen sagte er: »Hallo?«
»Habt ihr beiden gut geschlafen?«
»Bis jetzt.« Fletch fiel der Spruch wieder ein. »Spricht dort ebenfalls Fletch?«

»Fürchte nein. Wieder Carr am Apparat.«

»Oh.« Fletch gelang es endlich, den Kopf vom Kissen zu heben. Er wälzte sich herum. »Gestern abend, als wir ins Hotel zurückkamen, erwartete uns eine Nachricht. Mein Vater ist im Laufe des Nachmittags hiergewesen.«

»Bestimmt, alter Knabe.«

»Und daß er uns morgens anrufen würde.«

»Das hatte er auch bestimmt vor.«

»Ist jetzt morgens?« Graues Tageslicht füllte das Fenster. Barbara, die neben ihm im Bett lag, hatte nichts bemerkt.

»Kurz vor acht Uhr, Ortszeit. Zu meiner Überraschung sitze ich hier unten gerade beim Frühstück. Ich habe heute morgen nur etwa eine Stunde Zeit.«

»Das ist sehr nett . . .«

»Bedauere, Sie auf diese Weise zu wecken, Ihr erster richtiger Tag hier, und das alles. Ihr Vater hat mich vor ein paar Stunden angerufen. Es ist etwas dazwischengekommen, verstehen Sie. Wenn Sie sich aufraffen und mir bei einer Tasse Kaffee Gesellschaft leisten könnten, könnte ich mit dem Gefühl abfliegen, meine Pflicht getan zu haben.«

»Ist meinem Vater etwas passiert?«

»Ja.«

»Ich bin gleich unten.«

»Der kenianische Kaffee ist ganz annehmbar, aber vielleicht möchten Sie ihn lieber mit Milch oder heißem Wasser verdünnen.«

Der Kellner goß schwarzen Kaffee in Fletchs Tasse. Carr leerte gerade eine große Schale mit Obst.

Er sagte: »Die Ananas ist hier wahrscheinlich besser als sonst irgendwo.«

»Barbara wird gleich unten sein.«

»Ja.«

In der Mitte des Lord-Delamere-Speisesaals war ein rundes, prachtvolles Frühstücksbüffet aufgebaut.

»Was ist los?« fragte Fletch.

»Fletcher senior rief mich gegen halb sechs heute morgen an. Allem Anschein nach hat's ein bißchen Ärger gegeben.«

Carr hatte recht. Der Kaffee mußte verdünnt werden. »Was für Ärger?«

»Allem Anschein nach hat Fletch senior gestern, zweifellos aus Nervosität wegen Ihrer kurz bevorstehenden Ankunft, ein bißchen früh angefangen, das hiesige Gebräu in sich hineinzukippen.«

»Er hat sich vollaufen lassen.«

»Mit der Folge, daß er das Gefühl für Zeit und Ort verlor.«

»Was wiederum der Grund dafür ist, daß er nicht auftauchte.«

»Irgendwann im Laufe des Tages, er weiß nicht mehr genau wann, geriet er in eine heftige Auseinandersetzung im Thorn Tree Café. Irgendwer, sagt er, beleidigte die Königin.«

»Welche Königin?«

»Die Königin von England. Königin Elizabeth die Zweite.«

»Was interessiert ihn die Königin von England? Er stammt doch aus Montana.«

»Wir interessieren uns hier drüben alle für die Königin von England, alter Knabe. Sie hat eine Schwäche für Kenia. War schon zweimal hier.«

Carr zog sein Messer über die Oberfläche von zwei Spiegeleiern, die der Kellner ihm gebracht hatte. »Das, was dazwischenkam, war seine Faust. Er weiß noch, daß er zwei oder drei Leute verletzt hat, scheint sich auch noch daran zu erinnern, daß Glas splitterte, daß eines dieser Tischchen kurz und klein geschlagen am Boden lag und daß er sich sehr über einen *askari* geärgert hat, der schlichten wollte, allerdings versucht Fletcher senior schon den ganzen Morgen darüber nachzugrübeln, ob er ihn tatsächlich geschlagen hat. Warum holen Sie sich nicht Ihr Obst?«

»Was ist ein *askari*?«

»Ein Wächter. Möglicherweise auch ein Bulle. Das wird von ausschlaggebender Bedeutung sein, falls diese Angelegenheit vor Gericht kommt.«

»Er ist also in eine Barschlägerei geraten.«

»Laut seiner Aussage.«

»Laut Aussage meiner Mutter hat er so was schon mit fünfzehn Jahren oder so gemacht.«

»Ich würde Ihnen jetzt gern einen Zweizeiler über das Kind im Manne vortragen, aber Wordsworth war noch nie meine Stärke.«

»Und wo steckt er jetzt, im Gefängnis?«

»Noch nicht. Er ist untergetaucht, um seinen Kopf zu kurieren und die Sache zu durchdenken. Ich war so diskret, nicht zu fragen, woher er anruft. Früher oder später wird er die Suppe, die er sich eingebrockt hat, natürlich auslöffeln müssen. Nairobi ist nicht wie London oder

New York, wissen Sie. Jeder hier weiß, wer Fletcher ist. Andererseits pflegen die Leute hier derartige Prügeleien nicht allzu ernst zu nehmen.«

»Mutter hat mich gewarnt, daß er Gefühlsmomenten gerne aus dem Weg ging.«

»Tatsächlich? Das hat sie gesagt? Wie überaus freundlich von ihr. Verständnisvoll, würde ich sagen.«

»Aber warum hat er mich denn dann hierher eingeladen, wenn ihn die Sache so aus dem Gleichgewicht bringen würde?«

»Manchmal wissen Sie eben nicht, daß in Ihrem *kanga* ein Faden lose ist.«

»Ist das von Wordsworth?«

»Möglich. Es ist jedenfalls ungeheuer entscheidend, ob der *askari*, den er verprügelt hat, ein privater Wachmann war oder ein richtiger Polizist.«

»Gestern deuteten Sie an, daß die Rechtsprechung hierzulande sehr streng ist.«

»Sehr streng. Sie hat ihren Sinn für Humor verloren.«

»Hören Sie, Carr . . .«

»Warum holen Sie sich nicht erst mal was zum Frühstück? Spiegeleier müssen Sie beim Kellner bestellen.«

»Sie wissen vermutlich, wo mein Vater ist.«

»Vermutlich.«

»Warum gehe ich dann nicht gleich zu ihm und bringe diese Gegenüberstellung hinter mich? Vielleicht kann ich ihm sogar irgendwie helfen.«

»Ich habe eine bessere Idee. Warum fliegen Sie nicht heute mit mir zum Turkana-See hinauf? Ich muß da oben einen Forscher abliefern. Ich werde unverzüglich zurückkommen. Sie können schwimmen gehen. Wir können zu Mittag essen. Nilbarsch. Hübscher Ausflug.«

»Mein Vater–«

»Versetzen Sie sich doch mal in seine Lage, Fletch. Er hat einen höllischen Kater. Vermutlich eine blutige Nase. Er muß mit seiner Verhaftung rechnen. Das letzte, was man sich unter solchen Umständen wünschen würde, ist, daß ein strahlend schönes Kind, das aussieht, als hätte es noch nie gefurzt, hereinspaziert, Hilfe und Beistand anbietet und einen *Daddy* nennt.«

»Ich habe schon gefurzt.«

»Freut mich, daß Sie's gehört haben.«

Fletch schaute zum Büffet. »Ich werde mir wohl mal was zum Frühstück holen.«

»Frühstück«, sagte Carr, »ist die einzige Stärkung, die dem Mann von heute noch geblieben ist.«

Als Fletch das Frühstücksbüffet umkreiste, sah er, wie Barbara den Saal betrat, Carr auf die Wange küßte und Platz nahm.

Fletch häufte Ananas, Rührei, Wurst, Schinken und Toast auf seinen Teller und nahm sich auch ein Glas Orangensaft.

»Habe Ihrer Frau gerade erklärt«, sagte Carr, »daß Fletch senior heute wegen eines heiklen juristischen Problems verhindert ist. Habe vorgeschlagen, daß Sie beide mit mir nach Turkana hinauffliegen . . .«

»Nett von Ihnen . . .« Barbaras Augen waren voller Fragen.

»Ungefähr zweieinhalb Stunden Flug pro Strecke. Der Lake Turkana ist sehr interessant. Früher hieß er Jade Sea. Massenhaft Platz in der Maschine. Faßt acht Passagiere, und es fliegt nur dieser kleine Forscher mit. Ein Dr. McCoy. Er wird sicher nichts dagegen haben.«

Barbara sagte: »Ich habe von Flugzeugen ein bißchen die Nase voll . . .«

Carr schaute auf seine Uhr. »Das Dumme ist nur, daß ich gleich los muß. Ich sagte Dr. McCoy, daß ich um zehn abflugbereit bin.«

»Flieg du mit, Fletch«, sagte Barbara. »Ich brauche wirklich mal einen Bodentag. Irgendwo gibt's hier einen Swimmingpool. Ich habe bis jetzt noch nicht einmal einen Blick in die Vogelhäuser im Hof geworfen.«

»Bist du sicher, daß du zurechtkommen wirst?« Fletch aß hastig.

»Wenn ich mich langweilen sollte, kann ich mich ja in dieser Moschee nicht weit von hier umschauen. Ich habe noch nie eine richtige Moschee gesehen.«

»Ich hole den Wagen. Können Sie in fünf Minuten vorm Eingang sein, Fletch?«

»Klar.«

Nachdem Carr den Frühstücksraum verlassen hatte, sagte Barbara: »Schätzchen, an deinem Vater ist irgendwas dran, das keinen Sinn ergibt.«

Fletch trank seine Tasse mit dem starken Kaffee aus. »Das wußten wir schon vor unserer Ankunft.«

17

Barbara verdrängte Fletch vom Badezimmerspiegel. »Wird so das Leben mit dir aussehen?«

Fletch putzte sich die Zähne. »Was meinst du damit?«

Sie drückte Zahnpasta auf ihre Zahnbürste. »Ständig davonlaufen? Ständig irgendwo anders sein?«

Sie hatte bereits ihren Badeanzug angezogen.

»Carr hat uns beide eingeladen«, sagte Fletch. »Du hast gesagt, daß du nicht mitkommen wolltest. Du hast gesagt, daß du von Flugzeugen die Nase voll hättest, daß du den Tag faul am Pool verbringen möchtest.«

»Traumhaft«, sagte Barbara. »Du fliegst mich nach Ostafrika, machst meine Mutter halb wahnsinnig vor Sorge, dann entfleuchst du in den Busch, läßt mich in irgendeinem Tropenhotel zurück . . .«

»Ich habe die Einladung angenommen. Ich dachte, daß du auch mitkommen willst.«

»Ich sagte, daß ich hierbleiben will. Ich dachte, du würdest sagen, daß du auch hierbleiben willst.«

»Hättest du die Güte, mich meinen Mund ausspülen zu lassen? Bitte?«

Barbara machte Platz, aber nicht viel. »Wir haben geheiratet. Eine Sternstunde des Lebens. Wir sind um die halbe Welt geflogen, völlig überstürzt. Noch eine Sternstunde. Um deinen Vater zu treffen, zum ersten Mal, was eine weitere Sternstunde sein müßte, wenn er nicht der Meinung wäre, etwas Besseres vorzuhaben, als uns zu treffen. Gestern hast du gesehen, wie jemand in einem Klo erstochen wurde. Eine mörderische Sternstunde! Und heute willst du in den afrikanischen Busch fliegen, zu einem Ort, von dem wir noch nie gehört haben, mit jemandem, den wir nicht mal kennen!«

»Verlierst wohl deinen Sinn für Humor, was?«

»Wann ist für dich genug genug? Kannst du nicht mal eine verdammte Minute stillsitzen?«

»Also gut«, sagte Fletch. »Dann gehe ich jetzt runter und sage Carr, daß ich nicht mitkomme. Wir werden uns ein paar gemütliche Stunden am Pool machen.«

Sie hatte die Zahnpastatube wieder zugeschraubt und ordentlich auf die Ablage gestellt.

Dann drehte sie sich um und wandte Fletch das Gesicht zu. »Nein.

Du fliegst.« Plötzlich knallte ihre geballte Faust, viel kleiner und härter, als Fletch sich vorgestellt hatte, in Fletchs Unterleib, tief, genau in seine rechte Leiste. »Ein Souvenir für unterwegs.«

Fletch senkte den Kopf und schaute zu ihr hoch. »Noch nie in meinem Leben hat mich jemand dorthin geschlagen.«

»Für alles gibt's ein erstes Mal.«

Fletch ging in den Flur vorm Bad. »Ich kann jetzt nicht bleiben.«

»Ein hübscher Vorwand.«

»Nimm's, wie du willst. Seh dich beim Abendessen.«

18

»Wie läßt sich das Eheleben an?« Carr steuerte den Landrover entlang der linken Seite der Harry Thuku Road.

Einen halben Häuserblock vom Hotel Norfolk entfernt, auf der linken Seite, kurz vor dem Kreisel, bemerkte Fletch ein Polizeirevier/-gefängnis.

Nach einem Moment antwortete Fletch: »Es besteht ein Unterschied zwischen Männern und Frauen.«

»Ja«, sagte Carr. »Kann man wohl sagen. Soll ich Ihnen ein paar Millionen Lieder darüber singen? Machen Sie sich nichts draus. Vielleicht leben Sie ja nur einmal.« Er schaltete herunter.

»Na schön. Sie wissen also, daß Barbara und ich eine Meinungsverschiedenheit hatten.«

Viele der Männer, die die Straße entlanggingen, waren in Begleitung von Kindern.

Ein paar Regentropfen klatschten gegen die Windschutzscheibe.

»Hoffe, daß Barbara einen schönen Tag am Pool verbringt«, sagte Fletch.

»Mißgönnen Sie Afrika niemals seinen Regen«, sagte Carr. »Wir werden einen kleinen Abstecher machen und in der Fishing Lodge am Lake Turkana zu Mittag essen, was nichts Besonderes ist. Aber vorher können Sie in deren Pool schwimmen, und das ist was.«

»Was?«

»Etwas Besonderes.«

»Wie kann ein Swimmingpool etwas Besonderes sein?«

»Bis wir dort ankommen, werden Sie sich nach einem Bad sehnen.« Carr lächelte verschmitzt in sich hinein.

Fletch bemerkte ein eselohriges Paperback auf Carrs Armaturenbrett. *Mord aus Routine.* Von Josie Fletcher. Fletch nahm es in die Hand. »Sie lesen meine Mutter.«

»Bin ihr größter Fan. Haben Sie dieses da gelesen?«

Fletch blätterte durch das Buch. »Woher soll ich das wissen?«

»Sie muß eine sehr vernünftige Person sein, Ihre Mutter.«

»Vernünftig?« Die Adjektive, mit denen seine Mutter gelegentlich beschrieben wurde, verblüfften Fletch immer wieder. Vernünftig. Umsichtig. Geschickt im Umgang mit falsch gestellten Uhren und nicht bellenden Hunden. Praktisch. Klug. Logisch. Adjektive, die von ihren wenigen Fans stammten. »Ja, schon möglich, daß sie merkt, wenn ihr Haus brennt. Aber wahrscheinlich würde sie erst ihr Kapitel zu Ende schreiben, bevor sie etwas dagegen unternimmt.«

Carr rutschte auf seinem Sitz hin und her. »Haben Sie sie kürzlich gesehen?«

»Vergangenen Samstag. An meinem Hochzeitstag.«

»Obwohl sie, wie ich hörte, eine Frau ohne große Bildung ist, hat sie sich und Sie mit einem schweren Beruf durchgebracht . . .«

»Das weiß ich auch zu schätzen.« Er warf das Buch auf das Armaturenbrett zurück. »Wir haben ein gutes Gespräch geführt. Ich habe ihr, was meinen Vater betrifft, regelrecht die Pistole auf die Brust gesetzt. Da ich von ihm gehört hatte, konnte sie mir nicht mehr ausweichen.«

»Oh?« Carr räusperte sich. »Was hat sie denn so über ihn gesagt?«

»Sie sagte, daß sie ihn liebte. Sein Verschwinden hätte sie in einem permanenten Schockzustand zurückgelassen. Seitdem versuchte sie, Rätsel zu lösen.«

»Möglicherweise hängt die Qualität eines Schriftstellers davon ab, wie vielschichtig das Rätsel ist, das er zu lösen versucht.«

An seine Tür gelehnt, den rechten Arm über der Rückenlehne, starrte Fletch Carr an.

»Ein Pilot hat viel Zeit zum Nachdenken«, sagte Carr, als wolle er sich entschuldigen. »Sein Kopf steckt buchstäblich in den Wolken. Warum verläuft das menschliche Leben so, wie es verläuft? Familien, Freunde . . . Was sind das für Institutionen, die die Menschen ständig für unsereins errichten, zerstören und wieder errichten? Religionen, Nationen, Familien, Unternehmen, Clubs . . . Wozu dienen sie? Wie kann ein einzelner in Anbetracht der Einmaligkeit des Lebens einem anderen aus irgendeinem Grund vorsätzlich das Leben nehmen?«

»Meine Mutter verdient ihren Lebensunterhalt mit dem Schreiben von Detektivgeschichten«, sagte Fletch. »Daran ist nichts Rätselhaftes.«

Sie steckten in einem Stau.

»Was sind wir?« grübelte Carr.

Fletch sagte: »Wir sind allesamt Rätsel, die darauf warten, gelöst zu werden.«

»Jetzt sind Sie im Takt.« Carr trommelte mit den Fingern einen kleinen Rhythmus aufs Steuerrad. »Denken muß der Mensch.« Der Verkehr kam allmählich wieder in Fluß. »Trotzdem merkwürdig, daß Ihnen Ihre Mutter nie viel über Ihren Vater erzählt hat. Sie müßte doch fähig sein, sich verständlich auszudrücken.«

»Sie hat in all diesen Jahren eigentlich nie gewußt, ob er tot oder noch am Leben ist.«

»Sie hat ihn für tot erklären lassen?«

»Das mußte sie, um selbst weiterleben zu können.«

»Und deswegen glaubten Sie, er ist tot.«

»Kinder glauben, was man ihnen sagt. Wenn das Gericht sagt: ›Dein Daddy ist tot‹, sagt das Kind: ›Okay. Mein Daddy ist tot. Was gibt's zum Mittagessen?‹«

»Und was gab's zum Mittagessen?«

»Normalerweise die Frage: ›Wie schreibt man *Horsd'œuvre*?‹ Meine Mutter konnte nie *Horsd'œuvre* schreiben. Es ist ein Wunder, daß sie die in ihren Büchern immer noch auftischt.«

»Die ganze Geschichte schockiert Sie doch mehr, als ich dachte.«

»Man gewöhnt sich nicht daran, keinen Vater zu haben. Andererseits tut man's doch.«

»Und dann kommt jemand daher und sagt: ›Hier ist der liebe Papa!‹«

»Wo ist denn der liebe Papa?«

Carr scherte zum Überholen aus. »Walter Fletcher hat Mist gebaut.«

»Sie sagte mir auch, daß sie mir nie viel über Walter erzählt hätte, weil Walter nicht dagewesen wäre, um sich zu verteidigen.«

Carr pfiff durch die Zähne. »Nette Dame.«

»Manchmal ist irgendeine Nachricht besser als gar keine Nachricht.«

»Da bin ich nicht so sicher.« Carr bog nach links in die Straße zum Flughafen ein. »Barbara versäumt nicht viel. Zu trübe, um die grünen

Berge von Afrika richtig sehen zu können. Trotzdem wird sie sich am sonnenlosen Pool erholen. Und Ihre Gesellschaft ist angenehm. Ich nehme an, daß Sie der einzige Mensch auf der Welt sind, bei dem ich mir keine Sorgen machen muß, daß er mir *Mord aus Routine* klaut, bevor ich's zu Ende gelesen habe.«

19

»Carr?« Fletch schlug dem Piloten mit der Faust auf die Schulter. Carr schob das Funktelefon von seinem rechten Ohr nach vorn. »Da unten liegt eine Gestalt. Ein Mann auf der Erde.«

Carr beugte sich über Fletch und schaute durch das Steuerbordfenster des Flugzeugs. Er kippte die rechte Tragfläche, um besser sehen zu können. »Tatsächlich.«

Der nackte Mann lag auf der Seite, weit entfernt von irgendeinem Gebüsch.

Carr sagte: »Ich habe mich schon gefragt, was die Aasgeier da wohl entdeckt haben.«

Die kreisenden Vögel hatten Fletch auf den Mann am Boden aufmerksam gemacht.

Sie waren ungefähr zwei Stunden von Nairobi nach Nordwesten, über die White Hills und das östliche Ufer des Lake Naivasha, geflogen. Unter sich, am Ufer des Sees, hatte Fletch den gewaltigen weißen Djinn Palace gesehen.

Carr hatte auf die große Erdspalte hingewiesen, die das Rift Valley genannt wurde. »Eines Tages, so sagt man«, brüllte Carr über den Motorenlärm hinweg, »wird das Rote Meer kommen und in diesen Spalt hineinströmen. Hoffentlich habe ich an dem Tag gerade meine Gummistiefel an.«

Im Moment befanden sie sich, wie Fletch aus der Karte in seinem Schoß wußte, irgendwo östlich der Loichangamata Hills. Unter ihnen waren weit und breit keine Shambas zu sehen.

Der Forscher, den sie zum Lake Turkana beförderten, Dr. McCoy, hatte sich auf einem der Rücksitze des Flugzeugs niedergelassen. Der kleine, auffallend hellhäutige Mann in Seersucker-Anzug, breitkrempigem Safarihut und leinernen Buschstiefeln hatte pausenlos gehustet und häufig in sein Taschentuch gespuckt. Er hatte nicht gefragt, warum Fletch in der vom Doktor gecharterten Maschine zum Lake

Turkana mitflog. Er hatte überhaupt nichts gefragt oder viel geredet.

Carr zog die Maschine in eine Kurve und stieß über der Gestalt am Boden tiefer hinab.

Während dieses Manövers machte Fletch den hinter ihm sitzenden McCoy auf den Körper aufmerksam.

»Ist er tot?« fragte Fletch Carr.

»Schauen Sie sich die Hyänen an.« Da Carr die Maschine gerade in eine neuerliche Kurve zog, konnte er nicht hinzeigen. »Sie warten einfach. Und die Aasgeier warten auf die Hyänen.«

Carr wendete die Maschine, um in der Nähe des Mannes zu landen.

McCoy beugte sich vor und sagte: »Lassen Sie ihn in Ruhe!«

Carr sah ihn über die Schulter hinweg an.

»Man hat ihn dort zum Sterben hingelegt«, sagte McCoy.

»Ah, Kulturkonflikt«, sagte Carr, das Gesicht wieder nach vorn gewandt. »Er ist Anthropologe oder so was. Hat vermutlich recht.«

Carr setzte trotzdem zur Landung an.

»Ich sagte, Sie sollen ihn in Ruhe lassen!« schrie McCoy. »Sie dürfen nicht in ihre Natur eingreifen!«

McCoy begann zu husten.

Carr wandte den Kopf, damit McCoy ihn hören konnte. »Ich bin nicht so gebildet wie Sie, McCoy. Ich muß mit meiner eigenen Natur schlafen!«

McCoy spuckte in sein Taschentuch.

Gleich nachdem das Fahrwerk des Flugzeugs den Boden berührt hatte, riß Fletch die Tür neben seinem Sitz auf und hielt sie offen, um die mörderische, plötzliche Hitze auf dem Boden aus dem Cockpit zu vertreiben. Carr hatte ihm, als sie vom Wilson-Flughafen gestartet waren, gezeigt, wie man das machte.

»Armes Schwein. Er wurde *panga*iert.«

Die Schädeldecke des Mannes war aufgespalten. Gehirnmasse war zu sehen.

In den Augen des Mannes lag die große Geduld des Fasttoten, als er Carr und Fletch entgegensah.

»Wie ist es möglich, daß er noch am Leben ist?« fragte Fletch.

»Harte Rübe.«

Carr kauerte sich neben den Mann und sprach mit ihm. Die Antworten des Mannes kamen schwerfällig, aus ausgedörrter Kehle, durch eine geschwollene Zunge. Sein Mund blieb stets einen Spalt geöffnet.

McCoy stand hustend unter der Tragfläche des Flugzeugs. Er hatte das Cockpit nur verlassen, um der Hitze zu entrinnen.

Carr sagte: »Er sagt, daß er sechs Ziegen gestohlen hat.«

»Eine ehrliche Antwort.«

»Sie holten ihn ein, schlitzten ihm mit einer Machete den Schädel auf und ließen ihn hier zum Sterben zurück.« Carr blickte zu den Vögeln, die über ihnen kreisten. »Den Geiern und Hyänen zum Fraß.« Er schaute zu der Stelle hinüber, wo ein paar Hyänen neben einem Gebüsch saßen. »Rüde Justiz.«

»Warum hat er Ihnen die Wahrheit gesagt? Warum hat er nicht gesagt, daß *er* beraubt wurde oder so was?«

Carr erhob sich. »Unter den herrschenden Umständen, umgeben von Aasgeiern, die im Begriff sind, einem die Augen auszuhacken, und von Hyänen, die im Begriff sind, einem als Vorspeise zuerst die Hände und die Füße abzureißen, ist man wahrscheinlich gut beraten, glücklicher, falls Sie mir folgen können, wenn man sich ehrlich eingesteht, wie man diesen Umständen zum Opfer gefallen ist.«

»Wegen sechs Ziegen?«

»Nichts ist wichtiger als Ziegen. Im hiesigen Wirtschaftssystem haben sie den gleichen Stellenwert wie Ehefrauen.« Carr beugte sich vor, um die Schädelwunde zu inspizieren. Er hatte aus dem Flugzeug einen Sanitätskasten mitgebracht. »Ziegen sind in jeder Beziehung die Geißel der Dritten Welt.«

Immer noch sickerte frisches Blut auf das bereits getrocknete, verkrustete Blut. Die Wunde und der nackte Leib des Mannes waren mit Fliegen übersät. Sie krabbelten auf den Augäpfeln des Mannes. Sie drangen in seine Nasenlöcher ein. Sie krabbelten über seine Lippen und in seinen Mund hinein und wieder heraus.

»Warum haben sie ihn nicht getötet?« fragte Fletch. »Warum haben sie ihn so liegenlassen?«

»Der Diebstahl von sechs Ziegen kann eine Familie ruinieren, für mindestens eine Generation.«

Carr umwickelte den Kopf des Mannes mit Mull. »Will nur verhindern, daß sich sein Gehirn selbständig macht. Obwohl ich vermutlich schon schlimmere Dinge vom Boden des Cockpits gewischt habe. Das wär's. Heben wir ihn hoch.«

Als sie den Mann hochzogen und sich anschickten, ihn zwischen sich halb zum Flugzeug zu führen, halb zu tragen, stimmten die Hyänen ein wütendes Gejaule an. Protestierend liefen sie auf und ab, kamen näher.

»Läßt sich nicht abstreiten, daß wir die Natur aus dem Gleichgewicht bringen«, sagte Carr. »Möge Gott mir vergeben.«

McCoy machte keinerlei Anstalten, ihnen dabei zu helfen, den Mann auf den hintersten Sitz des Flugzeugs zu hieven. Carr schnallte ihn darin fest.

Nicht ein einziges Mal schrie der Mann auf, stöhnte oder zeigte, daß er Schmerzen hatte. Noch schien er zu merken, daß er gerettet wurde. Er zeigte nur Geduld.

Als sich Fletch auf seinem Sitz anschnallte, sagte er: »Er scheint das alles hinzunehmen.«

Die Hyänen umringten das Flugzeug.

Carr sagte: »Er weiß, daß er Unrecht getan hat.«

20

»Raus aus den Klamotten und rein ins Vergnügen«, sagte Carr.

Fletch hatte bereits seine Turnschuhe und Wollsocken ausgezogen. Carr hatte es abgelehnt, die Temperatur in Celsius- oder Fahrenheitgraden zu schätzen. Wenn er eine derart astronomische Zahl ausrechnen müßte, sagte er, würden ihm die Haare ausfallen.

Es war heiß.

Auf der anderen Seite des nicht gerade ernstzunehmenden Zauns hinter den Kabinen der Fishing Lodge hielten sich ein paar Angehörige des Turkanastammes auf. Nicht alle waren bekleidet.

Fletch ließ seine abgeschnittenen Skihosen fallen und tauchte in die Fluten des Swimmingpools.

»HAAH!«

Carr, der am Beckenrand stand, lachte. »Na, ist das etwas Besonderes?«

»Das kann doch nicht wahr sein! Das ist ja eiskalt! Liegt das nur am Gegensatz, weil mir so heiß ist?«

»Nein. Die Wassertemperatur ist tatsächlich knapp überm Gefrierpunkt.«

Fletchs Zähne klapperten. »Wie machen die das?«

Die Fishing Lodge am Lake Turkana bestand aus einer Terrasse, einer offenen Holzhütte und einem halben Dutzend Holzkabinen auf einer Sandklippe, die den See überblickte.

»Das machen die nicht. Das Wasser in einem Pool wie diesem verdunstet mit derartiger Geschwindigkeit, daß es tatsächlich eiskalt wird. Können Sie sich das vorstellen?«

Fletch, der seine Schultern umschlang, sagte: »Lebhaft. Kommen Sie auch rein?«

»Nicht um alles in der Welt. Halten Sie mich für bekloppt?«

Fletch kraulte rasch zur Leiter und zog sich aus dem Becken.

»Swimmingpools sind für Touristen da«, sagte Carr.

»Dieser bestimmt.«

Fletch stand zitternd am Beckenrand. Carr schaute an Fletchs Körper herunter und runzelte die Stirn. »Ist das ein Muttermal?«

Fletch schaute an sich herunter. Seine rechte Leiste war blauverfärbt. Das Mal war größer als eine Faust. Es war so groß wie eine ausgestreckte Hand.

Fletch sagte: »Ich muß ein zweites Mal auf die Welt gekommen sein.«

Carr beugte sich vor und betastete die Stelle. »Hab' noch nie ein geschwollenes Muttermal gesehen.«

»Ich spür's nicht einmal«, sagte Fletch. »Ich muß mich im Hotelzimmer an irgendwas gestoßen haben. Komisches Hotelzimmer. Im Dunkeln . . .«

»Tut mir leid«, sagte Carr. »Geht mich nichts an.«

Fletch betastete selbst die große blaugefärbte Schwellung, wo Barbara ihn geschlagen hatte. Sie schmerzte nicht.

Carr sagte: »Sie finden mich auf der Terrasse, wenn Sie fertig sind. Ich werde uns als Aperitifs *shandies* bestellen.«

Einen Augenblick saß Fletch am Beckenrand, die Füße im kalten Wasser.

Dann ließ er sich kopfüber ins Wasser fallen. Einen Moment dachte er daran, nie wieder aufzutauchen.

Kurz darauf kletterte er aus dem Pool, zog seine abgeschnittenen Skihosen an, schnürte seine Turnschuhe zu und gesellte sich zu Carr auf der Terrasse.

21

»Ein See mitten in der Wüste«, sagte Fletch, als er mit Carr an dem kleinen Tisch auf der Terrasse saß und den Lake Turkana überblickte.

»Seit ich ihn kenne«, sagte Carr, »ist der See am Rand um ungefähr eine Meile gefallen.«

Beim Anflug hatte Fletch den Lauf des Kerio River verfolgt, der über ein Sandbett auf den Lake Turkana zuwanderte. Meilen, bevor er den See erreichte, trocknete der Fluß aus. Eine trostlose, öde Landschaft umgab den See meilenweit in jede Richtung. Leere Wasserreservoirs waren neben den wenigen, weit auseinanderliegenden Shambas die einzigen Orientierungspunkte in der Landschaft.

»Der See mit den vielen Namen.« Carr starrte über ihn hinweg. »Aman, Galana, Basso Narok, Jade Sea, Lake Rudolf, Lake Turkana. In ihm gibt's Nilbarsche. Erklären Sie mir das mal. Früher wurden sie bis zu zweihundert Pfund schwer, heute nicht mehr als dreißig, vierzig Pfund.«

Nackte Männer, die rittlings auf Baumstämmen saßen, fischten im See.

Ein Kellner brachte zwei Gläser, zwei Flaschen Premiumbier und zwei Flaschen Zitronensprudel. »Danke, Fred«, sagte Carr. Für die *shandies* goß er in jedes Glas etwas Bier und etwas Zitronensprudel.

»Da drüben liegt Koobi Fora.« Carr deutete mit dem Kopf zur Ostseite des Sees, während er einschenkte. »Wo sie die Überreste von ausgestorbenen Elefanten gefunden haben, sowohl afrikanische als auch indische. Erklären Sie mir mal, wie die Skelette von indischen Elefanten hierhergekommen sind. Außerdem sieben menschliche Fußabdrücke, die anderthalb Millionen Jahre alt sein sollen. Und, obwohl manche das bezweifeln, die Überreste unseres ersten menschlichen Vorfahren, des *Homo erectus*. Der erste Mann. Unser aller Papa.«

Die andere Seite des Sees sah aus, als bestünde sie nur aus wogendem Sand. Fletch sagte: »Vieles, was erklärt werden muß.«

»Das will ich meinen.«

Von dem Dorf hinter der Lodge stapfte ein kleiner, nackter Junge mit einem hohen Stapel Blechtöpfe auf dem Kopf hochaufgerichtet durch den Sand auf den See zu.

»Man kann sich gar nicht vorstellen, wie diese Landschaft ausgesehen haben mag, als sich hier zum ersten Mal menschliches Leben regte«, sagte Carr. »Macht einen wirklich neugierig.«

Fletch probierte seinen *shandy.* »Ist McCoy aus Forschungsgründen hierhergeflogen?« Dann nahm er einen durstlöschenden Schluck.

»Keine Ahnung.« Carr blinzelte. »Ich hab' ihn nicht gefragt. Ein Diener der Wissenschaft namens Richard Leakey hat hier das Sagen.«

»Ich kann gut verstehen, warum Sie herumbuddeln und nach einer verschwundenen römischen Stadt suchen.«

»Was ich tue, ist nichts. Ich versuche lediglich, ein paar tausend Jahre zurückzugehen.« Carr suchte von der Terrasse aus den Horizont ab. »Die Landschaft schreit förmlich danach. Hier, in Ostafrika, finden Sie quasi einen Abriß der Zeit vor, eine Karte der Zeit. Alle Lebewesen direkt vor unseren Augen, von denen viele immer noch herumlaufen, der Rest sind Geister, die uns zurufen, daß wir sie entdecken sollen. Hierzulande sind wir alle von dem Wunsch beseelt, aus den Knochen zu lesen.«

Nur mit ihren Händen paddelnd, strebten die Fischer auf ihren Baumstämmen der Küste zu.

Fletch nahm noch einen tiefen Schluck. »Carr, ich war etwas überrascht, als Sie unseren Verletzten in der Polizeistation zurückließen.«

Da er die Lodge über Funk nicht hatte erreichen können, hatte Carr sie beim Anflug in geringer Höhe überflogen und dem Geschäftsführer, Hassan, damit signalisiert, ihnen einen Wagen zu schicken.

Während sie auf der Landepiste warteten, trat ein alter Mann im Lendenschurz und mit einem Speer bewaffnet flotten Schritts aus einem Gebüsch. Fletch hatte noch nie einen so greisenhaft aussehenden Menschen gesehen. Carr sagte, daß dieser Mann das Flugzeug bewachen würde, solange sie sich in der Fishing Lodge aufhielten.

»Ich habe noch nie einen so alten Menschen gesehen«, sagte Fletch. »Wie alt ist er?«

»Ungefähr so alt wie ich«, sagte Carr. Fletch schätzte Carr auf Ende Vierzig.

Der Landrover, der sie zum Dorf brachte, wurde so rasant über die festgefahrene Sandstraße gesteuert, daß Fletch jeden Moment damit rechnete, daß das Vehikel auseinanderfiel – und der gespaltene Schädel des Mannes gleich mit.

»Haben Sie irgendwo ein Krankenhaus gesehen?« Carr stülpte sein Glas um. »Die Kolonisten verstanden sich besser darauf, Polizeistationen zu bauen als Krankenhäuser.«

Sie hatten den Verwundeten an eine Holzbank gelehnt in der Polizeistation zurückgelassen. Carr hatte dem einzigen Beamten dort alles erklärt. Als sie weggingen, war der Polizeibeamte immer noch an seinem schulkathedergroßen Schreibtisch mit irgendwelchen Papieren beschäftigt. Dem Verwundeten hatte er lediglich einen kurzen Blick zugeworfen, als Carr sagte, er wäre ein Dieb.

»Was werden sie mit ihm machen?« fragte Fletch.

»Keine Ahnung. Vielleicht in den Busch zurückbringen. Oder in den See.« Als sie in einem Aluminiumaußenborder durch den Ferguson Golf zur Lodge übersetzten, fuhren sie durch ein Rudel Krokodile. Im seichteren Wasser standen Flamingos. »McCoy hat recht, wissen Sie. Man sollte sich nicht allzu sehr einmischen. Ich habe mein Gewissen beruhigt.«

»Sie haben's gut gemeint.«

»Aus reinem Eigennutz. Das ist ja das Teuflische an der Erbsünde, verstehen Sie. Man kann nie ganz sicher sein, was das Gutgemeinte für den anderen bedeutet.«

Am Rand des Wassers tanzte der kleine Junge mit den Töpfen auf dem Kopf ausgelassen im Sand herum. Keiner der Töpfe fiel herunter.

Carr, der beobachtete, wie Fletch den kleinen Jungen beobachtete, sagte: »In einem kleinen Dorf weit draußen im Busch habe ich einmal erlebt, wie eine Frau eine Briefmarke kaufte. Sie legte die Briefmarke mit der Vorderseite nach unten auf ihren Kopf und setzte dann einen Stein auf die Briefmarke. So ging sie nach Hause. War sehr sinnvoll. Auf diese Weise wurde der Klebstoff auf der Marke nicht weggeschwitzt und die Marke nicht weggeblasen.«

»Ich bezweifele, daß ich auch nur zwei Meter mit einem Stein auf dem Kopf laufen könnte«, sagte Fletch. »Oder mit einer Briefmarke.«

Carr sagte: »Meine Hexenfreundin in Thika sagt, daß Sie eine ganze Kiste voller Steine mit sich herumschleppen.«

Fletch schwieg.

Einer der Fischer, der seinen Baumstamm aus dem Wasser aufs Ufer geschoben hatte, grapschte sich den kleinen Jungen, drückte ihn an seine Brust und tanzte mit ihm im Kreis herum. Die Töpfe flogen vom Kopf des Jungen und landeten überall verstreut im Sand.

»Anstatt mich zu fragen, was das Land uns verrät«, sagte Carr, »frage ich mich im Moment, was uns der Himmel verraten will. Ich glaube, wir sollten schleunigst essen.«

»Okay.« Während er sein Glas leerte und sich langsam in der Hitze in Bewegung setzte, sah Fletch zu, wie der nackte Mann und der nackte Junge die Töpfe rasch im See ausspülten.

Als er die Speiseveranda der Lodge betrat, sah Fletch, wie der Mann und der Junge Hand in Hand durch den Sand zu ihrem Dorf zurückstapften. Alle Töpfe waren wieder auf dem Kopf des Kindes gestapelt.

22

»Was ist das? Was ist da los?«

Fletch, der mit dem Gesicht zur Innenwand der Speiseveranda saß, schaute nach links. Die Fliegenfenster bogen sich ihm entgegen. Pappteller wurden drei Meter hoch in die Luft geschleudert. Eine leere Bierflasche zerschellte auf dem Steinboden.

Plötzlich hatte sich die Luft dunkelgelb verfärbt.

»Essen Sie rasch!« überschrie Carr den Lärm. Er wölbte eine Hand über seinen Teller, mit der anderen schaufelte er hastig Essen in seinen Mund.

»Was ist das?« Fletchs Augen brannten. Er konnte kaum die großen, weißen Fischbrocken erkennen, die sich auf seinem Teller gelb färbten.

»Sandsturm! Mein Zeitplan war falsch. Je rascher Sie jetzt essen, um so weniger Sand werden Sie mit einem Schlag schlucken.«

Fletch steckte ein Stück Fisch in den Mund. Er hustete. Schon war sein Mund voller Sand. Schon hatten sich eine Million Sandpartikel an die Innenseite seiner Nasenlöcher geheftet.

Sein gefüllter Teller wackelte auf dem Tisch.

Er und Carr fuhren zurück, als der Tisch vom Wind hochgehoben wurde. Er kippte um und rutschte auf die Wand der Veranda zu.

Carr und Fletch saßen sich gegenüber, Hände im Schoß, der Tisch zwischen ihnen war verschwunden.

Fletch schrie: »Wollen wir den Nachtisch woanders einnehmen?«

Carr stand auf. »Ich werde Hassan bitten, uns eine Kabine zurechtzumachen. In einem Sandsturm können wir nichts weiter tun, als uns zwischen Wände und unter ein Laken zu verkriechen.«

Fletch war kaum aufgestanden, als auch schon sein Stuhl umfiel. Das gesamte Verandamobiliar schlidderte an ihnen vorüber. »Wie lange dauert so ein Sandsturm?«

»Ein paar Stunden. Einen Tag. Eine Woche.«

»Kann ich Barbara anrufen? Ihr sagen, daß wir uns verspäten?«

»Klar«, sagte Carr. »An der Ecke ist eine Telefonzelle. Gleich neben der Pizzeria.«

»Carr? Ich habe einen Mord gesehen.«

Sie lagen auf schmalen Betten in einer kleinen Kabine. Es war dunkel geworden.

Der Wind heulte. Sand fegte durch die Ritzen der Wände. Seit er unter dem Laken lag, hatte Fletch seinen Mund fest verschlossen gehalten. Trotzdem waren seine Zunge, seine Zähne pelzig vor Sand. Gelegentlich hatte er in ein Glas gespuckt. Carr empfahl ihm, damit aufzuhören, weil sein Körper die Flüssigkeit brauchte. Fletch hielt die Augen geschlossen, bis seine Lider durch den Sand zu schwer wurden. Dann rollte er sich herum und wischte sein Gesicht am unteren Laken ab. Die Laken wurden zentimeterdick mit Sand überzogen. Nahezu jede Stunde stand er auf und fegte den Sand von seinen Laken. Sand war in seinen Augen, in seiner Nase, in seinem Mund, in seinen Nebenhöhlen, in seiner Haut. Er wünschte, er könnte seine Nasenlöcher geschlossen halten.

In der Kabine war eine primitive Dusche, die laut tropfte. Wenn Fletch das Tropfen der Dusche hören konnte, wußte er, daß sich der Wind etwas gelegt hatte. Meistens konnte er die Dusche nicht hören.

Im Moment konnte er die Dusche tropfen hören.

Carr fragte: »Ist das die Kiste voller Steine, die Sie mit sich herumschleppen?«

»Ich nehme es an.«

Carr sagte: »Ich habe auch kräftige Beine.«

Die Kabine wurde von einem erneuten heißen, sandgeschwängerten Dauerwindstoß angegriffen.

»Gestern im Flughafen«, sagte Fletch, als er die Dusche wieder tropfen hörte. »Kurz nach unserer Ankunft.« Beim Reden merkte Fletch, wieviel Sand wirklich in seiner Kehle, seinem Mund, auf seinen Lippen war.

»Ich ging auf die Toilette, während Barbara etwas Geld wechselte. Ein Mann war drin, benahm sich vollkommen normal, wusch sich nur die Hände. Ich ging in die Kabine. Noch ein Mann kam herein. Ich sah seine Füße. Die beiden Männer stritten sich. Sie schrien in einer Sprache, die ich nicht verstand. Vielleicht Portugiesisch. Als ich herauskam, war nur noch ein Mann da, und der war tot. Erstochen. Alles voller Blut.«

»Derselbe Mann, der schon da war, als Sie hereinkamen?«
»Nein. Der andere.«
»Also haben Sie den Mörder gesehen.«
»Ja.«
»Was haben Sie gemacht?«
»Carr, ich habe gekotzt. Ich habe sorgfältig meine Fingerabdrücke von der Tür abgewischt, als ich ging.«
»Könnten Sie den Mörder identifizieren?«
»Ja. Ich sah ihn wieder, auf dem Parkplatz, als wir abfuhren.«
»Ein Weißer?«
»Ja. Sie waren beide weiß.«
»Ich habe in der *Nation* darüber gelesen.«
»In die Zeitungen zu sehen habe ich völlig vergessen.«
»Morde machen hier immer noch Schlagzeilen. Es sei denn, es handelt sich nur um Dan Dawes in Ausübung seines Nachtdienstes.«
»Es war nicht Dan Dawes.«
»Nein. Das ist nicht Dans Art, Leute zu exekutieren. Wem haben Sie davon erzählt?«
»Nur Barbara. Jetzt Ihnen.«
»Verstehe. Sie haben sich ja ziemlich schnell entschlossen, über diese Sache Stillschweigen zu bewahren.«
»Was meinen Sie damit?«
»Sie haben Ihre Fingerabdrücke vom Türgriff gewischt.«
»Carr, ich war gerade in einem fremden Land angekommen. Ich wußte sehr wenig über Kenia.«
»Hier gibt es eine Justiz.«
»Morduntersuchungen ziehen sich gewöhnlich in die Länge.«
»Richtig.«
»Ich muß bald nach Hause, zurück zu meiner Arbeit, muß mein Eheleben beginnen. Wissen Sie?«
»Natürlich.«
Eine außergewöhnlich harte Windmauer krachte gegen die Kabine. Fletch sagte: »Mitgehangen, aber nicht mitgefangen.«
Als sich die dicke Windmauer wieder zurückgezogen hatte, sagte Fletch: »Stand in der Zeitung, wer der Ermordete war?«
»Ich habe sie nicht genau gelesen. Haben Sie einen der beiden Männer schon im Flugzeug gesehen?«
Fletch überlegte einen Moment. »Ich weiß es nicht. Die Maschine war so voll.«

»Nun«, sagte Carr, »mir scheint, daß Sie Ihren Entschluß schon gefaßt haben. Sie waren Zeuge bei einem Mord, und Sie haben beschlossen, sich nicht freiwillig zu melden.«

»Schon, aber, Carr? Angenommen, sie verurteilen den falschen Burschen?«

»Diese Möglichkeit besteht immer. Sie werden ihn hängen. Sie werden nie davon erfahren. Sie werden in den Vereinigten Staaten sein und sich Hot dogs und Bier schmecken lassen.«

»Ich möchte nicht mit dieser Möglichkeit leben.«

Nach einer Weile sagte Carr: »Das ist in der Tat eine Kiste voller Steine. Einerseits können Sie nicht ein Jahr oder noch länger in Kenia als Polizeizeuge herumhängen. Und andererseits haben Sie eine natürliche Abneigung dagegen, daß die maßgeblichen Stellen den falschen Kerl hängen.«

Mehr sagte Carr nicht.

»Carr?« Stunden waren vergangen, aber Fletch wußte, daß Carr nicht schlief. Kurz zuvor hatte der Wind erneut laut und heftig gegen die Kabine gedrückt. Jetzt war die tropfende Dusche wieder zu hören. »Erzählen Sie mir von meinem Vater.«

»Was? Tut mir leid. Mein Gehör ist nicht das beste, wissen Sie.«

»Mein Vater. Erzählen Sie mir von ihm.«

»Wir wollen uns also über diesen Fletcher unterhalten.«

»Bitte.«

»Nun. Er ist Pilot. Wie wir anderen auch hat er da und dort in der Welt Leichtflugzeuge geflogen. Eine Zeitlang irgendwo in Südamerika, und dann, soweit ich weiß, in Indien. Eine Zeitlang war er gut situiert. In Äthiopien gehörten ihm drei Flugzeuge, seine eigene kleine Fluggesellschaft. Dann übernahm diese neue Regierung das Ruder, und seine Fluggesellschaft kassierte sie gleich mit ein.«

»Hat sie einfach so einkassiert?«

»Ja.«

»Hat nicht dafür bezahlt oder so was?«

»Weil sie seine Flugzeuge wollten, haben sie auch sein Haus und seinen Wagen einkassiert, um ihn loszuwerden. Alles. Diese Regierung schaltet und waltet, wie's ihr gerade in den Kram paßt.«

»Oh.«

»Daher kam er als ruinierter Mann in Kenia an. Flog eine Zeitlang für mich. Jetzt hat er wieder sein eigenes Flugzeug.«

»Sie haben mehr als ein Flugzeug?«

»Zwei.«

Ein paar Augenblicke lang machte der Wind jede weitere Unterhaltung unmöglich.

»Carr?« fragte Fletch schließlich. »Ist er ein glücklicher Mensch? Macht er den Eindruck, daß ihn das Leben befriedigt?«

»Mehr oder weniger. Herumfliegen ist ein tolles Leben. Amüsieren Sie sich denn nicht?«

»Carr?« Es war jene Stunde der Nacht, in der einem jeder Schimmer des heraufdämmernden Morgens wie eine beklemmende Wohltat vorkäme. Der Wind hatte sich für einen Moment gelegt, aber Fletch wußte, daß er sich wieder erheben würde. Er fühlte sich wie ein mit Sand vollgestopfter Strumpf. »Wir haben das Flugzeug nicht am Boden verankert. Wie wird verhindert, daß es einen Salto dreht?«

»Erinnern Sie sich an dieses Kerlchen auf der Landepiste, das Sie für so alt hielten?«

»Klar.«

»Er klammert sich da draußen im Wind an eine Tragfläche und hält das Flugzeug am Boden fest.«

»Im Ernst?«

»Natürlich.«

»Dieses dürre, alte Kerlchen wird es gleich mit fortblasen.«

»Warten wir's ab.«

23

»Habt ihr beiden euch also doch noch entschlossen, wieder aufzukreuzen?«

Barbara lag auf einem Liegestuhl neben dem Swimmingpool des Norfolk Hotels.

»Was?« sagte Carr.

»Was?« sagte Fletch.

Selbst der Himmel über Nairobi war immer noch nicht ganz klar.

»Heil und gesund.« Carr rieb sich die Hände. »Wenn auch nicht am gleichen Tag daheim. Möchte noch jemand ein Bier?«

Fletch beugte sich vor, um Barbara zu küssen.

»Du siehst ganz aufgedunsen aus«, sagte Barbara.

»Was?«

»Aufgedunsen!«

»Wir sind voller Sand.«

»Schrei nicht so.«

Fletch nieste.

»Ich möchte ein Bier.« Carr machte dem Pool-*bwana* auf der oberen Terrasse ein Zeichen.

»Wart ihr Typen etwa die ganze Nacht auf?« fragte Barbara. »Eure Augen triefen.«

»Sie möchte wissen, ob wir die Nacht mit Saufen und Tingeltangel verbracht haben.«

»Ja«, sagte Carr. »Wir haben die Nacht mit Saufen und Tingeltangel verbracht.«

Auf der anderen Seite des Pools saß ein englisches Paar in Kordelbikinis und Strohhüten unter einem Schirm und trank Tee, wie es sich gehörte.

»Wir sind in einen Sandsturm geraten«, sagte Fletch.

»Aber sicher.«

»Wir sind in einen Sandsturm geraten.«

»Ich höre dich.«

»War nur halb so wild.« Carr ließ sich auf einem Stuhl neben dem Pool nieder. »Mir macht Sand nichts aus.« Er redete wie jemand, der sich nicht selbst hören konnte. »Ihr Mann hat die Wiege der Menschheit gesehen.« Er nieste. »Vielleicht den Ort, wo der Mensch zum ersten Mal auf Erden wandelte.«

»Aber sicher.«

Fletch setzte sich auf die Kante von Barbaras Liegestuhl. »Dieses alte Kerlchen, er kann keine sechzig Pfund gewogen haben, hat die ganze Nacht die Tragfläche der Maschine nach unten gedrückt, damit sie sich im Wind nicht überschlug.«

»Warum redet ihr beiden eigentlich so laut?«

»Was?« fragte Carr. Er hielt jetzt ein Bier in der Hand.

»Mann, bist du sandig.« Barbaras Hand lag auf Fletchs Unterarm. »Hat's in dem See, an dem ihr wart, kein Wasser gegeben?«

»Krokodile obendrein.«

»Aber sicher.«

Fletch fuhr ständig mit der Zunge über den Sand auf seinen Zähnen.

Carr sagte: »Das Leben besteht nicht nur aus Ziegenbraten.«

Barbara sagte: »Hoffentlich nicht.«

»Was?« fragte Fletch.

»Ich muß zugeben, daß der Heimflug nicht sehr angenehm war.« Carr schüttelte den Kopf. »Konnte nichts sehen.«

»Von Rechts wegen solltest du gestern abend rechtzeitig zum Dinner zurücksein.«

»Es gab einen Sandsturm, verstehst du«, sagte Fletch.

»Ich habe mir einen Salat aufs Zimmer bestellt.«

»Oh?« sagte Carr. »Einen Soldat? Hat er sich artig verabschiedet?«

»Warum hast du nicht angerufen?«

»Ehefrauen wollen immer wissen, warum man nicht zuhause anruft«, sagte Carr. »So ist das nun mal mit Ehefrauen.«

»Es gab kein Telefon, Barbara.«

»Eine Fishing Lodge ohne Telefon?«

»Die Madame wollte uns nicht ranlassen«, sagte Carr. »Sie sagte, das Bordelltelefon wäre nur für zahlende Kunden.«

»Ist es dir jemals in den Sinn gekommen, daß ich mir Sorgen machen könnte?«

»Wir waren fast von oben bis unten im Sand vergraben.« Fletch nieste.

»Hast du dich erkältet?«

»Bordell mit Kimaanlage«, sagte Carr.

»Sand.« Fletch nieste. »Nebenhöhlen.« Er nieste wieder. »Oh, verdammt.«

»Hoffentlich ist das alles, was du dir eingefangen hast.«

»Bin nicht fischen gegangen.« Fletch nieste. Das englische Paar sah teilnahmsvoll zu ihm herüber. »Dort gibt's Nilbarsche. Krokodile im See, und die Fischer sitzen rittlings auf Baumstämmen, Beine und Füße im Wasser, wenn sie auf den See hinausrudern.«

»Was hätte ich eigentlich machen sollen, wenn ihr nicht aufgekreuzt wärt?«

»Wir sind aber aufgekreuzt.« Carr nieste.

»Irgendeine Nachricht von meinem Vater?«

»Nein.«

Fletch stand auf. »Ich muß unter die Dusche. Muß endlich diesen Sand runterkriegen. Dank für einen herrlichen Ausflug.« Fletch nieste. »Carr.«

Barbara kam ins Bad, als Fletch gerade aus der Dusche kam. Er hatte Mund, Nase und Augen gespült, Haare gewaschen, sich immer wieder von oben bis unten geschrubbt, und fühlte sich trotzdem immer noch wie das Innere einer Zementmaschine.

»Ich habe mir Sorgen gemacht«, sagte Barbara. »Wahnsinnige Sorgen.«

»Es gab kein Telefon, Barbara. Kein funktionsfähiges Funkgerät.«

»Den ganzen Tag saß ich gestern hier und habe mir wegen meines Benehmens gestern morgen Vorwürfe gemacht. Wegen der Sachen, die ich gesagt habe. Und dann bist du nicht aufgekreuzt. Hast nicht angerufen. Die ganze Nacht.«

»Wir sind in der Nähe der äthiopischen Grenze in einen Sandsturm geraten. Auf dieser Strecke verkehrten keine Kamele.«

»Dann hat mich wieder total die Wut gepackt. Wut und Panik.«

Fletch hämmerte mit dem Handballen auf seine Kopfseite ein. »Wenn meine Ohren nicht bald aufgeben, drehe ich noch durch. Ich habe das Gefühl, als hätte ich einen Ballon im Kopf.«

»Und dann kommt ihr beiden heute nachmittag hereinstolziert und seht aus wie zwei kleine Jungs, die im Sandkasten gespielt haben.«

»Wir sind in einer Höhe von zwölftausendfünfhundert Fuß nach Hause geflogen«, sagte Fletch, »bei geöffnetem Fenster. Sonst hätte Carr nichts sehen können. Der Sandsturm reichte so hoch hinauf. Sogar das Cockpit war voller Sand. Kannst du das alles verstehen? Wir sind taub. Unsere Ohren tun weh. Carr mußte ständig das Fenster öffnen.«

»Bist du wegen meines Benehmens gestern morgen die ganze Nacht weggeblieben? Hast du versucht, mir eine Lektion zu erteilen oder so was?«

»Oh, Himmel, Barbara. Sollte ich jemals derartige Scherze mit dir treiben, werde ich's dich wissen lassen. Wo ist meine Badehose?«

Fletch ging ins Schlafzimmer.

»In der obersten Kommodenschublade.«

»Nur gut, daß wir wußten, daß es in der Skilodge ein Schwimmbad gab. Wenigstens haben wir Badezeug.«

Die beiden Paar Skier standen in einer Ecke des Zimmers. Auf der anderen Seite des Fensters neben ihnen blühte der Hibiskus.

»Was hätte ich denn denken sollen, als ihr nicht aufgekreuzt seid?«

»Daß wir in der Nähe der äthiopischen Grenze in einen Sandsturm geraten sind. Vielleicht hilft mir ja ein Bad, den Sand aus meinen Nebenhöhlen zu blasen.«

»Was ist denn das?« Mit großen Augen starrte Barbara auf Fletchs untere Magenpartie.
»Wofür hältst du das?«
»Keine Ahnung. Was ist das?«
»Eine Verletzung. Ein Trauma. Gemeinhin beschrieben als ein Schlag unter die Gürtellinie.«
»Woher hast du das?«
»Fragst du das im Ernst?«
»Natürlich frage ich das im Ernst. Woher stammt das?«
»Du hast mir eine reingeknallt.«
»Hab' ich nicht.«
»Hat sonst niemand getan. Noch nie.«
»Nicht so.«
»Genau so.«
»Das hab' ich nie im Leben getan.«
»Oh, hör auf damit. Gehst du noch mal mit zum Schwimmen?«
»Ich werde duschen.«
»Okay. Ich werde schwimmen gehen. Und anschließend eine Weile im Sandkasten spielen.« Fletch nieste. »Wenn ich zurückkomme, können wir uns überlegen, was wir anschließend tun.«
»Falls du's nicht schaffst«, sagte Barbara, »ruf an.«

24

»So«, sagte Barbara.«
»So«, sagte Fletch.
Sie hatten das Frühstück auf die Lord-Delamere-Terrasse bestellt.
»Da wären wir also in Nairobi.«
»Da wären wir.«
»Haben endlich Flitterwochen.«
»Und eine Nacht lang geschlafen.« Auf der anderen Seite der Harry Thuku Road weckten in der hellen Sonne hin und her eilende Studenten die Universität aus ihrem Nachtschlaf.
»Eine schöne, lange Nacht. Zehn Stunden zum Schlafen und fünf Stunden zum Essen und Spielen.«
»Soviel?«
»Nach meiner Stoppuhr.«
»Ich fühle mich wie neugeboren.« Fletch begann, den *Standard*

durchzublättern. »Abgesehen davon, daß meine Ohren immer noch verstopft sind und meine Nase immer noch trieft.«

»Heute morgen bin ich richtig froh, daß ich dich geheiratet habe.« Unterm Tisch schob sich Barbaras Bein gegen das seine.

»Ganz meinerseits.«

»Ich hatte Angst, daß dieses Ding da an deiner Leiste weh tun würde.«

»Tut es nicht. Hat es nie. Sieht nur häßlich aus.«

»Ich weiß nicht. Ich finde, es sieht irgendwie erotisch aus.«

»Man neigt immer dazu, sein eigenes Werk zu bewundern.«

»Ich hab' dir das nicht angetan.«

»Oh.«

»Ich weiß es. Du mußt gegen irgendwas gestoßen sein.«

»Von mir aus.«

»Es hat irgendwie Ähnlichkeit mit einem zur Seite geschobenen Hosenbeutel. Einem Suspensorium oder so was, weißt du?«

»Vielleicht solltest du in die Branche der Blutergußdesigner einsteigen.«

»Ist es deswegen tabu, Boxern einen Schlag unter die Gürtellinie zu versetzen?«

»Vermutlich haben ihre Trainer nicht deinen Sinn für das, was sexy ist.«

»Ich wußte gar nicht, daß Männer an dieser Stelle so empfindlich sind.«

»Bluten wir etwa nicht, wenn man uns kastriert?«

Ihr Obst wurde serviert.

»In der heutigen Morgenzeitung steht nichts über den Mord am Flughafen«, sagte Fletch, nachdem der Kellner sich entfernt hatte.

»Hast du Carr davon erzählt?«

»Ja.« Das Rhabarbermus war genau richtig gesüßt.

»Und was hat er dazu gesagt?«

»Er räumt ein, daß ich ein Problem habe. Eine ›Kiste voller Steine‹.«

»Hat er verstanden, warum du dich nicht freiwillig gemeldet hast?«

»Oh, durchaus. Ich kann mein Leben nicht in Kenia damit verbringen, ihre Verdächtigen zu besichtigen, einen nach dem anderen.«

»Heißt das, daß du den Mord einfach vergessen willst?«

»Das kann ich nicht. Nimm doch nur mal an, sie beschließen, den falschen Sack aufzuknüpfen?«

»Kannst du bei der Polizei nicht einfach eine Beschreibung hinterlassen?«

»Oh, schon, sicher. Weißer Mann in mittleren Jahren, braunes Haar und Bart. In Kenia gibt's wahrscheinlich mehr Männer, auf die diese Beschreibung paßt, als Zebras. Sie würden mich jede Woche einmal um die halbe Welt und wieder zurück fliegen lassen. Was ich mir nicht leisten kann. Und was sich Kenia vermutlich auch nicht leisten kann. Daher fürchte ich, daß sie mich bitten würden, hierzubleiben, mit Zukkerbrot oder Peitsche. Was ich mir ebenfalls nicht leisten kann. Carr hatte keine Vorschläge.«

»Da wir gerade von *leisten* sprechen . . .« Barbara räusperte sich.

»Ich habe selbst schon daran gedacht.«

»Sieht nicht danach aus, als wäre dein Vater Nairobis offizieller oder inoffizieller Protokollchef. Jetzt sind wir schon den dritten Tag hier, und bis jetzt ist noch kein Fletcher senior mit einem Begrüßungskomitee im Schlepptau hier aufgetanzt.«

»Ist mir nicht entgangen. Aber immerhin hat er eine Nachricht hinterlassen. Während wir draußen in Thika waren.«

»Ja. In der es heißt, daß er wiederkommen würde.«

»Er muß eine Reifenpanne gehabt haben.«

»Ich finde, du solltest besser an der Rezeption nachfragen und dich vergewissern, daß unsere Rechnungen bezahlt werden.«

»Ich finde, wir sollten erst mal frühstücken.«

»Ich bezweifele, daß wir von der Skilodge in Colorado viel von unserem Geld zurückbekommen. Wir haben keinen Anspruch darauf.«

»Eigentlich sollten die an abgesagte Flitterwochen gewöhnt sein.«

Der Verkehr, der auf der Harry Thuku Road vorüberzog, bot ein buntes, interessantes Bild. Neben den in jeder Stadt üblichen Personenwagen, Taxis und Lastern gab es *safari guaris*, die mit Zebrastreifen bemalt waren, Landrover, deren Karosserie rundum mit Ersatzreifen bepflastert war, Jeeps, die aussahen, als wären sie seitwärts einen Berg hinuntergekullert worden, und ein paar Vehikel, die unverkennbar Marke Eigenbau waren.

»Also, was machen wir heute?« fragte Barbara. »Vorausgesetzt, daß wir uns kein billigeres Hotel suchen müssen.«

Ihre Eier mit Schinken und Toast wurden serviert.

»Ich könnte ja nach meinem Vater suchen. Er muß doch hier irgendwo sein. Ich bin ›gelinde neugierig‹.«

»Gestern am Pool hat mir eine Dame erzählt, daß sie sich irgendwelche wundervollen Tänzer angesehen hätte, wie hat sie die gleich genannt? Bomas. Die Bomas Harambee Dancers. Oder so ähnlich. Ungefähr zehn Kilometer von hier. Sie sagte, daß sie diese wundervolle Geschichte von einem bösen Geist erzählen, der von einer jungen Frau Besitz ergreift, während sie und ihr Mann auf Reisen sind und gerade im Busch schlafen. Um seine Frau von dem bösen Geist zu befreien, macht sich der junge Ehemann auf den Weg und heuert einen Medizinmann an. Der Medizinmann kommt und lockt den bösen Geist von der Frau weg. Aber jedesmal, wenn er in die Nähe des Geistes kommt, erschreckt der Geist die Begleiter des Medizinmanns und rennt weg. Die ganze Geschichte wird tanzend erzählt. Ich hätte Lust, mir das heute nachmittag anzuschauen.«

Fletch beobachtete, wie Juma die Straße entlang auf sie zu schlenderte.

»Und kannst du dir vorstellen, daß es direkt vor Nairobi einen Wildpark gibt, der etwa siebenundvierzig Quadratmeilen groß ist? Löwen, Giraffen, alles. Wir könnten einen Wagen mieten, wenn es dir nichts ausmacht, links zu fahren.«

Ohne seine glücklichen Augen nach rechts oder links zu wenden, schlenderte Juma, ohne Hemd, ohne Schuhe, in sandfarbenen Shorts, ein Buch in der linken Hand, lässig dahin. Die Leute auf der Lord Delamere's Terrace beachtete er nicht.

Fletch und Barbara saßen zu weit hinten auf der Terrasse, um ihm zuzurufen.

»Jemand anderes sagte, daß es ein fantastisches Restaurant gäbe, das Tamarind heißt. Fantastischer Hummer. Und ein chinesisches Restaurant, das Hong Kong heißt. Weniger teuer. Bcste Suppe der ganzen Wclt.«

»Du hast deine Hausaufgaben gemacht.«

Fletch wollte sich gerade erheben und Juma nachgehen, ihm guten Tag sagen, als er sah, daß Juma in den Eingang des Norfolk Hotels einbog.

Das Buch in seine Gesäßtasche stopfend, drängte sich Juma durch die Tische und Stühle zu ihnen hindurch.

Er ließ sich an ihrem Tisch nieder.

»Freut ihr euch, mich zu sehen?« fragte er.

»Durchaus«, antwortete Fletch.

»Heißt das ja?«

»Natürlich. Hast du uns gesucht?«

Juma runzelte die Augenbrauen.

»Warst du die ganze Zeit in Nairobi?« fragte Barbara.

»Ja.«

»Möchtest du etwas essen?« fragte Barbara.

»Ich werde etwas Toast essen«, sagte Juma, »aus Höflichkeit.« Barbara reiche ihm ihren Teller mit Toast. »Außerdem, weil ich gebutterten Toast mag.«

»Was hast du in der Zwischenzeit gemacht?« fragte Fletch im Bemühen, ein Gespräch in Gang zu bringen.

»Ich habe über dein Problem nachgedacht, Fletch.«

»Welches Problem?«

»Mein Vater sitzt auch im Gefängnis, weißt du.«

Barbara zuckte zusammen.

»Sehr betrüblich, sehr dumm.« Juma mampfte seinen Toast. »Wißt ihr, mein Vater war Fahrer für die Regierung. Für das Erziehungsministerium. Am Ende eines Elf-Stunden-Tages, sehr müde und hungrig, ging er in diese Bar, wo sein Bruder arbeitete, um etwas zu essen. Irgendwer meldete, daß er diesen Regierungswagen fünfundvierzig Minuten lang vor dieser Bar hat stehen sehen. Deswegen wurde er schuldig gesprochen und zu achtzehn Monaten Gefängnis verurteilt.«

»Guter Gott«, sagte Barbara.

Fletch spürte, wie er kreideweiß wurde. »Guter Gott.«

»Es schickt sich nicht für einen Regierungswagen, daß man ihn vor einer Bar stehen sieht.«

»Achtzehn Monate im Gefängnis?« fragte Fletch.

Barbara starrte Fletch an.

»Außerdem wurde er gefeuert. Also hat meine Familie mal wieder kein Geld. Kann ich noch etwas Toast haben, bitte?« Juma nahm sich eine weitere Scheibe.

Fletch räusperte sich. »Wer hat gesagt, daß mein Vater im Gefängnis sitzt?«

»Du wirst dich damit abfinden müssen, Fletch. Ich weiß, daß du den ganzen weiten Weg von Amerika gekommen bist, um ihn zu besuchen. Hast du ihn schon besucht?«

Fletch spürte, wie es in seinen Schläfen pochte. »Nein.«

»Das ist das Problem«, sagte Juma. »Sie wollen mich meinen Vater auch nicht besuchen lassen. Selbst jetzt noch nicht.«

»Woher weißt du, daß mein Vater im Gefängnis sitzt?«

»Dieser Mann im Gefängnis, der, der mich nicht reinläßt, ganz egal, was ich sage, sagt, es sei Teil der Strafe, daß mein Vater seinen Sohn während der ganzen langen Zeit nicht sehen darf, verstehst du. Weil er den Regierungswagen vor der Bar geparkt hat.«

Barbara sagte: »Armer Fletch.«

»Also fragte ich diesen Mann, ob er für dich eine Ausnahme machen würde, weil du doch den ganzen weiten Weg gekommen wärst, und er sagte, vielleicht, aber erst nach dem Prozeß.«

Fletch lehnte sich auf seinem Stuhl zurück und atmete tief aus.

Barbara sagte: »Oh, Schatz.«

Juma fragte Barbara: »Wie gefällt dir Kenia?«

»Einfach fantastisch«, antwortete Fletch.

»Wir *wananchi* sind sehr stolz auf Kenia. Hier hat alles seine Ordnung. Habt ihr gesehen, daß einfach überall Bilder von unserem Präsidenten, Daniel arap Moi, hängen?«

»Einfach überall«, antwortete Barbara. »In jedem Laden.«

»Obwohl ich zugebe, daß es für eine Familie schwer zu begreifen ist, wenn der Vater zu achtzehn Monaten Gefängnis verurteilt wurde, weil er einen Regierungswagen vor einer Bar geparkt hat.«

»Kann man wohl sagen«, sagte Fletch.

»Darum habe ich über dein Problem nachgedacht, Fletch.« Juma zuckte die Achseln. »Ich habe keine Lösung.«

Barbara starrte Fletch immer noch an. »Hast du es gewußt?«

»Nicht unbedingt.«

»Was meinst du mit *nicht unbedingt*?«

»Nicht jetzt, Barbara. Bitte. Nicht hier.« Fletch hatte das Gefühl, durch eine Trockenschleuder gedreht zu werden.

»Du hast es gewußt. *Reifenpanne* hast du gesagt.«

»Ich habe es nicht gewußt.«

»Warum sitzt er im Gefängnis?«

»Es muß gestern passiert sein.«

»Im Thorn Tree hat es einigen Ärger gegeben«, sagte Juma. »Das ist jedem bekannt.«

»Mir nicht«, sagte Barbara. »Was ist das Thorn Tree?«

Fletchs Kopf und Herz waren so voll, daß er erst merkte, daß Carr neben ihnen stand, als Carr ihn ansprach.

»Irwin, ich muß in Ruhe mit Ihnen reden.«

»Ah. Guten Morgen, Carr.«

»Wir haben's gerade erfahren«, sagte Barbara.

Carr sah sie an. »Was haben Sie gerade erfahren?«

»Daß Fletchs Vater im Gefängnis sitzt. Auf seinen Prozeß wartet. Keine Besucher.«

»Verstehe.« Als Carr sich setzte, begrüßte er Juma mit einem Nikken. »Er hat sich gestern gestellt. Bei weitem der klügere Weg.«

»Hat er einen Anwalt?« fragte Fletch.

»Ja.«

Barbara fragte: »Worum geht es eigentlich?«

»Vor zwei Nächten«, erklärte ihr Carr, »während wir im Shade Hotel aßen, fand im Thorn Tree Café so eine Art Schlägerei statt. Solche Dinge waren früher nicht ungewöhnlich, in den schlechten alten Zeiten. Vielleicht hat Walter Fletcher sie angefangen, vielleicht auch nicht. Glas ging zu Bruch. Viel schlimmer ist allerdings, nach Meinung der Behörden, daß ein paar Touristen belästigt wurden. Vielleicht hat Walter Fletcher einen *askari* bewußtlos geschlagen, vielleicht auch nicht.«

»Was ist ein *askari*?« fragte Barbara.

»Ein Wachmann. Der offizielle Rang dieses bestimmten Wachmanns ist noch nicht einwandfrei erwiesen.«

»Sie meinen, es ist immer noch nicht klar erwiesen, ob er nun ein Bulle oder ein privater Nachtwächter war?« fragte Fletch.

»Ja«, antwortete Carr. »Manche privaten Wachleute haben den Rang eines Polizisten. Manche nicht. Kann ich etwas Kaffee haben?« fragte Carr den Kellner. »Das ist von großer Bedeutung. Kenia ist sehr streng, was den Respekt vor Behördendingen und Beamten angeht.«

»Achtzehn Monate für das Parken eines Regierungswagens vor einer Bar«, murmelte Fletch. »Ein Wunder, daß sie nicht Dan Dawes geschickt haben, um Jumas Vater zu erschießen.«

»Warum können sie's nicht feststellen?« fragte Barbara.

»Weil der *askari* immer noch im Krankenhaus herumjammert und zwischen ein paar Bissen Nudeln mal dieses und mal jenes behauptet. Er sagt, daß eine seiner Ehefrauen seine Arbeitspapiere hätte, aber er wüßte nicht mehr, welche.«

»Welche *Ehefrau*?« fragte Barbara.

»Schätzungsweise bewirkt ein Kinnhaken, daß man vergißt, welche Ehefrau welche ist.« Carr schlürfte seinen heißen Kaffee. »Auf jeden Fall darf bis nach dem Prozeß niemand außer seinem Anwalt Walter Fletcher besuchen. Und der Prozeßtermin steht noch nicht fest.«

Juma sagte: »Es wird schön sein, von hier wegzukommen.«

Carr warf ihm einen scharfen Blick zu.

»Was können wir für ihn tun?« fragte Fletch.

»Die Straße hinunter gibt's eine Moschee.« Carr nahm einen weiteren Schluck von seinem Kaffee. »Vergeßt nicht, eure Schuhe auszuziehen. Am Haupteingang hängt ein Schild mit der Aufschrift *Unterstützt die Bettler nicht.*«

»Oh, Schatz«, sagte Barbara. »Armer Fletch.«

»Wir hätten nicht mit Ihnen nach Thika fahren sollen«, sagte Fletch. »Weil mein Vater nicht auftauchte, als er hätte auftauchen sollen, habe ich mich gemein benommen. Als er dann doch noch auftauchte, war ich nicht da.«

»Wasser übern Deich«, sagte Carr.

»Nun, in Afrika gibt's nicht soviel Wasser«, sagte Fletch.

»Walter ist übern Deich«, sagte Barbara.

»Womit wir beim nächsten Punkt wären«, sagte Carr.

»Kann ich wirklich nichts für ihn tun?« fragte Fletch.

»Nein.«

»Ich darf ihn wirklich nicht besuchen?«

»Nein.«

»Mist!«

»Ich fliege heute zu meinen Ausgrabungen hinunter«, sagte Carr. »Laß ein paar Arbeiten daran vornehmen. Ich dachte, daß ich erst mal hier vorbeikomme, Sie in der Angelegenheit Walter Fletcher auf den neuesten Stand bringe und frage, ob Sie Lust hätten, mich zu begleiten.«

»Zu Ihren Ausgrabungen?« fragte Fletch.

»Oh«, sagte Barbara. »Jetzt gehen wir also auf die Suche nach einer verschwundenen römischen Stadt.«

»Das Camp ist nicht sonderlich groß. Sie werden in Zelten wohnen. Und heiß ist es dort auch.« Carr blickte auf die Mauer des Norfolk Hotels. »Aber es wäre billiger für Sie, als in diesem Palast der ewigen Freuden zu wohnen. Und vielleicht wäre es auch interessant für Sie. Könnten ein bißchen was vom wahren Kenia sehen.«

Fletch seufzte. Er sah Barbara an.

»Bomas Harambee«, sagte Barbara.

»Wie bitte?« sagte Carr. »Ganz recht. Ziehen wir zu unser aller Nutzen an einem Strang. Sie könnten mir sogar dabei helfen, den Dschungel durchzuwühlen. Wer weiß, was wir dabei alles finden könnten.«

Fletch blickte ebenfalls auf die Mauer des Hotels. »Barbara? Ich möchte, daß du ganz klar sagst, wozu du Lust hast.«

Barbara setzte sich gerade hin. Sie schluckte. Carr, Juma und Fletch beobachteten sie. Sie schluckte noch einmal. »Wie kann ich mich mit etwas einverstanden erklären, wenn ich nicht weiß, womit ich mich einverstanden erkläre?«

»Kein sehr komfortables Leben«, sagte Carr. »In Zelten, am Rande des Dschungels. Kein Telefon, keine Elektrizität, keine Eisdielen. Unsere Arbeit besteht darin, uns zu beiden Seiten des Flusses einen Weg durch den Dschungel zu hacken. Hier und da Löcher zu graben und nachzusehen, ob sie irgendwas auch nur entfernt Altrömisches zutage fördern. Trotzdem, Sheila macht es Spaß.«

Barbara starrte Fletch an.

»Barbara?« fragte Fletch. »Möchtest du gerne nach Hause fahren?«

»Das ist unsere Hochzeitsreise«, sagte sie.

»Eine der fantastischsten, die es je gab«, sagte Fletch.

»Sheila könnte ein bißchen Gesellschaft gebrauchen«, sagte Carr.

»Mir ist nicht klar, wie wir jetzt nach Hause fliegen können«, sagte Barbara. »Schließlich haben wir ja den ganzen weiten Weg nur gemacht, um deinen Vater zu treffen.«

»Richtig«, sagte Fletch. »Aber seine Abwesenheit hier ist genauso unbestreitbar wie seine Abwesenheit in den Staaten.«

»Aber jetzt weißt du, daß er existiert«, sagte Barbara.

»Richtig.«

»Und wahrscheinlich wirst du nie wieder herkommen können.«

»Wahrscheinlich nicht.«

»Und dann ist da auch noch diese andere Sache . . .« Barbara sah Carr an. ». . . von der niemand weiß, wie man sie anpacken soll.«

Carr sagte nichts.

Barbara sagte: »Warum überläßt du mir die Entscheidung?«

Fletch seufzte.

»Möchtest du denn gerne mit?« fragte Barbara.

»Ich weiß auch nicht mehr als du.«

»Schöne Zeit«, sagte Juma.

Alle blickten zu Juma.

Dann schaute Carr auf seine Uhr. »Es wird langsam Zeit, das Zimmer zu räumen. Das heißt, falls Sie das Zimmer räumen wollen.«

Barbara sagte: »Also schön.«

Fletch sagte zu Carr: »Ich fürchte, wir verhalten uns nicht gerade liebenswürdig gegenüber Ihrer freundlichen Einladung.«

Carr grinste. »Habe ich Ihnen am Lake Turkana etwa keine schöne Zeit geboten?«

25

»Ich bin mir nicht sicher, welche Vereinbarungen eigentlich getroffen wurden.« Fletch, der mit dem Mann hinter der vergitterten Hotelkasse sprach, zögerte. »Der Name ist Fletcher.« Der Klang seines eigenen Namens verursachte Fletch eine leichte Übelkeit. Auf dem Schildchen an der Jacke des Kassierers stand der Name Lincoln. »Wir möchten heute morgen ausziehen. Wir wissen noch nicht, ob wir ins Norfolk zurückkehren. Wir hoffen es.«

Der Kassierer zog eine lange Karte aus einer Kartei. »Ja, Mr. Fletcher.« Er schaute auf die Karte. »Ihre Ausgaben werden bezahlt. Von Walter Fletcher. Kein Problem.«

»Wenn wir abreisen und wieder zurückkommen, werden unsere Ausgaben dann immer noch bezahlt?«

»Solange Walter Fletcher keine anderen Anweisungen erteilt, werden wir die Rechnung offenlassen. Sie zeichnen nur Ihre bisherigen Ausgaben ab, und wir werden das Zimmer freigeben.« Er drehte die Karte um und schob sie Fletch mit einem Kugelschreiber unter dem Gitter hindurch zu. »Gehen Sie auf Safari?«

»Ja.« Fletch zeichnete die Rechnung ab, die in *shillingi* ausgestellt war. »Wir gehen auf Safari. Wir wurden gerade erst eingeladen. Von der Terrasse werden außerdem noch die Kosten fürs Frühstück in Rechnung gestellt.«

»Fahren Sie nach Masai Mara?«

»Ich weiß nicht genau, wohin wir fahren. An irgendeinen Ort im Süden. In der Nähe eines Flusses.«

Fletch schob die Buchungskarte und den Kugelschreiber wieder unter dem Gitter hindurch. »Und ich möchte dem Hotel für die neuen Turnschuhe danken.«

Der Kassierer lächelte. »Schöne Zeit.«

»Mannomann.« In ihrem Zimmer war Barbara dabei, Skianzüge, Fausthandschuhe, Ohrenschützer, Thermounterwäsche und Wollsokken in den großen Rucksack mit Tragegestell zu stopfen. »Wenn du mir vor einer Woche gesagt hättest, daß wir heute aufbrechen, um an der ostafrikanischen Küste nach einer verschwundenen römischen Stadt zu suchen, würde ich nicht glauben, daß du übergeschnappt bist, ich wüßte es!«

»Ich wäre nicht so übergeschnappt, etwas Derartiges vorauszusagen.«

»Meinst du, daß an der Sache irgendwas dran ist? Besteht die Chance, daß wir so einen Ort finden? Ich meine, mein Gott, Fletch, Carrs beste Informationsquelle scheint eine Medizinfrau zu sein!«

Fletch zuckte die Achseln. »Das ist Carrs Sache. Er will das nun mal. Er hat uns in sein Leben eingeladen. Ich weiß das zu schätzen.«

»Bekloppt«, sagte Barbara. »Wie konnten die Römer hier in Ostafrika eine Stadt gebaut haben, ohne daß dies mittlerweile eine bekannte, bewiesene geschichtliche Tatsache ist?«

»Ich glaube nicht, daß von der Geschichte sehr viel bekannt ist«, sagte Fletch. »Prozentual gesehen, meine ich. Du siehst ja, wie schwierig es ist, die Tatsachen meiner eigenen, persönlichen Geschichte herauszufinden.«

»In den afrikanischen Dschungel ziehen, um Löcher zu graben«, sagte Barbara. »Wollen wir das wirklich?«

»Ich habe gerade einen Blick auf unsere Hotelrechnung werfen können«, sagte Fletch. »Sie ist natürlich in *shillingi* ausgestellt, aber in etlichen tausend *shillingi.* Carr sagt, daß mein Vater nicht reich sei. Ich glaube nicht, daß wir hierbleiben und solche Beträge anhäufen sollten, wenn sich uns eine andere Möglichkeit bietet. Und Carr hat uns eine andere Möglichkeit geboten.«

»Deine Bluejeans und dein T-Shirt sind aus der Wäsche zurück. Sie hängen im Schrank.«

»Prima. Dann kann ich mich ja wieder wie ein Gammler anziehen und muß nicht mehr wie ein Strichjunge herumlaufen.«

»Fletch, bist du sicher, daß du und Carr nicht verwandt seid?«

Fletch, den Kleiderbügel in der Hand, betrachtete seine Jeans. »Du meinst, ob Carr mein Vater ist?«

»Gestern abend am Pool, als ihr vom Lake Turkana zurückkamt, ich weiß nicht, als ich da sah, wie ihr hereinkamt, wie ihr beide gelaufen seid, wie ihr euch hingesetzt, wie ihr geredet habt . . .«

»Wir hatten beide gerade eine Sandstrahlbehandlung hinter uns, einen Orkan, der uns die ganze Nacht wachhielt, und einen Flug, der uns taub machte . . . klar, daß wir uns ähnlich bewegten und anhörten.«

»Er ist schrecklich nett zu uns gewesen.«

»Meine Jeans sind gebügelt worden! Sieh dir das an! Meine Jeans sind gebügelt worden!«

»Oh, Schatz. Das geht aber nicht.« Sie nahm ihm die Jeans ab und fing an, sie mit den Händen durchzuwalken.

»Ich habe darüber nachgedacht«, sagte er. »Willst du den unumstößlichen Beweis?«

»Wofür?«

»Als wir mit Carr draußen in Thika und Karen waren, kam jemand ins Hotel, wies sich als Walter Fletcher aus und fragte nach uns.«

»Hätte er das nicht auch telefonisch erledigen können?«

»Der Mann am Empfang sagte, daß jemand ins Hotel kam. Er sagte, es wäre Walter Fletcher gewesen.« Barbara kickte seine Jeans auf dem Boden herum. »Als wir Juma trafen, sagte er, daß er meinen Vater kennt.«

»Und er hörte sich an, als ob er Walter Fletcher bedauerte.«

»Juma identifizierte Walter Fletcher als Piloten. Carr war mit uns zusammen. Juma kennt Carr, und er kennt hier einen Mann, der Fletcher heißt. Als er heute morgen ins Hotel kam, vor Carr, wußte er, daß Walter Fletcher im Gefängnis sitzt.«

»Mein Schwiegervater, der Knacki.«

»Bitte, Barbara.«

»Na, ist doch wahr, oder?«

»Ist der Schlag unter die Gürtellinie eine Spezialität von dir?«

»Ein Mann, der in einer Bar eine Schlägerei anfängt! Und deswegen verhaftet wird! Mutter wird ihre helle Freude an so einem haben. Ich habe den Sohn eines Knackis geheiratet!«

»Verdammt noch mal, Barbara!« Fletch riß seine Jeans vom Boden weg. »Sieht so deine Vorstellung von der Ehe aus? Vor allen Leuten bist du lieb und nett zu mir, und wenn wir allein sind, bist du gemein. Unten, auf der Terrasse, hast du ständig *Oh, Schatz! Armer Fletch!* gesäuselt und hier oben schimpfst du mich den Sohn eines Knackis!«

»Ich hatte eben Zeit zum Nachdenken.«

»In diesem Fall bin ich für die Tatsachen, mein eigenes Leben betreffend, nicht verantwortlich.« Fletch stolperte, als er versuchte, in seine Jeans zu steigen. »Tut mir leid. Wir müssen einfach weitermachen und herausfinden, was wir herausfinden können.«

»Du hast gesagt: ›Vielleicht hat er eine Reifenpanne.‹ Im Ernst,

Fletch. Gestern sagte Carr, dein Vater wäre wegen irgendeines ›rechtlichen Problems‹ verhindert. Nennst du so was *Tatsachen*?«

Fletch zog den Reißverschluß seiner Jeans zu. »Ich wußte, daß es in einem Café irgendwelche Unannehmlichkeiten gegeben hat. Ich wußte nicht, daß er im Gefängnis sitzt. Das wußte ich ganz entschieden nicht.«

Barbara sagte: »Ich will nicht, daß irgend etwas davon wahr ist!«

»Wenigstens hat er sich freiwillig gestellt.«

»Warum wäre es so unnormal gewesen, wenn dein Vater uns am Flughafen abgeholt hätte?«

»Ich weiß es nicht.«

»Er hat's nicht getan.«

»Vermutlich nicht.«

Fletch zog sein T-Shirt über.

»›Vermutlich‹? Was soll das eigentlich mit dir und dem Wort *vermutlich* heißen? Als du mich geheiratet hast, hast du nicht *ja* gesagt, sondern *vermutlich ja.*«

»Vermutlich hab' ich das.« Auf der Bettkante sitzend zog Fletch seine Socken und Turnschuhe an.

»Was meinst du damit, daß dein Vater *vermutlich* nicht am Flughafen war, um uns abzuholen? Du weißt verdammt gut, daß er nicht da war.«

»Weiß ich das wirklich?« Fletch steuerte auf die Tür zu.

»Wohin gehst du?«

»Das ist der springende Punkt, Barbara. Ich weiß es eben nicht.«

»Gehst du weg?«

»Ja.« Er öffnete die Tür zum Flur.

»Wohin?«

»An die Luft.«

»Carr wartet auf uns.«

»Er sagte, daß er uns mittags abholt.«

»Du verschwindest wieder mal, weil du sauer auf mich bist.«

»Ich gehe spazieren . . .« Die Hand noch auf dem Türgriff, zögerte Fletch. ». . . um deine Frage zu beantworten; um etwas herauszufinden: vielleicht zuviel herauszufinden.«

»Fletch . . .«

»Wenn ich noch nicht zurück bin, wenn Carr kommt, werdet ihr eben auf mich warten müssen.«

»Hallo.« Fletch wartete, bis der junge Polizist hinter dem hohen Tresen aufschaute, ihn zur Kenntnis nahm und ihm antwortete.

»Hallo«, antwortete der Polizist, nachdem er ihm lediglich einen kurzen Blick zugeworfen hatte.

Fletch nieste. »Wie geht's?«

»Gut, danke. Und Ihnen?«

»Auch gut.«

Wieder warf der Polizist Fletch einen kurzen Blick zu. »Was führt Sie in ein Polizeirevier?«

Fletch schluckte. »Ich möchte meinen Vater besuchen. Mein Name ist Fletcher. Ist er da?«

»Oh, gewiß.« Der Polizist überprüfte das zweite Blatt Papier auf einem Klemmbrett. »Wartet auf seinen Prozeß.«

»Darf ich ihn sehen?«

»Das ist eigentlich nicht vorgesehen«, sagte der Polizist. »Er hat seine Strafe bekommen, verstehen Sie.«

»Er hat seine Strafe vor dem Prozeß bekommen?«

Der Polizist runzelte die Stirn. »Was hätte es für einen Sinn, ihn hierzubehalten, wenn wir jedem gestatten würden, ihn zu besuchen?«

»Ich bin extra von Amerika herübergekommen«, sagte Fletch. »Vor zwei Tagen. Ich weiß nicht, wie lange ich noch hierbleiben kann. Ich bin hergekommen, um ihn zu besuchen.«

»Ah, so ist das.« Der Polizist wanderte hinter dem Tresen hin und her und machte sich an irgendwelchen Papieren zu schaffen. Seine Augenbraue war immer noch hochgezogen.

Fletch sagte nichts mehr.

Nach ein paar Minuten ging der Polizist durch eine Tür hinter dem Tresen.

Da er Augen, Nase und Kehle vom Sand hatte reinigen wollen, war Fletch den halben Block vom Norfolk Hotel zum Polizeirevier zu Fuß gegangen. Der Bürgersteig war von Leuten seines Alters belebt, die mit Büchern in die Universität gingen oder mit Büchern herauskamen. Er ging an einem älteren, erschöpft und verwirrt aussehenden, weißhäutigen Paar in buntkarierten Shorts und Strohhüten vorüber.

Sonst war niemand in der Schalterhalle. Das Revier war absolut still.

Fletch nieste wieder.

Der Polizist kam allein zurück.

Er sagte nichts und fing an, hinter dem Tresen irgendwelche Papiere zu sortieren.

Fletch sagte: »Nun? Besteht eine Chance, daß ich ihn sehen kann?«

»Mr. Fletcher ist nicht da.«

»Was?«

»Er läßt Ihnen ausrichten, daß er nicht da ist.«

»Haben Sie ihm gesagt, daß ich sein Sohn bin? Daß sein Sohn hier ist, um ihn zu besuchen?«

»Oh, gewiß. Er bat mich, Ihnen zu sagen, daß er nicht da ist.«

Auf dem Weg zum Ausgang nieste Fletch wieder.

Der Polizist sagte leise: »Gesundheit.«

Fletch drehte sich um. »Walter Fletcher? Heißt der Mann, den Sie festhalten, Walter Fletcher, gebürtiger Amerikaner, weißhäutig, irgendwo in den Vierzigern?«

»Oh, gewiß«, sagte der Polizist. »Wir kennen ihn gut.«

27

»Lenken Sie ihre Hände ab«, murmelte Carr.

Fletch kitzelte das kleine Mädchen im Nacken.

Als seine Hände hochflogen, renkte Carr mit seinen riesigen, starken Händen den Unterschenkelknochen des kleinen Mädchens wieder ein. Zuerst kicherte es, dann schrie es auf.

»Es ist vorbei, Süße. Aus dir wird mal eine wundervolle Tänzerin, wenn du älter wirst.«

Carr streifte der Kleinen eine stark elastische Bandage über Fuß und Bein. Der Schnitt über dem komplizierten Bruch war fast verheilt. Es war eine Woche oder mehr vergangen, seit sie sich das Bein gebrochen hatte. Anschließend schiente er das Bein.

»Wir tun, was wir können«, sagte Carr. »Rezeptfreie Markenmedikamente.«

Sie waren von Nairobi in südwestliche Richtung geflogen.

Am Wilson Airport hatte Juma geholfen, diverse Sachen aus dem Landrover zum Flugzeug zu tragen und zu verstauen, und war dann neben Barbara auf den Rücksitz geklettert. Niemand hatte etwas dagegen einzuwenden gehabt, daß Juma sie begleitete. Die Skier lagen im Gang des Flugzeugs und nahmen fast die ganze Länge der Maschine ein.

Während des Flugs las Juma ein Buch, *Ake* von Wole Soyinka.

Das Kinn in die Hand gestützt, schaute Barbara aus dem Fenster und betrachtete die Landschaft.

Aus der Luft war Carrs Camp kaum zu erkennen. Es lag auf der Westseite des Flusses auf einer natürlichen Lichtung nördlich von dichtem Dschungelgebiet. Ungefähr fünfundzwanzig Kilometer östlich glitzerte das Blau des Indischen Ozeans.

Die Landepiste bestand nur aus einer Fahrrinne. Es gab ein langes Küchenzelt, links und rechts davon je ein kleines Zelt und davor ein rechteckiges, von vier Stangen getragenes Sonnensegel. Ein klappriger Jeep stand im Schatten eines riesigen Banyanbaums.

Carr setzte die Räder des Flugzeugs genau in den Bodenspuren auf. Fletch stieß die Tür neben sich auf. Die Hitze, die ihnen sofort entgegenschlug, war intensiv und feucht.

Etwa fünfzig Leute kamen langsam unter den Bäumen hervor, um sie zu begrüßen.

Während Carr die Leute beobachtete, knipste er die Schalter auf der Instrumententafel aus. »Die Klinik ist geöffnet, schätze ich.«

Überall waren Affen, auf der Erde, in dem riesigen Banyanbaum, auf den Zeltdächern, auf dem Tisch und den Stühlen unter dem Sonnensegel. Affenväter mit Affenbabys auf dem Rücken, Affenmütter mit Affensäuglingen an den Brüsten, Affenkinder, die überall, oben und unten, kreuz und quer, herumtollten.

»Sie beißen«, sagte Carr. »Und sie stehlen. Ohne Ansehen der Person.«

Sheila, in Tennisshorts und einer am Kragen geöffneten Schulmädchenbluse, erwartete sie am Ende der Landespur. Auf einem Tablett, das sie in den Händen hielt, standen ein Krug mit Limonade und Gläser. »Hier ist alles in Ordnung«, rief sie Carr entgegen, sobald er auf die Tragfläche hinaustrat. »Bei euch auch alles in Ordnung? Dann ist mit der Welt ja alles in Ordnung.«

»Irgendwas Interessantes gefunden, während ich weg war?« fragte Carr.

»Ja«, sagte Sheila. »Die Ersatzschlüssel für den Landrover, die du partout verloren haben wolltest.«

Carr zuckte die Achseln.

Nachdem sie das Tablett auf dem Boden abgestellt und die Limonade eingeschenkt hatte, umarmte Sheila Carr und küßte ihn. »Mein verschwitztes Ekel«, sagte sie. Sie umarmte und küßte Fletch, als sie erfuhr, wer er war. »Prima. Wir können noch ein paar starke Arme gebrauchen.« Sie umarmte und küßte Barbara. »Ausgezeichnet! Eine Frau, die mir die Zivilisation wieder näherbringt!«

Juma hielt sich abseits und betrachtete Sheila mit säuerlicher Miene.

Als Carr sie einander vorstellte, winkte Sheila leicht mit der Hand. »Hallo, Juma. Schön, daß Sie sich uns anschließen wollen.«

»Ich habe sogar ein paar halbwegs passable Steaks mitgebracht«, sagte Carr.

»Die waren bestimmt sehr teuer.«

»Nicht so teuer wie das Huhn.« Ein Affe linste in den Limonadenkrug auf der Erde. Sheila schob ihn sanft mit ihrem Stiefel beiseite.

»Hör mal«, sagte Juma leise zu Fletch. »Ist das Carrs Frau?«

»Vermutlich. Sheila. Ja.«

Juma sagte: »Das wußte ich nicht.«

»Nichts Römisches aufgetaucht?« fragte Carr Sheila, als sie auf die Zelte zugingen.

»Nur das Übliche. Speerspitzen. Ein Stoßzahn. Ein Skelett.«

»Menschlich?«

»Ja. Ein Kind. Ziemlich neuzeitlich, meiner Meinung nach.«

Den Großteil des Nachmittags über schaute Fletch zu, wie Carr im Schatten des verlängerten Küchenzelts die Leute verarztete. Viele Kinder hatten Verbrennungen, und Carr verband sie. Viele, viele andere hatten Augenentzündungen, die Carr badete. Er schmierte Salbe in jedes entzündete Auge und entließ jede Mutter oder jeden Vater mit einer kleinen Tube und genauen Anweisungen. Andere Leute hatten Furunkel, Wunden, Schnitte und gebrochene Knochen oder klagten über Magenschmerzen, und bei jedem Fall stellte Carr Fragen, untersuchte und holte aus seinem Kasten etwas, das säubern, kurieren, reparieren, auf jeden Fall aber keinen Schaden anrichten würde. Die Leute wußten gut genug Bescheid, um ihm wegen ihrer vielen Hautkrebspusteln nicht einmal eine Frage zu stellen. Für zwei alte Männer, von denen Carr meinte, daß sie innere Tumore hätten, konnte er nichts tun und sagte das auch. Er informierte sie, wo sich der Fliegende Doktor in einer Woche oder zehn Tagen seiner Meinung nach aufhalten müßte.

Ein Mann humpelte stolz erhobenen Hauptes auf einer groben, aus einer Astgabel hergestellten Krücke herein. Er sagte, daß er von einem

Felsen gefallen sei und sich die Zehen zerquetscht habe. Carr schnitt zwei Zehen mit einer Gartenschere ab, vernähte, stutzte, desinfizierte und verband die Wunden. Eine dritte, lediglich gebrochene Zehe richtete er ein.

Carr wickelte die beiden abgetrennten Zehen in ein Stück Mull und überreichte sie dem Mann feierlich.

»Woher wußten diese Leute, wann Sie kommen?« fragte Fletch Carr. Carr gab keine Antwort.

»Woher wußte Juma alles über meinen Vater? Woher wußte er, daß Barbara und ich in dem Moment auf der Lord Delamere's Terrace frühstückten? Er kam geradewegs zu uns, ohne zuvor nach uns zu fragen oder den Anschein zu erwecken, daß er sich nach uns umsah. Woher schien er noch vor uns zu wissen, daß wir hier herunterkommen würden?«

Carr sagte: »Versuchen Sie niemals herauszufinden, woher Afrikaner etwas wissen. Das ist ihre Magie. Aber ich kann Ihnen einen Hinweis geben. Ein Großteil ihrer Magie beruht auf schlichter Beobachtung. Sie verbringen viel, in unseren Augen übermäßig viel Zeit damit, über andere Menschen nachzudenken. Sie denken über Menschen nach, anstatt über Dinge, Besitztümer, Autos, Fernsehgeräte, Haartrockner. Sie denken über die Menschen nach, die sie kennen, anstatt über fiktive Menschen, Politiker, Sporthelden und Filmstars oder über fiktive Ereignisse, weit entfernte Kriege, Währungskrisen und Sitzungen der Vereinten Nationen.« Carr ließ eine leere Tube Neosporin-Salbe in eine Öltrommel fallen, die als Abfalleimer diente. »Wir beziehen unsere Magie natürlich aus der Pharmazie. Wir kommen hier draußen prächtig miteinander aus, solange wir gegenseitig die Magie des anderen respektieren.«

»Aber warum haben sie auf Sie gewartet?« Fletch zog seine Turnschuhe und Wollsocken aus. »Sheila hätte doch ihre Verbrennungen und Entzündungen behandeln können ...«

Carr öffnete eine frische Rolle Mull. »Sie haben kein Vertrauen zu Sheila. Falls Sie es noch nicht bemerkt haben, Sheila ist Inderin. Sie hat versucht zu helfen, aber sie lassen sie nicht. Magie hängt überall von der *persona* ab. Sie würden auch Ihnen nicht zutrauen, daß Sie ihnen helfen können, obwohl Sie ein Weißer sind. Die älteren Leute könnten sich nicht überwinden, Ihnen ihr Leid zu klagen, Ihnen zu sagen, daß sie Probleme haben, weil Sie noch zu jung sind. Daher fallen mir diese Drecksarbeiten zu.«

Ein junger Mann erklärte Carr, daß er eine Wunde auf dem Handrücken gehabt habe. Daher habe er seine Hand in Batteriesäure gesteckt. Jetzt waren die Hand, das Handgelenk und der Unterarm furchterregend entzündet.

Während Fletch Carr zur Hand ging, mal dieses oder jenes festhielt, einen neuen Kasten mit medizinischen Hilfsmitteln aus dem Flugzeug holte, beobachtete er, wie unter Sheilas Aufsicht ein neues Zelt auf der Lichtung errichtet wurde. Sein und Barbaras Rucksack wurden aus dem Flugzeug geholt und in dieses Zelt gebracht.

Weil die Skier so lang und so ungewöhnlich waren, wurden sie von zwei Männern auf den Schultern zum Zelt getragen. Fletch hörte die Ausrufe, als Barbara die Skier aus ihren Hüllen nahm und jedem zeigte, was das war. Unter tropischer Sonne auf staubigem Boden, den Dschungel wie eine grüne Wand hinter sich, führte Barbara mit gebeugten Knien, schwingenden Hüften und den Skistökken vor, wie man Ski fuhr, wedelte allem Anschein nach einen schneebedeckten Abhang hinunter.

Juma, der es ihr nachmachte, gab vor, das Gleichgewicht zu verlieren. Auf einem Bein, gründlich mit den Armen rudernd, tat er so, als versuchte er, sein Gleichgewicht wiederzugewinnen. Schließlich ließ er sich fallen und versank in einer Staubwolke.

Ärgerlich schimpfend versuchte ein großer Affe, Barbara einen der Skistöcke wegzunehmen.

Nachdem Carr die Leute behandelt hatte, zogen sie auf schmalen Trampelpfaden in den Dschungel oder Busch zurück.

»Grauenvolle Augenprobleme«, sagte Carr. »So nahe am Äquator, ohne Sonnenschutz. Und dann ständig diese Fliegen.« Er wedelte ein halbes Dutzend Fliegen aus dem Gesicht eines Kindes. »Und Verbrennungen. Die Kinder versuchen, beim Kochen zu helfen. Sie spielen zu nah am Feuer. Oder sie fallen aus den Brustgurten oder Rückengurten ihrer Mutter ins Feuer. Die Mütter, Sie sehen es ja: Die meisten sind selbst noch Kinder.«

Die meisten Mütter waren langbeinige Mädchen, die auf verschiedene Art um die Hüften geschlungene *kangas* trugen. Unangenehm eng aussehende Metallreifen umspannten Arme und Füße, die Brüste waren, wenn überhaupt, von einem Sammelsurium von Ketten bedeckt. Welche Probleme sie auch haben mochten, alle schienen gut gelaunt zu sein. Fletch gegenüber legten sie eine entzückende Schüchternheit an den Tag, sahen ihn, soweit er es bemerkte, nie direkt an, sprachen jedoch zweifellos über ihn, Juma und Barbara.

»Ist das unerlaubte Einmischung?« Carr wurde allmählich müde. »Ich sollte mal den guten Dr. McCoy fragen, ob das, was wir Normalsterblichen hier im Busch treiben, unerlaubte Einmischung ist. Einige dieser verdammten Wissenschaftsheinis würden am liebsten eine Glasglocke über Afrika stülpen und aus dem Ganzen historisches Anschauungsmaterial machen.«

Fletch schaute über das bunte Gemisch hinweg und sagte: »Juma könnte man nicht unter eine Glasglocke stecken. Er würde sie zerbrechen.«

»Davon bin ich überzeugt«, sagte Carr.

»Dabei fällt mir übrigens ein, Carr, daß Barbara und ich keinerlei Schutzimpfungen bekommen haben, bevor wir die Staaten verließen.«

»Es wird euch schon nichts passieren«, sagte Carr. »Denkt nur immer schön dran, euern Whiskey zu trinken.« Er spähte nach draußen, um festzustellen, wo die Sonne stand. »Aber zuerst wollen wir mal zu den Flußufern spazieren. Ich möchte Ihnen zeigen, wie weit ich mit meiner verrückten Idee gediehen bin. Eine verschwundene römische Stadt«, sagte Carr. »Pah! Ich bin verrückt!«

»Gestern abend habe ich die Zeitungsberichte der letzten beiden Tage über den Mord gelesen, den Sie im Flughafen gesehen haben«, sagte Carr, als er und Fletch am Flußufer entlangschlenderten. »Außerdem habe ich mit Dan Dawes gesprochen.«

»Sie sprechen mit Dan Dawes?«

»Warum nicht? Er ist Schullehrer.«

»Und außerdem ist er ein nicht amtlich bestellter Henker.«

»Auch das. Aber in diesem Falle wollen wir ihn mal als eine ›der Polizei sehr nahestehende‹ Person bezeichnen.«

»Er ist ein Killer für die Bullen.«

»Auf dieser Erde herrschen große Unterschiede, Irwin. Man darf nicht überall die gleichen Normen voraussetzen.«

»Tut mir leid. Sprechen Sie weiter.« Während er neben Carr herging, schlug Fletch ständig nach den Fliegen auf seinen Armen, seinen Beinen.

»Der Name des Mordopfers lautete Louis Ramon. Er hatte einen französischen Paß bei sich und in einem Geldgürtel einen ungewöhnlich hohen Betrag in deutscher Mark – im Wert von etwa hunderttausend amerikanischen Dollar.«

»Er wurde nicht beraubt?«

»Nein. Sie fanden das Geld bei ihm.«

Fletch wunderte sich leise: »Er wurde nicht einmal von der Polizei beraubt.«

»Das Antwortkabel von Interpol besagt, daß Louis Ramon so etwas wie ein zwielichtiger Devisenhändler war, ein Opportunist, möglicherweise ein Schmuggler. Vor fünf Jahren wurden sie zum ersten Mal auf ihn aufmerksam, als er in Verdacht geriet, einen hohen Betrag italienischer Lire in die Schweiz zu transferieren, und das gleiche passierte noch einmal vor drei Jahren mit einem großen Betrag französischer Francs, die er nach Albanien transferierte. Er wurde zu einer Geldstrafe verurteilt und verwarnt, hat jedoch, soweit ihnen bekannt ist, nie im Gefängnis gesessen. Hier, dort entlang. Ich möchte Ihnen zeigen, was wir gerade machen.«

Er bog nach rechts in den Dschungel ein und folgte einer etwa fünfundzwanzig Meter vom Fluß entfernten Spur, auf der gerade ein Jeep Platz hatte. Laubwerk begann, den Pfad zu überwuchern.

Am Ende des Pfads kamen sie zu einer kreisförmigen Lichtung.

In der Mitte der Lichtung befand sich ein Loch im Boden, das so klein war, daß Fletch es nicht bemerkt hätte, wenn es nicht von einem Erdwall umgeben gewesen wäre.

»Wir bohren mit einem riesigen Korkenzieher Löcher in die Erde«, sagte Carr ernst, »und warten ab, was dabei zum Vorschein kommt. Was wir benutzen, ist im Grunde eine Art primitives Werkzeug, wie es bei der Wassersuche eingesetzt wird, vor dem Graben eines Brunnens. Wir können nur etwa fünfzehn Meter tief gehen. Meinen Sie, daß fünfzehn Meter, fünfundvierzig Fuß, ausreichen, um zwei- oder dreitausend Jahre zurückverfolgen zu können? Ich habe da meine Zweifel.« Er trat mit seinem Stiefel gegen die Erde. »Weiche Erde. Dschungelprodukt.«

Carr ging voraus, als sie wieder in Richtung Fluß marschierten. »Alle hundert Meter oder so entlang des Flusses dringen wir fünfundzwanzig Meter in den Dschungel ein und graben unser kleines Loch. Meinen Sie, daß das weit genug vom Fluß entfernt ist? Zu weit? Ich meine, es ist wahrscheinlicher, daß eine Siedlung an der Westseite des Flusses, der Binnenseite vom Meer her gesehen, gelegen hätte, meinen Sie nicht auch? Wir werden wahrscheinlich überall dort weitere Löcher graben, wo es in diesem Land eine Bodenerhebung gibt.«

»Wie lange machen Sie das schon?« fragte Fletch.

»Ungefähr achtzehn Monate. Eine Menge Löcher, rauf und runter zu beiden Seiten des Flusses.«

Sie gingen wieder in südlicher Richtung am Fluß entlang.

»Wie auch immer«, fuhr Carr fort, »Louis Ramon war in Ihrer Maschine aus London. Es wird vermutet, daß er nach Kenia kam, um irgendeine Art von Devisenkomplott zu schaukeln, und sein Partner oder Komplize, oder wen auch immer er im Flughafen von Nairobi getroffen hat, hat ihn schlicht um die Ecke gebracht.«

»Weder sein Partner«, sagte Fletch. »Noch sein Komplize.«

»Oh? Warum nicht?«

»Weil ein Partner oder Komplize gewußt hätte, daß Ramon hunderttausend Dollar in deutscher Währung bei sich hatte, und sie ihm abgenommen hätte. Er hatte massenhaft Zeit. Daß ich da war, war ihm gar nicht so bewußt. Ich meine, wenn Sie jemanden in einer Herrentoilette erstechen wollen, können Sie ihn auch gleich ausrauben, richtig?«

»Ich vergaß, daß Sie Reporter sind«, sagte Carr. »Die alte Josie Fletcher muß stolz auf Sie sein. Sie haben ihren Grips.«

»Ich beschäftige mich aber mit der Realität«, murmelte Fletch. Sie überquerten einen weiteren Pfad in den Dschungel. »Ich glaube, daß es eher ein zufälliges Zusammentreffen war. Der Streit, den ich mitanhörte, ging ohne Vorspiel los. Die Stimmen klangen überrascht. Sofort aufgebracht. Es ging alles sehr schnell. Es war, als ob sich zwei Männer zufällig begegneten, zwei Männer, die sich gekannt, sich schon früher gehaßt hätten, die einen alten, starken Groll gegeneinander hegten, oder sich gegenseitig für eine unmittelbar drohende Gefahr hielten oder einer den anderen. Es ging zu schnell«, sagte Fletch. »Ich wünschte, ich könnte Portugiesisch.«

Carr führte ihn einen anderen Dschungelpfad hinauf.

Auf der Lichtung befand sich etwas, was in der Tat wie ein riesiger Korkenzieher aussah. Ein auf dem Boden aufgestelltes Aluminiumgerüst, unten vier Quadratmeter, oben einen Quadratmeter messend und ungefähr drei Meter hoch. Durch das Gerüst war ein schlanker Schraubenschaft gesteckt, der zwölf Meter darüber hinausragte. An jeder Seite des Gerüsts befand sich ein einen Meter im Durchmesser großes Rad mit einer senkrechten Kurbel, wie man sie an Kaffeemühlen findet.

»Sheila hat vermutlich beschlossen, denselben Weg zurückzuverfolgen«, sagte Carr.

Er beugte sich über den frischen Erdhügel und durchkämmte ihn mit den Fingern. »Nichts. Halten Sie uns für verrückt?«

»Welche Rolle spielt das schon? Jeder wird erst mal für verrückt gehalten, bis sich herausstellt, daß er recht hat.«

Carr richtete sich auf und wischte sich die Erde von den Händen. »Normalerweise stellt sich heraus, daß die Leute unrecht haben, ist es nicht so?«

»Schon«, sagte Fletch. »Vermutlich sind die meisten Leute verrückt.«

»Sich selbst aussuchen, in welcher Hinsicht man verrückt ist«, sagte Carr und machte sich wieder auf den Rückweg. »Darum geht's.«

Als sie wieder in südlicher Richtung am Flußufer entlangspazierten, fragte Fletch Carr: »Wie würde so ein Devisenkomplott, wie Louis Ramon es vorgehabt zu haben scheint, funktionieren?«

»Ich weiß es nicht«, sagte Carr. »Ich bin mir auch nicht sicher, ob ich's wissen will. Aber eins weiß ich, daß es in Kenia illegal ist, soviel Fremdwährung zu besitzen.«

»Warum?«

»Was die Landeswährung anbelangt, ist Kenias Wirtschaft autark. Man darf nicht mehr als zehn *shillingi* in kenianischer Währung aus Kenia ausführen. Die Wahrheit ist, daß der kenianische *shillingi* außerhalb Kenias gar nicht existiert. Er ist wie Kasinogeld. Er gilt nur innerhalb seiner autarken Umgebung. Kenianisches Geld stützt sich zwar aufs englische Pfund, aber in der Währung selbst gibt es keinen internationalen Handel oder Markt.«

»Wie schaffen sie das?«

»Durch strikten Vollzug des Gesetzes. Vor einiger Zeit wurde ein indischer Anwalt von der Polizei mit dreizehn US-Dollar in der Tasche erwischt und zu sieben Jahren Gefängnis wegen Übertretung der Währungsbestimmungen verurteilt.«

»Das kann man in der Tat einen strikten Vollzug des Gesetzes nennen.«

»Lassen Sie uns an dieser Stelle den Fluß überqueren. Und auf der anderen Seite zurückgehen.«

Sie zogen sich aus. Ihre Kleidungsstücke in Kopfhöhe tragend, wateten sie durch den träge fließenden Fluß. Das Wasser reichte ihnen beiden bis zu den Achselhöhlen.

Carr sagte: »Sie können alle möglichen Anzeichen dafür erkennen, daß dieser Fluß früher mal tiefer war. Nicht wahr?«

Während sie am östlichen Ufer darauf warteten, trocken zu werden, warf Carr einen kurzen Blick auf das schwarzblaue Mal auf Fletchs Leiste, sagte jedoch nichts.

Carr zeigte über den Fluß zurück, weiter nach Süden. »Sehen Sie den Baobab da drüben? Morgen, denke ich, werden wir uns daran vorbei einen Weg in den Dschungel bahnen. Aber wir dürfen den Baum nicht beschädigen. Baobabs sind hierzulande nämlich heilig. Die Leute hier bauen lieber wichtige Straßen um sie herum, als sie zu beschädigen.«

Nachdem sie sich angekleidet hatten, marschierten sie rascher in nördlicher Richtung am Ufer entlang. Die vielen Trampelpfade in den Dschungel beachteten sie nicht.

»Kenianer nehmen alles, was mit der Regierung zu tun, ungemein ernst«, sagte Carr.

»Juma sagt, daß sein Vater für anderthalb Jahre im Gefängnis sitzt, weil er einen Regierungswagen vor einer Bar geparkt hat. Er war früher Regierungsfahrer.«

»Vor gar nicht langer Zeit«, sagte Carr, »aß einer unserer amerikanischen Mitbürger in einem Restaurant in Nairobi zu Abend. Zwei Kellner bedienten ihn. Am Ende des Dinners wollte der Mann den beiden ein Trinkgeld geben, hatte jedoch nur einen Hundert-*shillingi*-Schein. Er glaubte wohl, einen Scherz zu machen, als er den Hundert-*shillingi*-Schein in der Mitte durchriß und versuchte, jedem Kellner eine Hälfte zu geben. In dem Zeitungsbericht, den ich las, stand: ›Schockiert und peinlich berührt über diese Schändung kenianischen Geldes, riefen die Kellner die Polizei.‹ Der Mann wurde verhaftet. Er verbrachte die Nacht im Gefängnis. Am anderen Morgen wurde er vor Gericht gestellt, zu tausend Dollar Geldstrafe verurteilt, von der Polizei zum Flughafen eskortiert und in die nächste Maschine gesetzt, die Kenia verließ.«

»Ein toller Scherz.«

»Natürlich ist es illegal«, sagte Carr, »aber hier, im Busch, werden die Mädchen immer noch beschnitten. Reißt man dagegen einen Geldschein zur Hälfte durch, widmet einem der *Standard* einen ausführlichen Bericht.«

Fletch fragte: »Wie würden Sie also ein Devisenkomplott deichseln?«

Carr ging ein gutes Stück weiter, bevor er antwortete. »Im allgemeinen gilt«, sagte er langsam, »je strenger solche Devisengesetze sind, um so mehr gewinnt man, wenn man sie erfolgreich übertritt.«

Das Camp kam in Sicht, als es gerade vollends dunkel geworden war.

Das Feuer hinter dem Küchenzelt brannte hell. Während sie durch den Fluß zurückwateten, sagte Carr: »Vermutlich sind wir verrückt. Daß wir nach einer verschwundenen römischen Stadt suchen. Aber die Vergangenheit fasziniert mich nun mal. Fasziniert Sie die Vergangenheit nicht? Die Vergangenheit, woher wir stammen, wer wir waren, verrät uns soviel darüber, wer wir sind. Finden Sie nicht auch?«

Fletch tauchte rasch unter Wasser, um sich etwas von dem Schweiß aus dem Haar zu spülen.

Während sie auf dem Westufer trockneten, sagte Carr: »Vermutlich versaue ich nur den Dschungel.«

»Nicht sonderlich.«

»Eins habe ich mir allerdings geschworen.« Er schaute flußabwärts. »In dem Moment, wo ich irgend etwas finde, den kleinsten Beweis dafür, daß ich recht habe, falls das jemals passiert, werde ich die ganze Geschichte ordentlichen Wissenschaftlern übergeben. Falls ich recht habe, werde ich, das schwöre ich, die Stätte nicht besudeln.«

»Richtig«, sagte Fletch. »Ein Ort wie dieser braucht Dr. McCoy. Ihn werden Sie nicht dabei erwischen, wie er irgendwem die Zehen abschnippelt.«

»Wenn Sie und Barbara soweit sind«, sagte Carr, »lassen Sie uns zusammen einen Whiskey trinken. Bringen Sie das Eis selbst mit.«

28

Im Plauderton sagte Sheila zu Barbara: »Genießen Sie Ihre Flitterwochen?«

»Er macht mich wahnsinnig.«

»Ja. So was gibt's immer mal.«

Sie saßen in einem Halbkreis auf Campingstühlen direkt vor dem langgestreckten, auf vier Stangen ruhenden Segel. Carr hatte jeden mit einem Scotch mit Soda versorgt. Insekten abwehrende Kerzen standen hier und da um sie herum. Über ihnen hing ein Mond, wie Fletch noch nie einen gesehen hatte. Eine schwarze Kugel in einem makellosen silbernen Kreis. Alle Geräusche, die aus dem Dschungel drangen, klangen heiser. Während er der Unterhaltung lauschte, sah Fletch den Affen zu, die hier und da im Licht der Kerzen herumspielten. Unter dem Segel hinter ihnen hatte ein Mann namens Winston den Tisch für vier Personen gedeckt.

»Er beschwert sich, daß ich ihm nette Dinge sage, wenn andere Leute dabei sind, und gemeine, wenn wir allein sind«, sagte Barbara.

»So was passiert häufig in einer Ehe«, sagte Sheila.

Carr sagte: »Wir sind nicht direkt verheiratet.«

»Daher habe ich beschlossen, ihm auch dann gemeine Dinge zu sagen, wenn andere Leute dabei sind«, kicherte Barbara.

»Wirst du mir dann nette Dinge sagen, wenn wir allein sind?« fragte Fletch.

»Wenn ich dir irgendwelche netten Dinge zu sagen habe, werde ich sie dir sowohl mitteilen, wenn andere Leute dabei sind, als auch, wenn wir allein sind.«

Juma kam mit einem Campingstuhl in der Hand aus der Dunkelheit und setzte sich zu ihnen.

Carr fragte: »Möchten Sie einen Whiskey, Juma?«

»Nein. Danke. Ich mag Whiskey nicht. Ich werde davon betrunken.«

»Oh. Verstehe.«

Fletch sagte zu Sheila: »Unsere Flitterwochen verlaufen nicht so wie geplant.«

»Barbara erwähnte, daß Sie geplant hatten, in den Flitterwochen Ski zu laufen. In Colorado.«

»Ach, hat sie das?« Fletch heuchelte Überraschung.

»Ja. Das hat sie.«

»Unsere Hochzeit verlief auch nicht wie geplant«, sagte Barbara. »Sie fand auf einer Klippe über dem Pazifik statt. Fletch kam zu spät. Die Hochzeitsfeier fiel buchstäblich ins Wasser. Er verbrachte den Tag bei seiner Mutter.«

Carr warf Fletch einen schnellen Blick zu.

»So was Überwältigendes sind Hochzeiten nun auch wieder nicht«, erklärte Fletch Carr. »Sie haben nicht viel versäumt.«

»Zu seiner Hochzeit erschien er in Bluejeans, einem ausgeleierten T-Shirt und ausgelatschten Turnschuhen.«

»Ich hatte mich rasiert. Ich hatte nämlich Tag und Nacht gearbeitet, müssen Sie wissen. Ich habe einen Job.«

Juma beugte sich nahe zu Fletch und fragte leise: »Ist Barbara deine erste Ehefrau?«

Fletch zwinkerte. »Ja.«

»Ah, so ist das.«

»Kleider machen noch kein Ehepaar«, sagte Sheila. »Oder zumindest erst im weiteren Verlauf des Lebens.«

»Ihr beiden seht aus, als ob euch warm wäre«, sagte Carr.

Wegen der Fliegen hatten Barbara und Fletch beschlossen, zum Dinner lange Skihosen, Pullover mit Ärmeln und Skistiefel anzuziehen.

»Ich koche«, sagte Barbara. »Sind Sie sicher, daß Sie mich nicht zum Dinner verspeisen?«

Sie waren überrascht gewesen, als sie Sheila und Carr nur mit Pyjamas und Moskitostiefeln bekleidet vorgefunden hatten.

»In Pyjamas zu Abend zu essen, ist eine alte kenianische Sitte«, sagte Carr. »Eine natürliche Folge der *safarini.* Nach einem Tag im Busch ist das, was Sie sich nach einem Drink am meisten wünschen, ein Bad. Und was ist natürlicher, als nach einem Bad in kühle Baumwollpyjamas zu schlüpfen? Sie sehen sogar formeller aus als unsere übliche Shortsmontur. In den schlechten alten Zeiten pflegten die Leute sich gegenseitig in Pyjamas zum Essen zu besuchen. Sie sind sogar in Pyjamas zum Essen in ein Hotel oder Restaurant gegangen.«

Ganz in der Nähe brüllte ein Löwe.

»Guter Gott!« sagte Barbara. »Ich werde für einen Löwen gekocht!«

»Stellen Sie sich vor, es wäre eine Tonbandaufnahme, wenn Ihnen das lieber ist«, sagte Carr.

»Ich soll bei lebendigem Leibe verspeist werden.«

»Was soll ich dann deiner Mutter sagen?« fragte Fletch.

»Nein, nein«, sagte Carr. »Hungrige Löwen sind stille Löwen. Dieses Brüllen klingt, als hätte er seine Beute, sein Quantum und seinen Schlaf gehabt, und nun ruft er in der Gegend herum, um sein Rudel, seine Freunde ausfindig zu machen.« Entweder brüllte der Löwe lauter, oder war noch näher herangekommen. »So ein ganz normales wildes Tier hat den Menschen erlebt und schätzt uns nicht sonderlich.«

»Nicht einmal als Nachtisch?« fragte Barbara.

»Nicht einmal als Happen zwischendurch.«

Ein Mann namens Raffles kam herbei, um ihnen nachzuschenken.

»Wir sind nach Afrika herübergekommen, um meinen Vater kennenzulernen«, sagte Fletch zu Sheila. »An unserer Hochzeit tauchte ein Mann mit einem Brief von ihm auf.«

»Ein Brief, der mit verschwindender Tinte geschrieben war«, sagte Barbara.

»Ja«, sagte Sheila. »Peter hat es mir erzählt, daß es im Thorn Tree Café etwas Ärger gegeben hat. Klingt nicht allzu ernst.«

Fletch schaute zu Juma. »Für mich klingt es, als ob jeder Ärger mit dem Gesetz in Kenia sehr ernst wäre.«

»Ein erstaunlich attraktiver Mann, Ihr Vater«, sagte Sheila.

»Findest du?« fragte Carr.

»Du nicht?«

»Nein.«

»Ein bißchen unreif, vielleicht. Aber manche Gesellschaften schätzen unreife Männer.«

»Unzuverlässig«, sagte Carr. »Als er noch für mich flog, wußte ich nie, wo, zum Teufel, er gerade steckte.«

»Nun ja«, räumte Sheila ein, »er hat ein bißchen was von einem Irrlicht.«

Barbara sagte: »Das kann man wohl sagen.«

»Ungeheuer beliebt«, sagte Sheila.

»Bei den Damen vielleicht«, sagte Carr.

»Oh, nun hör aber auf, Peter. Ihr Männer mögt ihn auch.«

Carr schüttelte den Kopf. »Zu sehr der Bilderstürmer.«

Sheila sagte: »Sicher, er erledigt die Dinge auf seine Weise. Aber schließlich haben sich die meisten Leute deswegen in Afrika niedergelassen, weil sie für andere Orte ein bißchen zu individualistisch sind. Nimm dich, zum Beispiel, Peter.«

»Richtig«, sagte Carr. »Ich erledige die Dinge auf meine Weise. Aber normalerweise halte ich mich aus den Betten von Frauen anderer Männer heraus und halte meine Fäuste vom Gesicht anderer Männer fern.«

Fletch zuckte zusammen. »Wie kommt es, daß Sie Freunde sind?«

Es dauerte einen Moment, bevor Carr antwortete. »Was heißt Freunde? Die internationale Bruderschaft der Flieger. Ungefähr gleichaltrig. Wir trafen uns zur selben Zeit am selben Ort.«

Sheila sagte: »Walter Fletcher ist ein Mensch mit großer persönlicher Energie.«

»Größtenteils verschwendet«, murmelte Carr.

»Warum sagst du so was?« fragte Sheila. »Er hat seine eigene Maschine, eine Menge Arbeit –«

»Alles, was er tut, läuft gegen den Strom. Er fliegt uns ins Gesicht, das tut er. Im vergangenen Jahr beschlossen wir, als Gruppe, die Route Uganda hin und zurück nicht mehr zu fliegen. Zuviel Papierkram. Zu gefährlich für unsere Ausrüstung und unsere Passagiere. Was macht euer vielgepriesener Walter Fletcher? Er fängt an, wie ein Falke nach

Uganda und wieder zurück zu fliegen. Verdient in einem Jahr soviel wie sonst in drei Jahren, mindestens.« Den Mond betrachtend sagte Carr: »Und wo ist er jetzt?«

»Aber Sie sind mit ihm zum Hotel gekommen«, sagte Fletch, »um uns zu treffen.«

»Genau«, sagte Carr. »Ich war da und er nicht.«

»Sie sagten, daß Sie als seine moralische Unterstützung da wären.«

»Richtig.« Carr stellte sein Glas ab. »Walters Moral muß gestützt werden. Haben Sie Lust, mit uns zu essen, Juma?«

Juma warf Sheila einen kurzen Blick zu. »Nein, danke. Ich habe schon gegessen.«

Im Schein der Kerzen sah Carr Fletch in die Augen. »All das hat nichts mit Ihnen zu tun, wissen Sie.«

Fletch sagte: »Ah, so ist das.«

»Wirst du ein paar Tage bei uns bleiben können, Peter?« fragte Sheila.

»Ein paar Tage schon. Dann muß ich einige französische *hôteliers* nach Masai Mara rauffliegen. Hol sie in Nairobi ab. Sie machen eine Rundreise, um die Block-Hotels zu besichtigen. Ich werde zwei Nächte weg sein.«

»Masai Mara«, sagte Fletch. »Es soll schön dort sein.«

»Herzlich eingeladen, mich zu begleiten«, sagte Carr. »In der Maschine ist Platz.«

»Wenn wir vorher nichts von Walter hören«, sagte Sheila.

»Mmh. Ich habe seinem Anwalt gesagt, wo wir alle zu finden sind.«

»Wer fliegt Ihre andere Maschine?« fragte Fletch.

»Ein junger Kenianer. Er hat in diesen Tagen viel zu tun, während ich hier unten bin und Zeit und Geld verplempere. Die Privilegien des Alters und des Chefs. Er kann den Masai-Mara-Trip allerdings nicht übernehmen. Er wurde für einen Flug nach Madagaskar gechartert.«

»Ich fürchte, daß wir zur Last fallen«, sagte Fletch.

»Warum? Gute Gesellschaft wiegt im Busch alles auf. Morgen kommt auf uns alle harte Arbeit zu.«

»Würden Sie lieber in einem Hotelzimmer in Nairobi sitzen?« fragte Sheila.

Barbara wedelte zum fünften Mal Fliegen von ihrem Reis weg.

»War bei der Medizinfrau, altes Mädchen«, sagte Carr zu Sheila. »Barbara und der junge Irwin hier haben mich begleitet. Genaugenommen hat sich dort auch Juma uns angeschlossen.«

»Hat sie dir Mut gemacht?« Sheilas goldene Armbänder klimperten, während sie aß.

»Auf Anhieb. Sie sagte sofort, daß ich nach etwas suchte, was ich gar nicht verloren hätte. Als ich sagte, daß es ein Ort wäre, sagte sie, ich müßte nach Süden gehen, wo es Hügel und einen Fluß gäbe.«

»Genau da sind wir«, sagte Sheila.

»Sie sagte, die Menschen, die früher hier gelebt hätten, möchten, daß wir ihren Platz finden, damit sie nicht in Vergessenheit geraten.«

»Hat sie gesagt, daß wir ihn finden werden?«

»Eindeutig ja.«

Sheila sagte: »Zu diesem Zeitpunkt ist alles willkommen, was uns Mut macht.«

Im Küchenzelt lief ein Band mit einem gerade gängigen italienischen Liebeslied. Juma, Winston, Raffles und die fünf oder sechs anderen jungen Männer hinter dem Zelt sangen inbrünstig und fehlerlos den Text mit, in Italienisch.

Fletch konnte nicht genau feststellen, ob einige der Vogelgeräusche, die er hörte, vom Band oder aus dem Dschungel um sie herum kamen. Auch sie paßten oder schlossen sich fehlerlos der Musik an.

»Barbara? Steh auf, bitte!«

Nach dem Abendessen waren sie auf ihre Campingstühle vor dem Sonnensegel zurückgekehrt. Carr hatte jedem von ihnen einen Three-Barrels-Brandy eingeschenkt.

Als Juma erschien, war er nur noch mit einem hoch um seine Brust gewickelten Tuch bekleidet. Er hatte ein ungefaltetes, etwa einhundertzwanzig mal einhundertsiebzig Zentimeter großes Baumwolltuch dabei.

Selbst im Schein der Kerzen leuchteten die roten, grünen und gelben Farben beider Tücher.

»Ah, Juma, die perfekte Lösung!« sagte Sheila. »Ein *kanga*!«

Juma beachtete sie nicht.

Als Barbara aufstand, wickelte Juma das Tuch um sie herum, unter ihren Achselhöhlen hindurch und knotete es über ihrer Brust einfach zusammen.

Fertig war ein weites Hängerkleid.
Barbara blickte an sich herunter. »Irre!«
»Schlägt alle Jodhpurs«, sagte Fletch.
Juma streifte ihr das Tuch wieder ab und faltete es einmal der Länge nach. Er legte es wie eine Schlinge um ihre Hüften, hielt die beiden Enden mit einer Hand fest und fuhr mit den Fingern an beiden Seiten des Tuches entlang bis hoch zu ihrer Taille. Diese Stelle benutzte er als Bruch und steckte das äußerste Ende des Tuches an ihrer anderen Hüfte fest.
Fertig war ein Rock.
»Mehr brauchst du in dieser Gegend hier nicht zu tragen.«
»Nichts obenherum?« fragte Barbara.
»Ich kann dir auch ein paar Ketten besorgen, wenn du magst.«
Wieder streifte er das Tuch von ihr ab. Diesmal faltete er es zweimal der Länge nach und steckte es nach der gleichen Methode um ihre Hüften herum fest.
Fertig war ein Minirock.
»Sehr kühl«, sagte Juma.
Barbara betrachtete ihre in Skihosen steckenden Oberschenkel und Knie unterhalb des Rockes und sagte: »Das kann man wohl sagen.«
»Paßt gut zu deinen Skistiefeln«, sagte Fletch.
»Auch ein Mann«, sagte Juma, »kann einen *kanga* tragen, wie du siehst. Steh auf, Fletch, bitte.«
Fletch stellte sein Glas Brandy auf den Boden neben seinen Stuhl und stand auf.
Juma drapierte den *kanga* wieder in vier Teile und steckte ihn auf die gleiche Weise um Fletchs Taille fest.
Ein Rülpser ertönte.
Das Glas in beiden Händen, trank ein Affe gerade Fletchs Brandy aus.
»Halt.« Carr stand abrupt auf. »Diesen Burschen hält man besser in Schach, bis der Brandy seine Wirkung verloren hat.« Er pirschte sich langsam an den Affen heran. »Nicht auszudenken, was er sonst anstellen könnte.«
Barbara sagte: »Genau wie dein Vater, Fletch.«
Juma riß Fletch den *kanga* von der Hüfte und reichte ihn Barbara.
»Für mich? Ein Geschenk?«
»Ja«, sagte Juma. »Ich habe ihn dir besorgt. Damit bist du richtig und kühl angezogen.«

»Wie reizend«, sagte Sheila.

Der Affe hatte das Glas abgestellt. Er kratzte sich am Kopf.

»Danke, Juma.«

Carr war fast soweit, sich auf den Affen zu stürzen, als dieser plötzlich auflachte und davonflitzte. Er kletterte auf den Banyanbaum.

Hände auf den Hüften, schaute Carr zu, wie der Affe hoch in den Baum hinaufkletterte. »Und was machen wir jetzt?«

»Können Sie ihn sehen?« fragte Barbara.

Nur mit einer Hand und heftig schnatternd schaukelte der Affe zehn Meter über dem Erdboden an einem Ast.

»Komm runter, du dämliches Miststück«, sagte Carr. »Meint ihr, wir könnten ihn mit etwas mehr Brandy herunterlocken?«

Der Affe kletterte noch höher. Jetzt war er schon fünfzehn Meter über dem Erdboden. Einen Fuß vor den anderen setzend und mit den Armen balancierend, schwankte er wie ein Seiltänzer einen langen Ast entlang und schnatterte von dort oben eine ziemlich lange Rede auf sie herunter.

»Er wird sich wehtun«, sagte Sheila.

»Mehr als wahrscheinlich«, stimmte Carr zu.

»Der Whiskey hat den Affen betrunken gemacht, seht ihr«, sagte Juma.

Der Affe trat rückwärts von dem Ast herunter und fing sich gerade noch mit beiden Händen auf.

Mit beiden Armen begann er, an dem Ast zu schaukeln, höher und höher.

»Oh, Liebes«, sagte Carr. »Ich fürchte, er will uns Flugunterricht erteilen.«

Auf dem höchsten Punkt seines Schwungs ließ der Affe ohne erkennbares Ziel den Ast los und erhob sich, Füße voran, in einem perfektem Bogen in die Lüfte.

Carr sprintete vorwärts. »Können wir ihn auffangen?«

Einen Meter vor Carr landete der Affe in einer Staubwolke auf dem Rücken.

Enttäuscht modulierte der Affe: »Ohhhhh.«

»Das Miststück hat sich selbst außer Gefecht gesetzt«, sagte Carr. »Das kommt davon, wenn man zu weit, zu hoch und zu schnell fliegt.«

Alle blickten auf den am Boden liegenden, bewußtlosen Affen nieder.

»Er wird Kopfschmerzen kriegen«, prophezeite Juma.

Fletch sagte zu Barbara: »*Genau wie mein Vater*?!?«

29

Fletch, der sich gerade eine Wasser-/Ruhepause von seiner Arbeit gönnte, hatte schon eine Weile, ohne wirklich etwas zu sehen, in den Dschungel gestarrt, als er plötzlich zusammenfuhr.

Ein junger Mann starrte zu ihm zurück.

Der junge Mann stand vollkommen bewegungslos auf einem Bein da. Der andere Fuß schwebte über dem Boden. Sein Körper war im Profil, sein Kopf war jedoch voll herumgedreht, um Fletch anzusehen. Ungemein groß und ungemein dünn wirkte der Körper des jungen Mannes, wie ein schwarzer Pfahl zwischen dem Blätterwerk. Er trug einen gefiederten Kopfschmuck. Seine Ohrläppchen waren aufgeschnitten und vergrößert worden. Sie hingen ihm fast bis zu den Schultern. Über der einen Schulter trug er einen Streifen Stoff, der sich mit dem schmalen, um seine Taille geschlungenen Streifen irgendwie vereinigte. Reifen umspannten die Muskeln seiner Arme. Seine Fußringe waren rot. Seine Finger hielten locker einen Speer senkrecht an seinen Körper.

»He!« sagte Fletch überrascht. »Hallo!«

Der junge Mann sprach und rührte sich nicht.

»*Jambo*!« sagte Fletch. »*Habari*?«

Nichts.

Fletch hielt seinen Wasserkrug hoch. »*Magi baridi*?«

Keine Antwort.

Der junge Mann starrte ihn stumm und bewegungslos an.

Fletch winkte ihm zu und machte sich wieder an die Arbeit.

Mit einer *panga* schlug er vom Flußufer aus einen für den Jeep ausreichend breiten Pfad durch das leichte Gehölz in den Dschungel hinein. Den Baobab hatte er sorgfältig umgangen. Er arbeitete allein, barfuß und nur mit seiner Badehose bekleidet.

Carr hatte ihm gesagt, daß er niemals einen Schritt machen dürfe, ohne vorher sorgfältig nach Schlangen Ausschau zu halten. Im Laufe des Morgens ging Fletch einem halben Dutzend aus dem Weg.

Carr und die anderen vergrößerten an diesem Morgen den am Ufer entlanglaufenden Pfad. Die Bäume entlang des Flusses waren größer, älter, kräftiger. Der Boden mußte aufgefüllt werden, eine Arbeit, die nur mit vereinten Kräften bewältigt werden konnte.

Diese geistlose Arbeit allein im Dschungel zu verrichten, ausgiebig dabei zu schwitzen, empfand Fletch als Wohltat. Vom Liebemachen abgesehen war sein Körper allzu lange an Stühle, Flugzeugsitze, fremde Betten, die Zeitungsredaktion gefesselt gewesen. Seit er an seinem Hochzeitstag den Brief seines Vaters erhalten hatte, war sein Geist allzu regelmäßig mit dem Unerwarteten konfrontiert worden: das Gespräch mit seiner Mutter; der Flug nach Kenia; der blutige, ermordete Mann, den er im Flughafen gesehen hatte; sein Vater, der nicht auftauchte; einige der Dinge, die sich Barbara zu sagen und zu tun angewöhnt hatte. Er verstand die Dschungelgeräusche zwar nicht, aber sie wirkten beruhigend auf ihn. Er bewunderte die hin und her schwirrenden Vögel. Er achtete auf Schlangen und schlug einen Pfad durchs Gehölz.

Im Laufe des Morgens, wann auch immer Fletch innehielt, um sich zu strecken und etwas Wasser zu trinken, was häufig der Fall war, schaute er zu dem jungen Mann, der stumm dastand und ihn beobachtete. Fletch hatte noch nie ein lebendes Objekt gesehen, das sich so regungslos, so lautlos verhielt wie dieser junge Mann. Über einen langen Zeitraum regungslos dazustehen, ist die schwerste körperliche Übung. So regungslos dazustehen, erst auf dem einen, dann auf dem anderen Bein, erfordert ein hohes Maß an Disziplin. Fletch sah ihn kein einziges Mal sein Gewicht von einem Bein auf das andere verlagern. Warum nahm der junge Mann diese Pose ein?

Während der ersten Pausen hob Fletch dem jungen Mann immer wieder einladend seinen Wasserkrug entgegen und winkte ihm zu, bevor er zu seiner Arbeit zurückkehrte.

Als sich der Vormittag jedoch dahinschleppte und Fletch sich dabei ertappte, wie er über dieses und jenes nachdachte, während ihm ständig »*Running for Love*« im Kopf herumsummte, vergaß er, daß der junge Mann da war. Wenn er gelegentlich in der Gegend umherstarrte, mußte er sich an die regungslose Gestalt erst erinnern und auf sie konzentrieren, bevor seine Augen sie ausmachten. Sein Schweigen, seine Regungslosigkeit verdrängten den jungen Mann aus Fletchs Bewußtsein, ließen ihn fast gänzlich aus seinem Blickfeld verschwinden.

Juma erspähte ihn sofort.

Am späten Vormittag hörte Fletch, wie Juma den Pfad entlangkam, den er geschlagen hatte. Er pfiff dieses italienische Liebeslied. An einer Hand baumelte eine volle Gallone Wasser.

»Fletch muß sehr viel Wasser trinken«, sagte Juma. »Fletch ist nicht an diese Hitze gewöhnt. Fletch ist nicht an diese Arbeit gewöhnt. Fletch kommt aus Amerika, wo Knöpfedrücken die schwerste Arbeit ist.«

Jumas Körper triefte ebenso vor Schweiß wie Fletchs.

Juma stellte den frischen Krug Wasser auf die Erde. Als er aufblickte, sah er den auf der Kuppe stehenden jungen Mann.

»Haaa!« Auf der Stelle grapschte er zwei Handvoll Erde und schleuderte eine Handvoll in die Richtung des jungen Mannes. »Idiot!« Er steuerte auf den jungen Mann zu und warf, als er näher heran war, die andere Handvoll Erde nach ihm. »Hau ab! Was soll denn das? Dummkopf!«

Juma bückte sich, um einen Stock aufzuheben.

Seine Augen jetzt auf Juma gerichtet, trat der junge Mann seitwärts in den Dschungel und wurde augenblicklich von dem Laubwerk getarnt.

»Dreckskerl!« schrie Juma hinter ihm her. »Warum kommst du nicht endlich in dieses Jahrhundert?« Als er sich wieder Fletch zuwandte, sagte Juma: »Wenigstens in diese Hälfte des Jahrhunderts.« Er ließ den Stock fallen.

»Ich wollte mal sehen, wie lange er so stehenbleiben würde.«

Juma wedelte mit der Hand. »Für den Rest seines Lebens. Er würde so sterben.«

»Warum hat er das getan?«

»Wer weiß? Wen interessiert's? Einige dieser Leute leben in einer anderen Welt. Sie wissen über Radios Bescheid, über Telefone. Lästig. Jemand in dem Alter . . .«

»Danke, daß du mir Wasser gebracht hast.«

Juma nahm den leeren Krug auf. »Carr sagte, daß er später vorbeikommt, mit deinem Lunch.« Juma begann, den Pfad hinunterzugehen. »Nur zu. Iß ruhig in der Mittagszeit. Dann wir dir noch heißer, wirst du noch müder und noch mehr schwitzen. Ihr Europäer laßt euch nicht davon abbringen, ständig zu konsumieren und zu verschwenden, damit ihr nur ja krank bleibt.«

Der junge Mann mit dem Speer kehrte nicht zurück, wie Fletch sehen oder auch spüren konnte.

Schon lange, bevor Carr erschien, knurrte Fletch der Magen.

Sie ließen sich in der Mitte eines großen kahlen Flecks mit gekreuzten Beinen auf dem Boden nieder und verzehrten Fischsandwiches bei einem dritten Krug Wasser.

Trotz des vielen Wassers, das Fletch trank, urinierte er wenig.

Carr sagte: »Ich dachte mir, daß Sie gern mal einen Morgen allein arbeiten würden.«

»Es hat mir Spaß gemacht.«

Fletch erzählte Carr von dem jungen Mann, der einen Großteil des Vormittags damit verbracht hatte, ihn mit stummer Aufmerksamkeit zu beobachten. Und daß Juma vorbeigekommen sei und ihn verjagt habe.

»Hört sich wie ein Massai *moran* an. Ein Krieger. Ein *mti.* Sie dürfen keine Schilde mehr tragen.«

»Warum hat er einen Speer dabei gehabt?«

»Wegen der Schlangen.«

»Klingt vernünftig. Vielleicht sollte ich mir auch einen Speer zulegen.«

»Ziemlich weit südlich für einen Massai heutzutage. Aber das kann man nie mit Bestimmtheit sagen. Sie sind Nomaden. Folgen den Weiden.«

»Zu welchem Stamm gehört Juma?«

»Ich bin mir ziemlich sicher, daß er zu den Kikuyu gehört. In Ostafrika gibt es über vierzig Stämme.«

»Und über all die Jahrhunderte hinweg sind die Stämme so isoliert, so verschiedenartig geblieben, daß man einen vom anderen unterscheiden kann?«

»In etwa, ja. Bis heute haben die politischen Kämpfe in Afrika fast nichts mit Ideologien zu tun, Ost gegen West, Sozialismus gegen freies Unternehmertum, Kommunismus gegen Kapitalismus. Die Kämpfe um die Macht spielen sich zwischen den Stämmen ab. Wünschte, Sie würden das mal Ihren Typen in Washington verklikkern.«

»Ich werde ihnen einen Brief schreiben.«

»Hier in der Nähe gibt es sogar einen Stamm, der seine Existenz verleugnet. Niemand außer den Angehörigen selbst kennt seinen wahren Namen. Wenn Sie einem Angehörigen dieses Stammes begegnen, wird er Ihnen stets erzählen, daß er Angehöriger irgendeines anderen Stammes ist. Beweisen Sie ihm, daß das nicht stimmt, wird er sagen: ›Nun ja ...‹, und beharrlich behaupten, daß er Angehöriger eines wiederum anderen Stammes ist. Sie sind ein geheimer Stamm. Sie tarnen sich zwischen allen anderen Stämmen. Der wahre Name des Stammes könnte Wata sein.«

»Aber sicher.« Fletch grinste. »Der Watastamm. Kapiert.«

»Sie glauben mir nicht?«

»Hat Juma heute vormittag mit Ihnen gearbeitet?«

»Ja.«

»Bezahlen Sie ihn?«

»Bezahle ich Sie?«

»Nein.«

Carr lächelte. »Sie arbeiten das Moskitonetz ab, das Sie und Barbara letzte Nacht kaputtgemacht haben.«

»Oh.« Fletch kratzte sich am Ellenbogen. »Sie wissen davon?«

»Heute morgen erwähnte Raffles Sheila gegenüber, daß jemand einen Flicktag einlegen müßte.«

»Tut mir leid.«

»Für das, was Sie unter einem Moskitonetz zu tun wünschen, gibt es eine Technik. Sie werden Sie schon noch lernen.«

»Warum arbeitet Juma denn dann für Sie, wenn er nicht dafür bezahlt wird?«

»Keine Ahnung. Ich habe ihn nicht gebeten, mit uns zu kommen. Ich habe ihn nicht gebeten zu arbeiten. Vermutlich will er einfach nur mit uns zusammen sein.«

»Bezahlen Sie die anderen Männer?«

»Selbstverständlich.«

»Warum möchte Juma wohl mit uns zusammen sein?«

»Vielleicht, weil er Sie liebt?«

»Wen liebt?«

»Sie. Barbara. Meine ich wirklich Liebe? Er möchte sehr viel über euch beide wissen. Er beobachtet euch sehr genau, wie ihr geht, wie ihr sprecht, miteinander und mit anderen umgeht, was und wann ihr eßt, trinkt, wie ihr euch anzieht, wie eure Körper beschaffen sind und ihr sie benutzt, euern Verstand.«

»Ich möchte auch viel über Juma wissen.«

»Es ist eine sehr innige Verbindung, sofern Sie der Meinung sind, damit überhaupt etwas Ehrenwertes verbinden zu können. Er ist neugierig, aber unkritisch. Können Sie das verstehen?«

»Neulich abends, als wir vor dem Norfolk auf dem Bürgersteig standen, sagte er etwas, was Barbara und mich total verblüffte. Er sagte, daß er nicht entscheidet, wer seine Freunde sind und wer nicht seine Freunde sind. Er sagte etwas in der Art, daß es sehr *hart* wäre, solche Entscheidungen zu fällen, aber möglicherweise hat er sehr *harsch* gemeint.«

»Im allgemeinen sehr unkritisch«, wiederholte Carr.

»Was den jungen Mann mit dem Speer betrifft, der da drüben im Gebüsch stand, hat er zweifellos eine sehr rasche Entscheidung getroffen. Er hat augenblicklich irgendwas vom Boden aufgelesen und ihn damit beworfen. Er hat ihn verflucht.«

»Mmhhh. Na ja. Ein moderner junger Mann wie Juma ist schnell sehr ungeduldig mit anderen Leuten, insbesondere mit Leuten seines Alters, die an Stammesgewohnheiten festhalten. Junge Männer wie er mögen dieses speerschüttelnde Image von Afrika nicht.«

Leiser sagte Fletch: »Was Sheila betrifft, scheint er zweifellos eine ziemlich harsche Entscheidung getroffen zu haben.«

»Ja«, sagte Carr. »Das hat er geerbt. Hierzulande besteht ein sehr ausgeprägtes Vorurteil gegenüber Leuten ostindischer Abstammung.«

»Warum?«

»Überall in Afrika, genaugenommen fast überall in der Dritten Welt, gehört den Indern der größte Teil der *duccas*, der Läden. Sie betreiben den größten Teil des Handels, des Einkaufs und Verkaufs. Deswegen glaubt die eingeborene Bevölkerung, daß die Inder einen unangemessen hohen Anteil der Waren und des Geldes besitzen.«

»Fühlen sie sich von den Indern ausgebeutet?«

»Fühlen wir uns nicht alle von den Krämern ein wenig ausgebeutet? Wir bezahlen ihnen mehr Geld für ihre Ware, als sie dafür bezahlt haben, und das wissen wir. Und dann ziehen die Krämer mit ihren Gewinnen los und bauen sich Häuser, die alle übertreffen, die wir uns leisten könnten. Das Dumme ist, daß einige der ärmsten Afrikaner, die ich kenne, ostindischer Abstammung sind. Allerdings auch einige der reichsten. Sheila wurde in Kenia geboren. Sie hat gearbeitet, als ich sie kennenlernte, für eine Mietwagenagentur.«

»Also lehnt Juma sie total ab, als Kenianerin, als Frau, als Mensch.«

Carr zuckte die Achseln. »So ist das nun mal mit Vorurteilen. Sind Sie überrascht, in Kenia Vorurteile zu finden?«

Fletch hatte seinen Lunch beendet. »Carr, ich bin gestern zum Gefängnis gegangen.«

Carrs Augenbrauen schossen in die Höhe. »Oh?«

»Um meinen Vater zu besuchen.«

»Man hat Sie hereingelassen?«

»Man hätte. Mein Vater ließ mir ausrichten, daß er nicht da wäre.«
»Reizend.«
»Fand ich auch.«
»Humor hat er, das muß man dem alten Fletcher lassen.«
»Wenigstens habe ich mir eins bestätigt.«
»Und das wäre?«
»Es gibt einen Walter Fletcher.«
»Haben Sie daran gezweifelt?«
Fletch entfernte ein Staubkorn aus seinem Auge. »Ich glaube, Barbara hat zu hoffen begonnen, daß Sie mein Vater sind.«
Carr lachte. »Ich fühle mich geschmeichelt.«
»Wir kamen her, um meinen Vater kennenzulernen, verstehen Sie, und statt dessen haben wir Sie kennengelernt.«
Carr faltete das braune Papier, in dem er den Lunch mitgebracht hatte, wieder zusammen. »Wenn Sie den Pfad weiterschlagen, gehe ich den Korkenzieher holen.«
»Also weiß ich, daß Walter Fletcher existiert«, sagte Fletch, »was ich vorher wirklich nicht wußte.« Er seufzte. »Und dieses eine Mal in meinem Leben weiß ich, wo er ist.«

30

»*Hapana kitu.*«
Barbara und Carr knieten auf dem Boden und beobachteten, wie der Bohrer die Erde an die Oberfläche beförderte. Sheila stand über ihnen, die Arme in die Seiten gestemmt, und schaute schweigend zu.
An den vier Seiten des Bohrergerüsts kurbelten Juma, Fletch, Winston und Raffles an den Rädern, die den Bohrer in den Boden senkten. Die Erde war zum größten Teil weich, und daher war es keine sehr anstrengende Arbeit, den Bohrer langsam in den Boden zu treiben.
Carrs Finger zerkrümelten ein Stück morsches Holz, das ans Tageslicht kam. »Nichts«, wiederholte er.
Etwa eine Stunde, nachdem Carr Fletch verlassen hatte, schnaufte der betagte Jeep den Pfad hinauf, den Fletch gerodet hatte. Riesig und lächerlich aussehend, ragte der Aluminiumkorkenzieher weit aus dem hinteren Teil des Jeeps heraus. Zwölf Meter hinter dem Jeep trugen Männer die Spitze des Schafts. Barbara, in ihren *kanga* gewickelt, fuhr mit Carr im Jeep.

Die übrigen, einschließlich Sheila, gingen neben dem Jeep her.

Fletch kam es wie ein Überfall auf seine bis dahin genossene Dschungelidylle vor.

Den Korkenzieher hochzukippen und auf dem Boden auszurichten, war ziemlich einfach.

Die Spitze des Bohrerschafts war am tiefsten Punkt angelangt. Die Räder konnten nicht weiter drehen.

»In Ordnung«, sagte Carr. »Holt ihn hoch.«

Die Erde herauszubohren war noch leichter.

Unaufhörlich beobachteten sie, welche Erde der Bohrer zutage förderte.

»Ein Jammer, daß wir uns nicht mit Brunnenbohren beschäftigen«, sagte Carr. »Wenigstens finden wir gelegentlich Wasser.«

»Schon mal Öl gefunden?« fragte Fletch.

»Nicht mal Haarpomade.«

Den Korkenzieher mühsam von einem Platz zum anderen schaffend, versuchten sie es an diesem Nachmittag noch an drei weiteren Stellen. Fletch versuchte, ein paar scherzhafte Bemerkungen anzubringen, bis er merkte, daß sie nicht willkommen waren. Sie entdeckten zwar keine versunkene römische Stadt, doch er hatte den Tag genossen.

»*Hapana kitu*«, sagte Carr. »Nichts. Gehen wir zurück zum Camp. Morgen ist auch noch ein Tag.«

31

»Hallo«, sagte Juma. »Bleibt dort, wo die Krokodile an uns gewöhnt sind. Sie sind sehr territorial, wißt ihr.«

Barbara und Fletch schwammen gerade nackt im Fluß.

Juma setzte sich nackt auf einen Felsen im Fluß und schaute ihnen zu.

»Krokodile?« Barbara richtete sich im Fluß auf.

»Hast du sie denn nicht gesehen?« fragte Fletch.

»Krokodile, die Menschen fressen?«

»Ich glaube nicht, daß sie wählerisch sind.«

»Fletch«, flüsterte Barbara. »Juma ist nackt.«

»Wir auch.«

»Was will er damit ausdrücken? Daß zwischen uns nichts *Sexuelles* besteht?«

»Ich werde ihn fragen.«

»Mistkrokodile.« Barbara hastete aufs Ufer zu. »Hab' mir nicht mal die Haare waschen können.«

Fletch kletterte auf den Felsen und setzte sich neben Juma.

»Barbara möchte wissen, ob zwischen uns nichts *Sexuelles* besteht.«

»Was meint sie damit?«

»Zwischen uns dreien, meint sie wohl. Du und sie.«

»Barbara will ein Baby von mir? Das wäre komisch.«

»Nein. Das will sie nicht. Wir drei sind einfach nackt zusammen.«

»Man zieht Kleider an, um sexuell anziehend zu wirken, nicht wahr?«

»Man tut vieles, um sexuell anziehend zu wirken.«

»Wofür sind Kleider denn sonst noch da?«

»Für Taschen.«

Juma rieb die Finger seiner rechten Hand an seinem Bein. »Afrikaner haben keine Taschen. Wir haben nichts zum Hineinstecken.« Die roten Flecken an seinen Fingern ließen sich nicht entfernen. »Man kann miteinander Sex machen, ob man nun Kleider trägt oder nicht.«

»Richtig.«

Juma betrachtete das Mal auf Fletchs Leiste. »Du bist ja teilweise schwarz.«

»Und blau.«

»So was hab' ich bisher noch nie gesehen. Würde so ein Baby aussehen, wenn Barbara und ich ein Baby hätten? Ich glaube nicht.«

»Nein.«

»Sieht komisch aus.«

»Schwarze werden nicht weiß, wo sie geschlagen werden.«

»Wer hat dich geschlagen? Hat dich in Kenia jemand geschlagen?«

»Warum sind deine Finger rot?«

»*Miraa.*«

»Was ist *miraa*?«

»Du kennst *miraa* nicht? Das ist eine Droge, die wir kaufen. Eine Lustdroge.«

»Wie Marihuana?«

»Was ist Marihuana?«

»Eine Lustdroge.«

»Davon werden die Finger rot und das Zahnfleisch und die Zunge.« Juma zeigte Fletch, wie rot sein Zahnfleisch und seine Zunge waren. »Unsere Eingeweide auch, nehme ich an. Einer der Männer hat mir was davon gegeben.« Juma nickte uferaufwärts zum Küchenzelt. »Du kannst das in jedem Laden kaufen, der Bananenblätter über der Tür hat.«

»Ich habe ein bißchen in dem Buch gelesen, das du mir geliehen hast, *Weine nicht, mein Kind.*«

Juma schnaubte verächtlich. »Ngugi macht die Weißen für fast alles verantwortlich.«

»Einschließlich, daß sie den Krieg erfunden haben.«

»Als ob sie Götter wären.« Juma legte die Hand auf Fletchs Nacken und drückte zu. »Bist du ein Gott, Fletch?«

»Erzähle mir von meinem Vater.«

»Er ist in Ordnung.« Juma machte einen erneuten Versuch, die roten Flecken von seinen Fingern wegzureiben. »Ein bißchen ein *mutata.*«

»Was heißt *mutata*?«

»Lästig.«

»Er geht den Leuten auf die Nerven?«

Juma lachte. »Einmal ist er auf seinem Motorrad ganz, ganz langsam nach Narok hineingefahren und hat an einem Seil um seinen Hals eine Hyäne hinter sich hergezogen.«

»Er fährt also immer noch Motorrad.«

»Er behauptete steif und fest, daß am Abend zuvor ein paar Leute mit ihm gewettet hätten, daß er nicht imstande wäre, mit einem Lasso eine Hyäne einzufangen und sie am anderen Tag bis zur zweiten Stunde nach Tagesanbruch nach Narok zu bringen.« Juma lachte wieder. »Das Dumme war nur, daß sich niemand erinnerte, mit ihm eine solche Wette abgeschlossen zu haben. Niemand würde eine solche Wette zugeben.«

»Klingt, als wäre er verrückt.«

»Das ist schon in Ordnung. Niemand mag Hyänen sonderlich.«

Aus dem Dschungel auf der anderen Flußseite drang ein ungewöhnlich lautes Geschnatter.

»Juma, als Carr mich zum Lake Turkana mitnahm, erzählte er mir, daß dort in der Nähe, in Koobi Fora, ein Elefantenskelett, ein sehr, sehr altes, begraben wäre.«

»Natürlich ist es sehr alt, wenn es ein Skelett ist.«

»Das Skelett eines ostindischen Elefanten.«

»In Ostafrika begraben?«

»Über den Indischen Ozean ist es nicht geschwommen.«

Juma überlegte einen Moment. »Du sprichst über Carrs Frau.«

»Ihr Name ist Sheila.«

»Nun, ihr Skelett wird nach Indien gehören.«

»Sie wurde in Kenia geboren. In Lamu.«

»Alle Grenzen stammen aus der Kolonialzeit. Hast du das gemeint? Die Grenzen all dieser Nationen wurden von den Engländern, den Deutschen und den Franzosen gezogen, nicht von den Stämmen.«

»Ich mag Sheila. Ich mag Carr.«

»Vielleicht werde ich euch, solange ihr hier seid, nach Shimoni mitnehmen.«

»Was ist Shimoni?«

»Es bedeutet ›Loch in der Erde‹. Es ist ein Ort an der Küste. Ich bin schon dort gewesen.«

»Sheila arbeitete für eine Mietwagenagentur, als Carr ihr zum ersten Mal begegnete.«

»Vielleicht gehen wir, ihr und ich, in ein Drei-in-einem-Hotel.«

»Was ist ein Drei-in-einem-Hotel?«

»Bist du noch nie in einem gewesen?«

»Ich glaube nicht.«

»Drei in einem Bett. Diese Hotels sind hierzulande sehr beliebt. Ich glaube, sie sind sehr gut, besonders für einen Mann, der eine Ehefrau nach der anderen versorgen muß.«

»Verstehe. Bist du verheiratet, Juma?«

»Nein. Ich möchte zur Schule gehen. Ich möchte beim Fernsehen arbeiten. Meinst du nicht auch, es wäre sehr gut, beim Fernsehen zu arbeiten?«

»Ja. Doch.«

»Was arbeitest du?« fragte Juma.

»Ich arbeite für eine Zeitung.«

»Ah, so ist das. Das wäre eine interessante Arbeit. Etwa die gleiche Arbeit wie Fernsehen, denke ich, nur, daß niemand dein Gesicht sehen kann. Wenn du vorhast, den Leuten etwas mitzuteilen, meinst du nicht auch, daß du es so sagen solltest, daß die Leute dein Gesicht sehen können?«

»Ich glaube, es ist leichter herauszufinden, was man den Leuten mitteilen soll, wenn sie dein Gesicht nicht sehen.«

»Ah, so ist das. Ja, vielleicht stimmt das.« Juma erhob sich auf dem Felsen. »Nun, es ist Zeit, daß du deinen Scotch Whisky trinken gehst.«

»Warum?«

Juma zuckte die Achseln. »Gestern abend um diese Zeit hast du auch einen Scotch Whisky getrunken.«

32

»Sie beten ihn an.«

»Wen?«

»Carr. Die Frauen fressen ihn geradezu auf.«

Carr trank mit den beiden Frauen, den *hôtelières,* die sie von Nairobi hergeflogen hatten, nach dem Dinner ein Bier in der Lodge-Bar. Carr saß seitlich zur Bar auf einem Hocker. Die beiden Französinnen standen ihm mit ihren Drinks gegenüber und lachten über alles, was er sagte.

Barbara und Fletch tranken ihr Bier an einem kleinen Tisch neben der Veranda.

Am Eingang zur Veranda wartete ein Wächter mit Taschenlampe und Gewehr darauf, die Touristen zu ihren Kabinen zu geleiten.

»Findest du Carr denn nicht attraktiv?« fragte Fletch.

Barbara schaute sich nach den wenigen Touristen um, die noch nicht zu Bett gegangen waren.

»Jede Frau hier«, sagte Barbara, »frißt ihn geradezu auf.«

Nachdem sie einen weiteren Tag Pfade gerodet, Löcher gegraben und nichts von Bedeutung gefunden hatten, waren Barbara, Fletch und Carr nach Nairobi geflogen, hatten aufgetankt, die beiden Frauen aufgegabelt und waren dann nach Westen zum Masai Mara geflogen.

Sheila hatte erklärt, daß sie lieber im Camp bleiben und entlang der frisch geschlagenen Pfade Löcher graben wollte, und sie hatte versprochen, noch vor ihrer Rückkehr eine römische Stadt zu finden.

Es hatte keine Diskussion darüber gegeben, ob Juma sie begleiten sollte. Während sie sich zum Abflug bereitgemacht hatten, war er einfach nicht erschienen.

Die beiden Hotelmanagerinnen aus Frankreich waren *très chic, très jolie.* Daß sie auf einer Geschäftsreise waren, hinderte sie nicht daran, sich obendrein gut zu amüsieren. Im Flugzeug reichten sie eine Flasche Champagner herum. Carr trank nichts davon.

Sie staunten entzückt, als sie über das Rift Valley, die Loita Hills und Plains, ökologisch die Serengeti Plains, flogen. Carr flog so tief, wie es ihm Vernunft und Gesetz erlaubten, daher konnten sie alle die grasenden Herden von Zebras, Elenantilopen und Giraffen sehen. Die ältere Frau, die auf dem Copilotensitz saß, schoß Luftaufnahmen mit einer kleinen Kamera, die bei einer Entfernung von mehr als drei Metern völlig unnütz war. Sie war jedoch davon überzeugt, herrliche Fotos zu bekommen. Als sie zum ersten Mal Elefanten aus der Luft erblickten, gerieten sie in hellste Verzückung und bombardierten Carr in schnellem, holprigem Englisch mit Fragen.

Die Frauen waren von der Geschäftsleitung herzlich begrüßt und sofort auf einen Rundgang durch die Keekorok Lodge mitgenommen worden. Selbst Fletch wunderte sich, wie eine so tief im Busch gelegene Lodge eine so tadellose Verpflegung, Unterbringung und einen so exzellenten Service bieten konnte.

Carr organisierte einen *safari guari* und einen Fahrer. Und während die Hotelmanagerinnen den Betrieb der Lodge besichtigten, machten Carr, Barbara und Fletch am gleichen Abend und am darauffolgenden Tag, von Sonnenaufgang bis Sonnenuntergang, eine Rundfahrt durch das Reservat.

Sie konnten nur zwei Nächte in der Lodge verbringen, bevor sie nach Nairobi und anschließend in Carrs Camp zurückkehrten.

Der *safari guari* war ein gutmütiger, gut gefederter, relativ leiser Nissan-Lieferwagen ohne Dach, so daß sie auf der Fahrt, während ihnen die saubere, nach Busch duftende afrikanische Luft ins Gesicht wehte, darin stehen und aus drei Metern Höhe nach allen Seiten gleichzeitig schauen konnten. Carr versorgte sie mit Ferngläsern. Sie lernten, sich so an den Rahmen des Lieferwagens zu stützen, daß sie während der holprigen Fahrt die Ferngläser einigermaßen gut benutzen konnten. Von dem Fahrer, Omoke, einem Kisi, lernten sie außerdem eine neue Art, die Landschaft zu betrachten, rasch weite Gebiete zu überblicken, indem sie systematisch, nur mit den Augen, in liegenden Z's darüber hinwegglitten und dabei alles, was sich bewegte, alles, was auch nur leicht in Farbe herausstach, erspähten. Hatten sie etwas Bemerkenswertes entdeckt, fuhr Omoke durch den Busch leise zu der Stelle und hielt in angemessener, nicht störender, nicht zudringlicher Entfernung an.

Nahezu im Handumdrehen entdeckte Omoke für sie einen Löwen und zwei Löwinnen, die im schwindenden Sonnenlicht ausgestreckt dalagen. Die Vorderläufe der einen Löwin umfaßten Schwanz und Hinterläufe des Löwen; sein Kopf und eine Schulter ruhten auf der Schulter der anderen Löwin. Sie hatten ihre Köpfe erhoben und schauten sich träge in der Gegend um, das Licht der niedrig stehenden Sonne in den Augen. Die Bäuche von allen dreien waren so vollgestopft, daß sie beinahe separat, wie Koffer, auf dem Boden lagen.

Vor Sonnenaufgang am anderen Morgen entdeckte Omoke, der eine Landschaft mit ganz anderen Augen als jeder Maler, jeder Ingenieur betrachtete, im Schatten eines Buschs eine kleine grasbedeckte Bodenvertiefung. In der Mulde lag, sichtlich erschöpft, eine Gepardin, die erst vor wenigen Stunden vier Junge auf die Welt gebracht hatte.

Später an diesem Nachmittag beobachteten sie, wie dieselbe Gepardin auf unsicheren Beinen eine Elenantilope jagte, zu Fall brachte und tötete, um damit sich und ihre Jungen zu füttern. Sofort tauchten Hyänen auf und nahmen ihr ihre Beute ab, zogen sie ein paar Meter weg und verschlangen sie gierig.

Die Gepardin saß blinzelnd in der Sonne und beobachtete sie, sichtlich zu müde, um sich in diesem Augenblick zu wehren, weiterzulaufen oder ohne Futter zu ihren Jungen zurückzukehren.

Noch faszinierender als die Tiere – die Kirdikdiks, die Zebras, Thomson- und Grant-Gazellen, Topis, Baum- und Klippschliefer, Impala, Leoparden, Löwen, Wasserböcke, Elefanten, Giraffen oder, unten am Mara River, die Weißkehlmeerkatzen, Pottos und die olivgrünen Paviane – waren die Vögel, große und kleine, die Marabus und heiligen Ibisse, die Sekretäre, die Mönchsgeier, die schwarzbraunen Milane, Wanderfalken, Frankolinhühner, Schopfperlhühner, die Trappen, Regenpfeifer, Spitzhaubenturakos, die weißbäuchigen Lärmvögel. Omoke hatte ein Vogelbuch, das er herumgehen ließ. Er kannte seine Vögel, doch Barbara und Fletch machte es Spaß, den einen oder anderen exotischen Vogel, den sie im Busch sahen, in dem Buch nachzuschlagen und sich die Bestätigung zu holen, daß eine solche Kreatur wirklich existierte und einen Namen hatte, und daß man seinen Augen trauen konnte.

Neben diesen Einzelbeobachtungen ist es faszinierend, die afrikanische Arithmetik allgemein zu beobachten. Die soziale Gemeinschaft vieler, wenn nicht der meisten Vogel- und Tiergattungen wird von einem einzigen Männchen beherrscht, das zwei, fünf, zehn, fünfzig oder sechzig Weibchen hat. Außer die Jungen zu gebären, übernehmen die Weibchen die Arbeit des Jagens und Fütterns. Alle diese Weibchen und Jungen gehören dem alleinherrschenden Männchen, zumindest solange, wie es in der Lage ist, jeden potentiellen jungen Rivalen abzuwehren. Diese verblüffende Arithmetik kann nur dann funktionieren, wenn eine erschreckende Anzahl junger Männer bei dem Versuch, dem Anführer seinen Rang streitig zu machen, sterben. So zumindest erklärten sich Barbara und Fletch dieses Phänomen.

Giraffen reckten ihre langen Hälse, um die Baumspitzen abzuweiden, und ihre vier schlanken Beine, ihre Körper, ihre langen, würdevollen Hälse verliehen jedem Baum, den sie abweideten beziehungsweise beehrten, etwas Architektonisches.

Auf dem Rückweg zur Lodge an diesem zweiten Abend hielten sie an, um Elefanten zu beobachten, die einen Platz mit langem, grobem Gras abweideten. Der Elefant benutzt seinen Stoßzahn wie einen Löffel, seinen Rüssel wie eine Gabel. Mit seinem Stoßzahn stößt er in den Boden, lockert und hebt heraus, was auch immer eßbar ist. Mit dem Rüssel ergreift er den Fund und schwingt ihn, Gras, Wurzeln, Erde, alles auf einmal in sein Maul. Und währenddessen macht er ständig diese wundervolle, rhythmische Schwingbewegung, als wolle er jemanden zum Tanzen oder zum Boxen auffordern.

»Die Frauen geben auf«, sagte Barbara. An der Bar hatten die beiden französischen Hotelmanagerinnen ihre leeren Gläser abgestellt. »Sie gehen ins Bett. In Anbetracht dessen, daß wir einen *askari* als Begleitung brauchen, kann ich mich ihnen auch gleich anschließen.«

»Okay. Ich werde mit Carr noch einen Schlummertrunk nehmen.«

Nachdem sie aufgestanden war, sagte Barbara: »Mag sein, daß du deinen Vater bei diesem Ausflug nicht findest. Aber ich habe den Eindruck, als hättest du möglicherweise deine Vaterfigur gefunden.«

33

»Barbara sagt, daß jede Frau im Umkreis Sie mit den Augen auffrißt«, sagte Fletch.

Carr hatte zwei frische Bier an den Tisch gebracht. »Berufsrisiko. Mag sein, daß die Frauen Buschpiloten für attraktiv halten, aber in den meisten Fällen würden sie nicht im Traum daran denken, einen zu heiraten.« Er stieß mit seinem Glas an Fletchs. »Morgen geht's heim zum Camp und zu Sheila.«

Sie tranken.

Fletch sagte: »Barbara und ich sind Ihnen sehr dankbar, Mr. Peter Carr. Der Ausflug in den Masai Mara war ein höchst denkwürdiges Vergnügen.«

»Dann werden Sie mir vielleicht eine persönliche Frage gestatten?«

»Natürlich.«

Carr nahm einen weiteren Schluck Bier, bevor er sprach. »Sie haben mich ein wenig verwirrt, Fletcher junior. Ich spreche von dem Mord, den Sie gesehen haben, am Flughafen.«

»Ja.«

»Ich verstehe oder nehme es zumindest an, daß Sie nicht aus der Herrentoilette gerannt sind und ›Meuchelmord‹ geschrien haben. Der Jetlag, der Ihnen zu schaffen machte, der schwere Schock, die Übelkeit, die Tatsache, gerade in einem Land angekommen zu sein, das Ihnen fremd war, kein Mensch, den Sie hier kannten, die Unsicherheit wegen Ihres Vaters, seiner Einladung, all das.«

»Hat er Ihnen gegenüber jemals eine Andeutung gemacht, daß er uns möglicherweise am Flughafen abholt?«

»Aber warum haben Sie sich in den Tagen, die seitdem vergangen sind, nicht freiwillig gemeldet? Zugegeben, die hiesigen Behörden würden wollen, daß Sie als Zeuge aussagen, könnten Sie über Gebühr festhalten, und Sie möchten lieber früher als später zu Ihrem eigenen Leben in die Staaten zurückkehren ... aber irgendeine Lösung könnte man doch finden, meinen Sie nicht auch?«

Fletch räusperte sich: »Mein As im Ärmel.«

»Spielen Sie Poker?«

»Es gibt Leute, die behaupten, das Leben sei ein Pokerspiel.«

»Um welchen Einsatz geht's?«

»Um meinen Vater.«

»Verstehe. Ich glaube es zumindest.«

»Ich spreche von einem Handel, Carr.«

Carrs Augen verengten sich. »Fletcher senior gegen einen Mörder.«

»Carr, ich habe Ihnen allen zugehört. Das ist ja gerade die Aufgabe eines Reporters: Zuhören. Ich befinde mich in einem Land, so sehr Sie es auch lieben mögen, in dem ein Tourist eingesperrt, zu einer Geldstrafe verurteilt und des Landes verwiesen wird, weil er einen Hundert-*shillingi*-Schein in der Mitte durchgerissen hat; in dem ein Regierungsfahrer für achtzehn Monate ins Gefängnis wandert, weil er einen Regierungswagen vor einer Bar geparkt hat; in dem ein indischer Anwalt zu sieben Jahren Gefängnis verurteilt wird, weil er dreizehn US-Dollar in der Tasche hat. Mein Vater ist in einer Bar in eine Schlägerei unter Betrunkenen geraten und hat möglicherweise, oder hat auch nicht, einen Bullen niedergeschlagen. Was ist das nach kenianischer Knastzeit wert?«

»Verstehe. Sie sind auf einen Kuhhandel aus.«

»Sollte es dazu kommen, weiß ich, daß ein Kuhhandel möglich ist. Keine Polizei der Welt würde ein im Grunde minderschweres Delikt ahnden, wenn sie als Gegenleistung dafür einen Augenzeugenbericht von einem Mord erhält.«

»Sie spielen wohl nicht gerade Hamlet?«

»Ich sehe meines Vaters Geist, und das ist in etwa alles.«

Leise sagte Carr: »Sie kennen den Burschen ja nicht einmal.«

»Er ist mein Vater.«

»Und das bedeutet Ihnen etwas?«

»Ich weiß nicht, was es mir bedeutet.«

»Er hat Sie und Ihre Mutter verlassen. Er scheint Sie Ihr ganzes Leben lang ignoriert zu haben. Vor ein paar Tagen, im Gefängnis, weigerte er sich, Sie zu sehen.«

»Spinne ich?«

»Ich weiß es nicht.«

»Er hat aber auch dafür gesorgt, daß Barbara und ich herkommen konnten, um ihn zu treffen, eine Weile mit ihm zusammen zu sein, ihn kennenzulernen. Irgendein Gefühl muß da doch vorhanden sein. Zumindest ›gelinde Neugier‹.«

»Irgendwo ist hier eine moralische Frage im Spiel.«

»Wirklich? Woher soll ich wissen, welche Moral innerhalb einer Familie herrscht, zwischen Vater und Sohn? Das hat mir nie jemand beigebracht.«

»Verstehe.«

»Ich weiß, daß ich nicht erleben möchte, wie irgend jemand, der mein Vater ist, Monate, Jahre in einem afrikanischen Gefängnis verbringt, nur weil er stocksauer wurde und jemandem eine gescheuert hat.«

»Nicht ganz das, was ich meine. Sie können einen Mörder identifizieren, jemanden, der einen Mord begangen hat und immer noch auf freiem Fuß ist.«

»Sie meinen, daß er wieder einen Mord begehen könnte?«

»Genau. Haben Sie nicht die Verpflichtung, diesen Kerl von der Straße zu schaffen?«

Fletch schüttelte den Kopf. »Nein. Das war ein Mord im Affekt, im Zorn. Ich war ja dabei.«

»Die Polizei ist da nicht so sicher«, sagte Carr. »Ich habe einen Anruf getätigt, während wir in Nairobi waren.«

»Dan Dawes?«

»Derselbige.«

Fletch lachte leise. »Der Polizeiinformant.«

»Richtig. Die Polizei informiert ihn über alles. Harte Währung nach Kenia einzuführen ist nicht ungesetzlich; genaugenommen ist das sogar ziemlich willkommen. Ungesetzlich ist, das Geld bei der Ankunft nicht zu deklarieren. Indem er sich bis zur Herrentoilette begab, ohne diese außergewöhnliche Summe deutscher Mark zu deklarieren, hat Louis Ramon, der übrigens in Ihrer Maschine saß, ein Verbrechen begangen.«

»Folglich?«

»Folglich sucht die kenianische Polizei nach einem kenianischen Finanzakrobaten, der soviel harte Währung verzweifelt nötig hatte.«

»Falsch. Der Mörder dieses, wie hieß er doch gleich, Louis Ramon?«

»Richtig.«

»War nicht der Mann, den Louis Ramon treffen wollte. Wer auch immer Louis Ramon ermordet hat, wußte nicht, daß er einhunderttausend Dollar in harter Währung bei sich hatte. Sie können mir nicht weismachen, daß jemand zwar bereit ist, einen Mord zu begehen, aber dann nicht bereit ist, sich zu bücken und einhunderttausend Dollar einzukassieren, wenn er weiß, daß das Geld vorhanden ist.«

»Dan fand diesen Punkt interessant.«

»Hat sich Dan für den Grund Ihres Anrufs interessiert?«

»Wie bitte?«

»Carr, indem Sie Dan Dawes anrufen, offenbaren Sie eine gehörige Portion Interesse an einem Fall, der Sie nichts angeht. Haben Sie keine Angst, daß er und die Polizei Ihnen gegenüber mißtrauisch werden?«

»Verstehe. Nun, in einem Nest wie Nairobi liebt jeder den Klatsch.«

»Ach ja? Wieviele Leute haben Dan Dawes denn noch wegen interner Informationen über diesen Fall angerufen?«

»Ich habe ihn nicht gefragt. Und er hat nichts verlauten lassen.«

»Tut mir leid, aber ich fürchte, daß Sie unsere Karten aufgedeckt haben.«

»Ist mir nicht aufgefallen, daß wir pokern.«

»Ich warte darauf, die offizielle Anklage gegen meinen Vater zu erfahren. War der Mann, den er niederschlug, nun ein Polizist oder nicht? Ich wäre dankbar, wenn ich das so bald wie möglich erführe.«

»Ist das alles, worüber Sie sich Gedanken machen, Fletcher junior?« Selbst in dem trüben Licht, das die Hängelaternen im Patio der Lodge verbreiteten, war Carrs Gesicht schattenlos.

»Was meinen Sie damit?«

»Ich weiß nicht. Ich weiß nicht, was ich damit meine.«

Eine überraschende Wärme durchströmte Fletchs Körper. »Na schön. Ich kenne meinen Vater nicht.« Er schüttelte den Kopf. »Es wäre normal gewesen, wenn er uns am Flughafen abgeholt hätte.« Wieder schüttelte er den Kopf. »Ich weiß nicht. Vielleicht liege ich falsch.«

Carr legte den Kopf zurück und leerte sein Bier. »Jedenfalls denken Sie an etwas. Das ist eine Erleichterung.«

34

»He, he«, sagte Carr. »Was haben wir denn da? Eine humpelnde Sheila . . .?«

». . . von Juma gestützt!« schrie Fletch.

»Was ist los?« Barbara beugte sich vor und schaute aus Fletchs Fenster.

Da sie tief über dem Camp flogen, war alles zu erkennen. Sheila hinkte von den Zelten herbei, um sie zu begrüßen, eine selbstgebastelte Krücke unter dem rechten Arm. Juma, den Arm um ihre Taille geschlungen, stützte von links. Sheilas rechtes Bein steckte in einem langen Gipsverband. Sie schauten beide lachend zum Flugzeug hinauf. Hinter ihnen drein hastete Raffles mit einem Krug Limonade und Gläsern auf einem Tablett. Sheila stolperte über ein Grasbüschel. Sie und Juma stürzten, immer noch lachend, beinahe zu Boden.

Carr setzte das Fahrwerk genau in der leicht ansteigenden Fahrrinne auf. »Das alte Mädchen hat sich den Haxen gebrochen.«

Fletch knallte die Cockpittür auf und hielt sie fest.

»Arme Sheila«, sagte Barbara.

Fletch sagte leise: »Und kein Walter Fletcher.«

Raffles erreichte das Flugzeug als erster.

Sheila und Juma hopsten, sich aneinander festklammernd und wie zwei fröhliche Zecher in den frühen Morgenstunden lachend, ausgelassen den Abhang hinunter.

Fletch kletterte aus der Maschine, dann Barbara. Sie sprangen von der Tragfläche herunter.

Carr tauchte genau in dem Moment aus dem Cockpit auf, als Sheila und Juma eintrafen.

»Hier ist alles in Ordnung«, rief Sheila. »Bei euch auch alles in Ordnung?«

Auf der Tragfläche des Flugzeugs stehend, die Arme in die Seiten gestemmt, sagte Carr: »Hier ist eindeutig nicht alles in Ordnung!«

»Aber ja doch!« Sheila wedelte mit ihrer Krücke. »Juma ist ein Held! Wenigstens für mich!«

»Wie hast du dir deinen Haxen gebrochen?« wollte Carr wissen.

»Dieser verdammte Korkenzieher ist auf mich drauf gekippt! Und da lag ich, allein im Dschungel, wie man sagt, Bein gebrochen, der Korkenzieher mit seinem ganzen Gewicht auf mir, genauso bewegungsunfähig wie der Buckingham Palace, während sich drei Schlangen näher an mich heranpirschten, bestimmt mit dreckigen Gedanken im Kopf, und nicht weit entfernt Hyänen zu hören waren, die sich hämisch auf ein paar reife Früchte freuten, und da platzt plötzlich Juma wie ein Massai *moran* speerschüttelnd aus der Flora, brandmarkt die Schlangen, teilt den Hyänen mit, daß die Schau vorüber ist, macht es mir so bequem wie möglich, holt den Jeep und Männer, um den verdammten Korkenzieher mit großer Schnelligkeit von mir wegzuziehen – kurz gesagt, er rettet mir meine geistige Gesundheit und mein Leben, in dieser Reihenfolge!«

»›Speerschüttelnd‹?« murmelte Fletch.

»Geliebter Juma!« Die Hand um seine Schulter riß Sheila ihn an sich und schmatzte ihm einen Kuß aufs Ohr.

Juma lachte fröhlich.

Von der Tragfläche herab musterte Carr Sheilas Gipsverband. »Einfach oder kompliziert?«

»Kompliziert«, sagte Sheila stolz.

»Juma hat ihn dir gerichtet?«

Sheila hielt ihr umhülltes Bein hoch und sagte: »Juma hat erstklassige Arbeit geleistet!«

»Gratuliere, Juma!« sagte Carr. »Wir alle danken Ihnen, Sir.«

Während sie Limonade tranken, schwatzte Sheila weiter: »Als Juma mich im Busch entdeckte, bewegte er sich mit einer derartigen Geschwindigkeit, mit soviel Verstand und Kraft, daß ich in Nullkommanichts wieder in Ordnung war!«

Carr schüttelte den Kopf. »Kann dich keine Minute allein lassen.«

»Ach, Quatsch«, sagte Sheila. »Als nächstes wirst du mir noch erzählen, daß ich dir deine Pläne verdorben habe, heute abend tanzen zu gehen!«

»Trotzdem, Peter, ich weiß nicht.« Beim Kaffee nach dem Lunch unter der Zeltplane ließ Sheila ihre Blicke über den alles andere als luxuriösen Lagerplatz schweifen, über die Dschungelmauern an drei Seiten, den klapprigen Jeep, den träge fließenden Fluß, den Korkenzieher, der daneben auf dem Ufer lag. »Vielleicht ist es an der Zeit, damit Schluß zu machen.«

Carr klaubte einen Krackerkrümel aus seinem Schoß und legte ihn auf den Tisch. »Der Gedanke ist mir auch schon gekommen, altes Mädchen. Irgendwann reicht es mal.«

Sheila, die sich immer noch umblickte, sagte: »Tut es bereits.«

Carr, Barbara und Fletch waren an diesem Morgen früh vom Masai Mara weggeflogen. Sie hatten die beiden *hôtelières* in Nairobi abgesetzt und aufgetankt.

Im Camp hatten eine Mutter mit einem Baby, dessen Rücken verbrannt war, und ein alter Mann, der durch grauen Star erblindet war, auf sie gewartet. Carr hatte sich, so gut er es vermochte, um das Baby gekümmert, den alten Mann mußte er jedoch wieder wegschicken.

Das Abendessen im Camp, üppiger und gemächlicher als gewöhnlich, wurde spät eingenommen. Ihr gebrochenes Bein hatte Sheila daran gehindert, mit den täglichen Grabungen zu beginnen, weshalb sie dann überhaupt nicht begonnen wurden. Sie hatten vor dem Abendessen sogar Sherry getrunken, während Sheila und Juma sie erneut und unter Gelächter damit unterhielten, welche Schmerzen und Todesängste Sheila im Dschungel ausgestanden hatte; wie Juma wie ein *moran* aus dem Dschungel aufgetaucht war, die Schlangen mit seinem Speer getötet und die Hyänen verscheucht hatte, am Steuer des Jeeps wieder aufgetaucht war, den Korkenzieher rasch und schmerzlos von Sheila wegbugsiert hatte, dann ihre komplizierte Fraktur gerichtet und einen wunderbaren, glatten Gipsverband angelegt hatte.

»Verdammt will ich sein, wenn ich über diesem Projekt auch noch Flugzeug Nummer zwei verkaufe«, sagte Carr. »Ein Flugzeug habe ich schon verkauft, um das hier zu finanzieren.«

»Das, was Ihr Vater früher flog«, sagte Sheila zu Fletch. »Das, was Ihr Vater jetzt hat.«

»Hat er es schon abbezahlt?« fragte Barbara.

»Oh, gewiß«, sagte Carr. »Er hatte ja dieses einträgliche Jahr mit den Flügen über die Grenze von Uganda, während der Rest von uns das ablehnte.«

»Und das Haus in Karen«, sagte Sheila. »Wir haben das Haus in Karen verkauft.«

Juma kam und setzte sich zu ihnen an den Tisch.

»Hallo, Held«, sagte Fletch.

Juma grinste. »Jetzt ist's fast eine tollere Story als alle anderen.«

»So was Besonderes war das Haus nicht«, sagte Carr.

»Nein. So was Besonderes war es nicht. Aber es war unser Haus.«

Juma schaute Sheila geradezu liebevoll an. »Tut mir leid, daß du dein Haus verloren hast.«

»Mit zwei Flugzeugen im Einsatz«, sagte Carr, »sollten wir uns in ein paar Jahren ein anderes Haus leisten können. Mit nur einem Flugzeug im Einsatz dürfte ich wohl gezwungen sein, von jetzt an, bis ich senil werde, ein Appartement zu bewohnen.«

Fletch bemerkte, wie ein Mann aus dem Dschungel auf sie zukam. Er humpelte rasch mit einer selbstgebastelten Krücke über den unebenen Boden.

Sheila sagte: »Du bist doch froh, wenn du deinen Frieden und deine Ruhe hast.«

»Schon.« Carr sah sich im Lager um und lächelte. »Bin ich.«

»Trotzdem«, sagte Sheila. »Irgendwann reicht's, wie du gesagt hast ...«

»Dazu noch die Sache mit den Einkommensverlusten. Ich verdiene nichts, während ich hier unten herumgammele ...«

Der Mann auf der Krücke näherte sich dem Tisch. Die Spitze des einen Fußes war bandagiert. Ein Zeh war geschient. Zwei weitere Zehen hatte Carr einige Tage zuvor mit einer Gartenschere entfernt.

In der Hand hielt der Mann seine beiden, immer noch in Mull eingewickelten Zehen.

»Noch ein paar Tage«, sagte Carr. »Wir setzen uns eine Frist bis zum Monatsende. Wenn wir bis dahin nichts Ermutigendes finden, dann heißt's wohl zurück nach Nairobi, um eine Wohnung zu finden.«

Carr blickte zu dem Mann auf der Krücke auf. *»Habari leo?«*

Der Mann beugte sich zu Carr und sprach leise in einer Stammessprache. Er streckte ihm den blutigen Mull mit den Zehen entgegen.

Juma grinste. Er senkte den Kopf nahe zu Fletch und sagte: »Der

Mann will wissen, wo seine Zehen sind.« Suaheli sprechend deutete Carr auf den Mull in der Hand des Mannes. »Carr sagt: ›Da sind deine Zehen.‹« Noch breiter grinsend sagte Juma: »›Nein, nein‹, sagt der Mann, ›ich meine, wo sind die Seelen meiner Zehen?‹ Carr fragt ihn, was er meint. Der Mann sagt: ›Meine Zehen schmerzen mich immer noch, aber nicht die Zehen in meiner Hand, die Zehen, die nicht mehr an meinem Fuß sind.‹«

»Ah, so ist das«, sagte Fletch. »Das kommt vor. Auch wenn ein Glied amputiert wurde, senden die Nerven immer noch Schmerzsignale an das Gehirn.«

»Jetzt will der Mann, daß Carr die Seelen seiner Zehen abschneidet, damit die Schmerzen aufhören.«

»Das klingt sehr einleuchtend«, sagte Fletch.

Carr machte ein Gesicht, als habe er soeben erfahren, jemanden bei lebendigem Leib begraben zu haben. Zweifellos wußte er nicht, was er dem Mann antworten sollte.

Lange herrschte Schweigen, während Carrs Blick von dem Mann über die Zehen in der Hand des Mannes und den bandagierten Fuß des Mannes zu Sheila wanderte und wieder zu dem Mann zurück.

Juma sagte: »Medizinmann.«

»Richtig, richtig«, sagte Carr. »Medizinmann. Nur ein Medizinmann kann Seelen austreiben . . .«

Carr ließ eine lange, freundliche Rede vom Stapel, in der er dem Mann Anweisung erteilte, warum er jetzt zu einem Medizinmann gehen müßte, um die Seelen seiner Zehen austreiben zu lassen.

»Hör mal«, sagte Juma zu Fletch. »In drei Tagen kommt jemand in einem Lastwagen vorbei. Er fährt nach Shimoni. Ich würde dich und Barbara gerne in dem Lastwagen nach Shimoni mitnehmen. Das liegt an der Küste. Wir könnten dort zelten und schwimmen, Fische fangen . . .«

»Hört sich an, als könnte es Spaß machen.«

»Hast du Lust mitzukommen?«

»Große.«

»Und wird Barbara auch mitkommen wollen?«

»Ich denke schon. Ich werde sie fragen.«

»Es wird nicht so anstrengend werden wie hier.«

»Wir möchten Carr und Sheila natürlich solange helfen wie möglich.«

»Wir werden nur ein oder zwei Tage fort sein.«

»Hört sich vielversprechend an.«

Offensichtlich zufriedengestellt, humpelte der Mann auf seiner Krücke den Dschungelpfad zurück.

Carr seufzte. Er sah Sheila an. »Ich weiß es nicht, altes Mädchen. Vielleicht halten wir den Monat nicht mehr durch, in Anbetracht von diesem und jenem . . .«

35

»Woher weißt du, daß dieser Lastwagen kommt?« fragte Fletch.

»Er kommt.«

»Kannst du ihn hören?«

»Nein.«

Noch vor Tagesanbruch brachen Barbara, Juma und Fletch zu dem Dschungelweg westlich von Carrs Camp auf und warteten. Fast eine Stunde lang standen sie schweigend im Tau und hörten, wie die Dschungelgeräusche vom Nacht- zum Tagprogramm umschalteten. Sie hatten einen Rucksack bei sich, den Fletch auf dem Rücken trug. Nach einer Weile setzte sich Barbara auf den trockenen Weg. Fletch stellte den Rucksack auf dem Gras ab. Erst nachdem sich Fletch hingesetzt hatte, setzte sich auch Juma.

Als die Sonne bereits ziemlich hoch stand, zogen sie in den Schatten. Den Rucksack ließ Fletch mitten auf dem Weg liegen.

»Durst«, sagte Barbara.

Juma verschwand im Dschungel. Er kehrte mit zwei Grapefruits zurück, die sie sich teilten.

»Er wird kommen«, sagte Juma.

»Bist du sicher, daß du den richtigen Tag erwischt hast?« Kein Fahrzeug kam den Weg entlang.

»Ja.«

»Es ist fast Mittag«, sagte Fletch. »Wir hätten zur Küste laufen können.«

»Ja«, räumte Juma ein. »Wir könnten nach Shimoni laufen.«

Juma, Fletch und Barbara hatten zwei weitere Tage damit verbracht, Gestrüpp zu roden, Löcher zu graben, nach Carrs verschwundener römischer Stadt zu suchen. Muskellahm, der ständigen Schweißbäder, des ständigen Durstes überdrüssig, hatte selbst Fletch allmählich geglaubt, gewünscht, daß es unter seinen Füßen eine alte römische Stadt gäbe, daß irgendein Beweis für eine andere Zeit, für andere Menschen, für eine andere Zivilisation an die Oberfläche käme. Insgeheim, während er arbeitete, staunte er immer mehr über Sheila und Carr, die nur auf eine Hoffnung gestützt ihr Haus, ein Flugzeug, einen Teil von Carrs Geschäft verkauft und achtzehn Monate geopfert hatten, um im Busch herumzuwühlen.

Sie waren an diesem Morgen sauber, erfrischt und gesättigt aufgebrochen. Doch während sie nun den Vögeln und Affen zusahen, die in der Nähe und auf der anderen Seite des Dschungelweges herumtollten, glänzten sie erneut vor Schweiß, obwohl sie im Schatten saßen. Sie entwickelten einen Hunger und Durst, denen Grapefruitstückchen keinen Eindruck mehr machten.

Fletch sagte: »Ich habe ein schlechtes Gewissen, einfach hier herumzusitzen. Ich meine, wir sollten zurückkehren und Sheila und Carr helfen. Sie sagten, daß sie ihre Suche bald aufgeben wollten.«

»Der Lastwagen wird kommen«, sagte Juma.

Fletch sagte: »Juma. Du scheinst Sheila ins Herz geschlossen zu haben.«

»Ja.« Jumas Augen tanzten. »Nette Lady. Gute Gesinnung.«

Barbara fragte: »Hast du mit diesem Freund von dir, dem mit dem Lastwagen, eigentlich gesprochen?«

»Er ist kein Freund. Auch kein Feind, ich glaube nicht.«

Fletch seufzte. »Sind wir Freunde?«

Juma lächelte. »Das wird sich zeigen.«

»Hast du mit dem wie auch immer gearteten Menschen gesprochen, der in einem Lastwagen vorbeikommen soll?« fragte Barbara.

»Nein.«

»Woher weißt du dann, daß er kommt?«

»Er kommt.«

»Kennst du den Fahrer überhaupt?« fragte Fletch.

Juma sagte: »Ich weiß nicht. Wahrscheinlich.«

»›Wahrscheinlich‹?«

»Was tun wir dann hier?« fragte Barbara.

»Auf den Lastwagen warten«, sagte Juma. »Das ist keine Frage, die entschieden werden muß.«

Gegen ein Uhr dreißig quälte sich ein mit Cashewsäcken beladener Diesellaster mit knirschendem Getriebe den Weg hinauf. Juma fragte den Fahrer, ob er sie bis Shimoni mitnehmen könnte.

Natürlich waren sie willkommen.

Auf den mit Cashewnüssen gefüllten Säcken auf der Ladefläche des Lasters liegend, holperten sie in Richtung Küste. Ein leichter Fahrtwind umfächelte sie, und die Cashewnüsse rochen angenehm.

Fletch erfuhr nie, ob das der Lastwagen war, auf den sie den ganzen Morgen gewartet hatten. Es war ein Lastwagen, der schließlich des Weges gekommen war. Er hatte sie aufgegabelt. Er beförderte sie nach Shimoni.

Fletch überlegte, wie er Juma fragen könnte, ob dies der *richtige* Lastwagen war.

Nachdem er lange überlegt hatte, ertappte sich Fletch dabei, wie er sich die Frage stellte: *Welche Rolle spielte das schon?*

36

»Was meinst du, Juma?« Von ihrem Tisch in dem überdachten, an den Seiten offenen Restaurant auf dem höchsten Punkt von Wasini Island schaute Fletch über den Ozean auf das Festland von Afrika. »Ist es möglich, daß es eine verschwundene römische Stadt in Ostafrika gibt, oder verschwenden unsere Freunde bloß ihre Zeit und ihr Geld?«

Juma zuckte die Achseln. »Wie willst du das wissen, bevor du es nicht weißt?«

Barbara sagte: »Carr sagte, daß in London irgendein Urkundenbeweis existiert. Das Aussehen und die militärischen Traditionen der Massai sind eine Art Beweis, glaube ich.« Sie lächelte. »Und dann gibt's da ja auch noch die Äußerungen der Hexe von Thika ...«

»In einem hatte sie recht«, sagte Fletch. »Ich schleppe wirklich eine Kiste voller Steine mit mir herum.« Fletch streckte die Beine unter dem Tisch aus.

Juma schaute Fletch prüfend ins Gesicht.

Barbara stopfte sich mit den Fingern Krebsfleisch in den Mund. »Ich würde Sheila und Carr wirklich gerne helfen.«

»Ich weiß nicht.« Fletch schüttelte den Kopf. »Da gibt's eine Menge Kleinigkeiten, die in meinem Kopf herumrattern, Eindrücke, Dinge, die ich gehört habe. Ich habe sie noch nicht ganz sortiert, noch nicht klar darüber nachgedacht.«

»Nützen sie etwas?« fragte Barbara. »Was für Dinge?«

»Ich weiß es nicht«, antwortete Fletch. »Ich werd's erst wissen, wenn ich sie geordnet habe.«

Obwohl es Mittag war, leistete Juma ihnen beim Essen Gesellschaft. Es war ja auch ein besonderes Picknick, an einem besonderen Ort, das Juma für sie vorbereitet hatte.

Am Nachmittag zuvor hatte sie der mit Cashewnüssen beladene Laster auf der Straße vor dem Kisite-Mpunguti Marine National Park abgesetzt. Sie wanderten die fünfzehn Kilometer in den Park hinein, an den Ruinen des Hauses des Bezirkskommissars vorbei. Fletch trug den Rucksack. Sie mußten ein paar *shillingi* bezahlen, um den Park betreten zu dürfen.

Obwohl ursprünglich nur eine Fischersiedlung, fanden sich doch vereinzelte Spuren von Touristen. Hier und da ein paar Zelte, gut versteckt, fast unsichtbar. Die wenigen Besucher waren so an den Dschungel, den Strand, das Meer gewöhnt, daß sie das Landschaftsbild, den Blick aufs Meer nicht verschandelten. Die wenigen Aufseher waren unbefangen, unaufdringlich und hilfsbereit. Und die kommerziellen Fischer traten diesen Besuchern ihrer Welt weiterhin neugierig und freundlich gegenüber.

Sofort nach ihrer Ankunft sprangen Barbara, Juma und Fletch in den Indischen Ozean. Da er fast genauso warm war wie sie, empfing er sie vorbehaltlos und hielt sie eine ganze Weile fest.

Am späteren Nachmittag standen sie auf dem Rand der Höhle, Shimoni, dem »Loch in der Erde«, und schauten hinunter. Fletch und Barbara wußten nicht, was sie sahen. Für sie war Shimoni ein Steg aus festgebackenem Schlamm, der hinunter in die Finsternis führte. Irgend etwas, kein Geräusch, kein Geruch, sondern etwas Spürbares ging von der Höhle aus.

»Möchtet ihr hinein?« fragte Juma.

Fletch spähte zu Barbara. »Warum nicht?«

»Der Abstieg ist glitschig.« Juma schaute den Rucksack auf Fletchs Rücken an.

Fletch stellte den Rucksack auf den Boden.

»Es gibt Fledermäuse.« Juma schaute Barbaras Haare an.

»Es ist eben eine Höhle«, sagte Fletch.

»Ist es eine große Höhle?« fragte Barbara.

»Sie verläuft etwa zwölf Meilen unter der Erde«, sagte Juma.

»Was spüre ich da?« fragte Fletch.

Juma nickte.

Er ging voraus den glitischigen Abhang hinunter.

Sie standen in einem gewaltigen unterirdischen Raum, teilweise durch das vom Eingang hereinfallende Licht beleuchtet. Barbara machte eine Bemerkung über die Stalaktiten und kicherte dann über ihre hohl klingende Stimme.

Fletch fiel auf, daß der gesamte Fels – jeder Quadratzentimeter des Bodens, die gesamte Fläche der zwei Meter hohen Wände – glatt geschliffen war. Selbst in der schwachen Beleuchtung wirkte ein Großteil des Gesteins wie poliert.

»Wozu diente dieser Ort?« fragte Fletch.

Eine Fledermaus flog über ihre Köpfe hinweg.

»Als Lagerhaus«, sagte Juma schlicht. »Für Menschen. Ein Menschenlagerhaus. Leute, die als Sklaven verkauft worden waren, wurden hier hineingepfercht, um auf die Schiffe zu warten, die sie fortschafften.«

Nur das langsame Tropfen von Wasser irgendwo in der Höhle unterbrach das lange, wie gelähmte Schweigen.

Als Barbara ihnen, dem Licht wieder das Gesicht zuwandte, glitzerten Tränen auf ihren Wangen.

»Wieviel Angst müssen sie gehabt haben«, sagte sie.

Juma sagte: »Hunderte von Jahren lang.«

»Das Entsetzen«, sagte Barbara. »Die nackte Verzweiflung.«

Juma sagte: »Der Geruch, der Schweiß, der Kot von Hunderten, vielleicht Tausenden von Leibern. Das Geschrei, das aus dieser Höhle gekommen sein muß, Tag und Nacht, Jahr um Jahr.«

Der Zugang zur Höhle war breit, aber nicht so breit, daß er nicht von wenigen Männern mit Schwertern und Gewehren, Keulen und Peitschen abgeriegelt werden konnte. Der Hintergrund der Höhle lag in totaler Finsternis. Jene feuchte, stinkende, triefende Finsternis, die sich zwölf Meilen weit unter der Erde erstreckte, ohne eine Möglichkeit, der Last der Erde zu entfliehen, wie verzweifelt, wie intelligent, wie nachdrücklich die Anstrengungen auch gewesen sein mochten, ans Licht, an die Luft, an Nahrung zu gelangen, zurückzukehren zu ihrer eigenen Realität und Existenz, ihrem eigenen Leben, ihren Lieben, ihren Hoffnungen . . .

Es gab nur einen Weg, der aus dieser Höhle herausführte: fügsam, versklavt.

Juma fragte: »Was meinst du, haben deine Vorfahren Sklaven gekauft?«

»Nein«, sagte Fletch.

»Ich bin ziemlich sicher, daß sie das nicht getan haben«, sagte Barbara.

Juma fuhr mit seinem nackten Fuß über die glatte Oberfläche des Bodengesteins. »Seht ihr, so müssen wir die Dinge betrachten.«

»Was meinst du damit?« fragte Fletch.

»Ich bin ziemlich sicher, daß meine Vorfahren Sklaven verkauft haben. Versteht ihr? Was ist schlimmer – Menschen zu kaufen oder zu verkaufen?«

Kurz nachdem die Fischerboote hereingekommen waren, kauften sie im Kühl- und Verkaufshaus ein paar stattliche Fische und brieten sie am Strand, während die Sonne im Dschungel versank.

Kurz bevor es völlig dunkel wurde, wurden sie von einem der Aufseher entdeckt. Er brachte sie zu einem kleinen Zelt, das nicht weit vom Dock entfernt zwischen den Palmen gleich hinter dem ungeschützten Strand stand. Das Zelt bot kaum Platz für den Aufseher, Fletch, Barbara und Juma, aber sie krochen alle hinein.

Später, als sie vor dem Zelt standen, fragte Fletch Juma: »Wo wirst du sein?«

Der Aufseher war wieder davongezogen.

Juma sagte: »Ich werde hier sein.«

Alles zu bestimmen, immer zu . . . das ist sehr hart. Meinst du schwierig? . . . oder harsch? Meint er nun, verlebt *eine schöne Zeit? . . . oder wir* verlebten *eine schöne Zeit? . . . Du hast gesagt, wir würden von einem Lastwagen abgeholt, der uns nach Shimoni mitnehmen würde, und nach sechseinhalb Stunden waren wir . . . aber war es wirklich der Lastwagen, den du erwartet hast . . .? Was ist schlimmer – Menschen zu kaufen oder zu verkaufen? . . . Ich werde hier sein . . .*

Nachdem sie eine Weile zusammen im Zelt verbracht hatten, hielten Barbara und Fletch es vor Hitze nicht mehr aus. Ihre Haut klebte vom Salzwasser, war vom Sand rauh wie Schmirgelpapier und obendrein feucht vor Schweiß.

Sie krochen im Dunkeln aus ihrem Zelt und schlenderten Hand in Hand, nackt, im Mondschein am Strand entlang. Ohne das Tempo zu wechseln, spazierten sie in den Ozean hinein, tauchten ein, ließen sich los, schwammen umher, spielten lautlos, indem sie immer wieder voneinander weg und wieder aufeinander zu schwammen.

Es war eine unvergleichlich wichtige Zeit, weil Barbara und Fletch Flitterwochen verbrachten, die alle Erwartungen übertrafen.

Später, auf dem Rückweg zu ihrem Zelt, machten sie einen weiten Bogen um einen hohen, breiten Findling am Rande des Strandes. Sie hatten schon einige Zeit geschwiegen.

Während sie so dahinschlenderten, schob sich der Mond hinter den Findling und ein wenig darüber.

Barbara schnappte nach Luft. Sie zerrte an Fletchs Hand.

Sie blieben wie angewurzelt stehen.

»Ist das eine Statue?« wisperte Barbara.

Auf dem Findling, vom Licht des Mondes beschienen, im Profil, absolut regungslos, die Füße geschlossen, die Arme an den Seiten, den Kopf hoch erhoben, in jeder Beziehung vollkommen aufgerichtet, stand eine schlanke, männliche Gestalt.

»Das war vorhin noch nicht da.«

»Fletch, ich glaube, das ist Juma!«

»Es ist Juma.«

Wie eine Rute ragte Jumas erigierter Penis in einem vollkommenen Neunziggradwinkel aus seiner geraden, gertenschlanken Gestalt heraus. Die Regungslosigkeit von Jumas Silhouette auf dem mondbeschienenen Findling war überwältigend.

»Was macht er da?« wisperte Barbara.

»Einfach dastehen.«

»Er ist wunderschön!«

»Ja. Das ist er.«

Sie konnten nicht anders, als Jumas Silhouette eine kleine Weile anzustarren.

Schließlich kehrten Barbara und Fletch leise zu ihrem Zelt zurück.

Kurz vor Tagesanbruch krochen sie erneut aus ihrem Zelt, um zum Meer zu laufen, zu schwimmen, ganz wach zu werden, zu spielen. Die Vögel hatten sie geweckt. Die Hitze, die drückende Luft unter ihrem tiefhängenden Moskitonetz hielt sie wach.

Als sie Hand in Hand zum Zelt zurückkehrten und gerade um einen Busch bogen, wären sie beinahe über ein lebendes Bild gestolpert.

Juma, nackt, schlief auf dem Boden. Zwei Mädchen, nackt bis auf ihre Halsketten, Armbänder, Fußringe und Haarperlen, schliefen bei ihm. Jumas Kopf ruhte auf dem Bauch des einen Mädchens. Eines seiner Beine lag zur Seite ausgestreckt leicht über den Hüften des anderen. Jedes der drei Gesichter schien sich auf die Befriedigung des Schlafs zu konzentrieren.

Jumas Penis ragte vor ihm auf.

»Die Arithmetik Afrikas«, wisperte Barbara. »Die werde ich nie begreifen.«

Eine Fliege spazierte über die Wange des einen Mädchens auf ihr Auge zu. Ihre Hand, die über Jumas Brust lag, hob sich nicht, um sie zu verscheuchen.

Instinktiv wollte Fletch die Fliege vom Gesicht des Mädchens verscheuchen. Doch statt dessen zog er Barbara leise weg.

Barbara sagte: »Genau wie der Löwe, den wir gesehen haben, der seinen Körper bequem über die beiden Löwinnen ausgestreckt hatte.«

Nicht viel später machte Juma sie in der *ducca* ausfindig, wo Barbara und Fletch ein paar Flaschen Coca-Cola und eine Schachtel Kekse fürs Frühstück eingekauft hatten.

Juma hatte den Tag für sie organisiert.

An diesem Tag hatten sich nur zwei italienische Paare zu einem Segelausflug auf der Dhau angemeldet, die bequem acht Passagiere faßte.

Die Italiener und die Crew der Dhau hatten Juma versichert, daß er, Barbara und Fletch herzlichst eingeladen seien mitzufahren.

Als sie in der Dhau vom Festland wegsegelten, fragte Fletch Barbara: »Geht's dir nicht gut?«

Barbara sagte: »Ich fühle mich wie Carrs Jeep.«

Zwei Ehemänner und eine Ehefrau der beiden italienischen Paare waren Ärzte; die zweite Ehefrau erklärte, sie sei die *madonna* von drei Kindern. Die Italiener sprachen wenig oder gar kein Englisch; Juma, Barbara und Fletch konnten kein Italienisch. Doch sie verständigten sich alle fröhlich mit Gesten und *patois.*

Zunächst waren Barbara und Fletch den Italienern gegenüber gehemmt. Sonnenverbrannt, voller Insektenstiche, die Haut obendrein voller Kratzer und Schnittwunden vom Dschungelroden und Löchergraben, die Haare nur in Salzwasser gewaschen und mit Sand gefestigt, mit abgeschnittenen und jetzt zerfetzten Nylonskihosen bekleidet, kamen ihnen die kraft- und geldstrotzenden Italiener bereits wie Wesen aus einer gänzlich anderen Welt vor. Sie gingen in gutgeschnittenen Sonnenanzügen an Bord der Dhau und enthüllten darunter noch besser geschnittene Badeanzüge. Ihre Körper waren kräftig, aber verhätschelt. Weder Sonne noch Insekten hatten jemals ihre Haut berührt. Jeder hatte sich erst kürzlich der Aufmerksamkeit eines guten Friseurs erfreut. Als sich die Dhau dem Riff näherte, wo sie alle schwimmen wollten, zogen die Italiener aus Nylonsäcken eine Ausrüstung hervor, die ihresgleichen suchte: Masken und Schnorchel, enganliegende Gummistiefel, Schwimmflossen, zwei Unterwasserkameras. Ein Mann streifte sogar ein feststehendes Messer mit Scheide über den Knöchel.

Barbara sagte: »Ich leide bereits unter einem Kulturkonflikt.«

»Mach dir nichts draus«, tröstete sie Fletch. »In Carrs Camp erwartet uns eine wundervolle Skiausrüstung.«

»Soll ich versuchen, es ihnen zu erzählen?« fragte Barbara.

»Lieber nicht.«

Juma zeigte von Anfang an keinerlei Scheu gegenüber den Italienern. Er erbat und lernte von ihnen die italienischen Ausdrücke für Segel, Schiff, Ruderrad, Inseln, Wasser, Fisch. Einer der Ärzte führte ihm stolz vor, wie die Unterwasserkamera funktionierte.

Fletch hätte Juma nur zu gern gefragt: *Wohin sind die beiden Mädchen gegangen? Woher sind sie gekommen?*, doch er tat es nicht.

Die Zweiercrew der Dhau war prachtvoll, sie versprühten ihre gute Laune und ihren Humor an jeden, in Englisch, Italienisch, Suaheli und in einer anderen Sprache, die sie für sich behielten. Aus Jux boten sie den gut ausgerüsteten Italienern beharrlich die billigen, abgenutzten, kaputten Taucherbrillen und Schnorchel an, die sie an Bord zu verleihen hatten, und taten beleidigt, als die Italiener lachend darauf bestanden, ihre eigene Ausrüstung zu benutzen.

Die Riffe entlang der tansanischen Küste sind von profitgierigen Unternehmern, die Fisch- und Korallensouvenirs für die »Touristenziegen« sammeln, vernichtet und restlos geplündert worden. Die Riffe unmittelbar nördlich und südlich von Mombasa gehen rapide zugrunde. Daher sind die Riffs von Kisite zwangsweise geschützt.

Die Dhau ankerte genau vor dem Mako Kokwe Reef.

Die Nichtkenianer schwammen stundenlang am Riff hin und her. Abgesehen von den beiden Männern mit den Kameras betrachteten sie die in der Sonne durch das Wasser vergrößerten Korallenskulpturen nur durch die Taucherbrille. Sie waren fasziniert von den filigranen Fächerkorallen, die in den schwachen, wechselnden Strömungen wogten, während sich ihre Schatten auf dem Korallen- oder Sandboden von einer Seite zur anderen bewegten.

Fletch, der bedächtig und die Meeresoberfläche nur geringfügig störend in dem warmen Wasser schwamm, umrundete die Schwärme kleiner Fische, die weit farbenfroher waren als alle Vögel. Am meisten Spaß machte es ihm, die hellgelben Seebader zu betrachten und zu verfolgen, die wegen ihrer schwarzen, vom Maul aufwärtsziehenden Streifen *Schöne Zeit* zu grinsen schienen. Anfangs holte er jedesmal, wenn er diese Fische sah, vor lauter Lachen zu kräftig und zu schnell Luft, und setzte deswegen ständig Mund und Nase unter Wasser. Dann mußte er seinen Kopf aus dem Wasser strecken, um über das Aussehen der Fische und sich selbst herzlich lachen und sich erholen zu können.

Barbara hämmerte Fletch mit der Hand auf die Schulter.

Wassertretend sagte sie: »Juma ist auf die Dhau zurückgekehrt.«

Fletch schaute zur Dhau hinüber. Er glaubte Jumas Kopf im Mittelschiff zu erkennen. Die Besatzung war im Achterschiff.

»Wann?«

»Schon einige Zeit her.«

»Geht's ihm gut?«

»Am Anfang war ich mit ihm zusammen. Er schien sich im Wasser überhaupt nicht wohl zu fühlen. Er zappelte ständig herum und hustete. Zuerst dachte ich, daß er nur Spaß macht, aber dann dachte ich, er ertrinkt.«

»Er kann schwimmen?«

»Er strengt sich zu sehr dabei an. Er schwimmt, als hätte er das Gefühl, daß er tiefer hinuntergezogen würde als wir.«

»Er legt nur mal eine Verschnaufpause ein.«

»Er ist fast auf der Stelle zurückgekehrt.«

»Es geht ihm gut.«

»Vielleicht sollten wir auch zurückkehren.«

»Ja. In einer Minute. Bald.«

Als sie dann am frühen Nachmittag weitersegelten, zog die Dhau Delphine an, die lange Zeit mit ihnen mitschwammen, sie eskortierten, die Dhau zu jagen und von den Seiten her zu torpedieren schienen. Zweifellos erzählten sie der Dhau und ihren Menschen an Bord etwas, riefen ihnen etwas zu, und alle Menschen auf der Dhau erzählten ihnen etwas, als wären sie alle Freunde, die sich gar zu lange nicht mehr gesehen hatten.

Nach einer kurzen, rauhen Fahrt durch sich zwischen den Inseln kreuzende Strömungen ankerte die Dhau vor Wasini Island. Das Dingi brachte die Passagiere in seichtes Wasser.

Von dort zogen sie über einen für ihre nackten Füße qualvollen Pfad zum Ras Mondi hinauf.

»He.« Barbara packte Fletchs Hand, als sie vorsichtig über den Marterpfad liefen. »Wir verleben eine schöne Zeit.«

»Die Dinge beginnen sich harmonisch zu entwickeln«, sagte Fletch.

Nur die Gesellschaft von der Dhau war in dem Restaurant.

Wegen der Sprachbarriere setzten sich die Italiener an einen Tisch; Juma, Barbara und Fletch an einen anderen.

Das Segeln und Baden hatte sie durstig auf frisches Wasser und nur ein kleines Bier gemacht. Und da sie obendrein sehr hungrig waren, balgten sie sich spielerisch um die appetitanregenden Sesamklößchen, die als erstes auf ihren Tisch kamen. Da sie glaubten, daß die gewaltige Portion gedünstetes Krebsfleisch ein recht reichhaltiges Mittagessen darstellte und nichts mehr nachkäme, verzehrten sie es langsam und mit Genuß. Als ihnen anschließend noch mit *changa* und in Kokosnußsoße gekochtem Reis vollgeschaufelte Teller vorgesetzt wurden, rollten sie alle zunächst die Augen, klatschten dann jedoch Beifall.

»Sheila und Carr werden ganz enttäuscht sein, wenn sie nichts finden«, sagte Barbara. »Können wir uns nicht etwas einfallen lassen, was ihnen helfen könnte? Sie zumindest trösten könnte?«

»Überall in Afrika suchen die Menschen nach ihrer Vergangenheit«, sagte Juma. »Graben Knochen und Töpfe und Speerspitzen aus. Man könnte meinen, Afrika sei ein einziges Museum.«

Fletch fragte: »Wie kommt es, daß Fische, Barsche, aus dem Nil im Lake Turkana sind? Die beiden Gewässer sind Hunderte von Meilen voneinander entfernt. Nichts, kein Fluß, verbindet sie.«

Barbara sagte: »Sie müssen früher einmal miteinander verbunden gewesen sein.«

»Warum sind die Leute heute so an ihrer Vergangenheit interessiert?« fragte Juma. »Warum kommen die Leute aus der ganzen Welt nach Afrika, um nach ihren Vorfahren, dem ersten Menschen, dem ersten Knochen, dem ersten Fossil zu suchen?«

»Aus ›gelinder Neugier‹«, sagte Barbara.

»Welche Bedeutung hat das schon?« fragte Juma. »Der Weg in die Zukunft ist die Gegenwart, nicht die Vergangenheit.«

»Es ist ohne Bedeutung?« fragte Fletch. »Es ist ohne Bedeutung für dich, daß in Koobi Fora die Gebeine eines ostindischen Elefanten gefunden wurden?«

»Ja«, sagte Juma. »Welche Bedeutung hat das schon?«

Barbara sagte: »Es deutet darauf hin, daß Afrika und Indien früher vielleicht einmal verbunden waren. Bedeutet dir das denn gar nichts, Juma?«

»Sicher«, sagte Juma. »Ihr wollt, daß ich sage, daß die Ostinder hierher gehören, nach Afrika.«

Fletch fragte die Luft: »Aus welchem Grund bin ich wohl nach Afrika gekommen, um meinen Vater zu treffen?«

»Aus ›gelinder Neugier‹«, wiederholte Barbara.

»Warum bist du denn gekommen, Fletch? Du bist, wer du bist. Was hat dein Vater mit dir zu tun? Du kennst ihn ja nicht einmal.«

»Kultureller Ursprung.« Fletch sprach zu seinem Teller. »Moralischer Ursprung.«

Barbara sagte: »Worüber redest du eigentlich?«

»Ich weiß es nicht.«

»Wenn Leute in die Vergangenheit blicken«, sagte Juma, »erwarten sie nur gute, gute Dinge zu entdecken. Was, wenn sie schlimme Dinge entdecken?«

Fletch fragte: »Werde ich schlimme, schlimme Dinge entdecken, Juma? Du kennst meinen Vater. Ich nicht.«

»Ich glaube, daß die Leute vielleicht besser dran sind, wenn sie in ihre Zukunft aufbrechen, ohne sich über schlimme, schlimme Dinge Gedanken zu machen, ohne schlimme, schlimme Dinge mit sich herumzuschleppen, die vielleicht in ihrer Vergangenheit sind.«

»Ich glaube, du versuchst mich zu warnen«, sagte Fletch.

»Es gibt hier Leute«, sagte Juma, »Leute in meinem Alter, die darauf bestehen, so zu leben, wie es ihre Vorfahren vor Tausenden von Jahren getan haben. Wie dieser *moran*, den du in der Nähe von Carrs Camp gesehen hast. Das ist eine zu große Belastung, für uns alle. Du kannst einen Computer nicht mit einem Speer bedienen.«

»Speere können sich auch als nützlich erweisen«, sagte Fletch. »Es gibt immer noch Schlangen. Du hast einen Speer benutzt, um Sheila zu retten.«

»Und einen Jeep«, sagte Juma.

»Hier hast du etwas über die Zukunft«, sagte Fletch. »Carr erzählte mir, daß das Rift Valley eines Tages am oberen Ende aufreißen und das Rote Meer kommen und hinunterströmen würde. Dort, wo jetzt ein Tal ist, wäre dann ein Meer.«

Barbara sagte: »In diesem Fall hat man die Zukunft aus dem Studium der Vergangenheit erfahren.«

»Dinge verändern sich«, sagte Fletch.

»Ja«, sagte Juma. »Dinge verändern sich. Nomaden wissen das. Wir entfernen uns unaufhörlich von unserer Vergangenheit, weil sich Dinge verändern.«

Fletch sagte: »Dinge verändern sich . . .«

»Du ißt ja gar nichts mehr«, sagte Barbara zu ihm.

Juma fragte Barbara: »Schmeckt dir der Lederfisch?«

»Lederfisch?« fragte Barbara. »Ich esse gerade Lederfisch?«

»*Changa*«, sagte Juma. »Lederfisch.«

»Oh, mein Gott.« Barbara schaute auf den kleinen Rest auf ihrem Teller. »Ich esse gerade etwas, was Lederfisch heißt.«

Fletsch sagte: »Ich denke gerade über den Mississippi nach.«

»Im Mississippi gibt's keinen Lederfisch«, sagte Barbara. »Katzenfisch. Katzenfisch esse ich auch nicht gern.«

Fletch sagte: »Es wird auch gesagt, daß der Mississippi seinen Lauf ändern wird.«

»Prima«, sagte Barbara. »Dann wird New Orleans den Blues erst richtig blasen.«

»Flüsse verändern manchmal ihren Lauf«, sagte Juma.

Fletch schüttelte den Kopf, als wolle er ihn klären. »Mir kommt da eine Idee. All diese Dinge, die ich gehört habe, die in meinem Kopf herumrattern . . .«

Juma sagte: »Carr und Sheila graben an einem Fluß entlang, der heute existiert.« Er lachte.

Fletch sagte: »Vor Tausenden von Jahren . . .«

Barbara legte ihre Gabel nieder. ». . . könnte der Fluß irgendwo anders gewesen sein.«

»Also könnte Carrs *Theorie* stimmen . . .«

». . . aber der Fluß könnte sich bewegt haben«, gluckste Juma.

»Oh, wau«, sagte Barbara.

»Natürlich könnte sich der Fluß bewegt haben«, lachte Juma. »Warum hast du mich nicht gleich gefragt?«

»Schöne Zeit«, sagte Fletch. »Laßt uns zu Carrs Camp zurückkehren.«

»Kann mich nicht bewegen«, sagte Juma. »Zuviel gegessen.«

37

»Ja, natürlich!« Carr, der vor lauter Freude das Flugzeug steil nach unten zog, kippte plötzlich die Tragflächen.

»Kein Zweifel!« Barbara saß hinter Carr.

Juma saß neben ihr und versuchte, aus allen Flugzeugfenstern gleichzeitig zu schauen. »Sieht vielversprechend aus!«

»Carr«, sagte Fletch, »ich muß sanft auf den Boden gesetzt werden.«

»Ihr meint, es ist wahr?« Sheila, deren eingegipstes Bein in den Gang des Flugzeugs hinausragte, mußte vom hintersten Sitz aus schreien. »Da gab's noch einen Fluß?«

»Naam, Momma!« schrie Juma. *»Indio!«*

Alle überschrien den Lärm des Motors.

»Verdammt!« Carr stieß das Flugzeug noch tiefer herunter, um einen weiteren horizontalen Blick zu erhalten, diesmal von Westen her. »Da bin ich schon so oft über diese Gegend geflogen und hab's nie bemerkt. Verdammt!«

»Bald«, sagte Fletch.

»Diese Baumreihe, auf der ganzen Strecke zum Meer, ist eindeutig anders«, sagte Barbara.

»Die ganze Reihe verläuft im Zickzack«, sagte Juma. »Seht ihr? Anderes Wachstum. Tiefer in der Erde. Auch grüner.«

»Ja, natürlich.« Carr, der durch sein Seitenfenster sah, flog knapp über den Baumspitzen hinweg. »Aus dieser Höhe kann man den Durchbruch sehen.«

»Carr . . .« stöhnte Fletch.

Juma, Barbara und Fletch waren noch eine weitere Nacht in Kisite-Mpunguti geblieben. Es war schon spät, als sie zum Festland zurückkehrten. Juma sagte, daß man nicht eine Stunde vor Sonnenuntergang zu einer langen Reise in den Dschungel aufbreche.

»Natürlich nur Aberglaube« – Juma lächelte –, »aber der alte Glaube sagt, daß man sich vielleicht, nur vielleicht, nach Einbruch der Dunkelheit im Dschungel verirrt, sich vielleicht verletzt, vielleicht nicht imstande ist, sich so gut vor Schlangen, Warzenschweinen, Geparden und Löwen zu schützen.« Er senkte den Kopf, als schäme er sich. »Bloß ein alter afrikanischer Aberglaube.«

»Dann bin ich wohl abergläubisch«, sagte Barbara.

»Wie auch immer«, sagte Juma. »Nachdem wir soviel gegessen

haben, sind wir sowieso zu dumm und zu träge, um irgend etwas anderes zu tun, als im Kreis herumzustolpern, bis wir umfallen. Es geschähe uns recht, wenn uns die Hyänen als Mitternachtsimbiß verspeisen würden.«

Bei Tagesanbruch standen sie an der Hauptstraße. Ein Lastwagen mit Tiefkühlfisch, der nach Mombasa unterwegs war, nahm sie ein Stück mit. Nach einer Stunde Fußmarsch gabelte sie ein altes kenianisches, *née* englisches Farmerehepaar in einem Landrover auf, den sie, wie sie sagten, vor sechsunddreißig Jahren nach Kenia gebracht hatten. Er holperte kräftig seiner Wege. Juma wußte, wann sie wieder durch den Busch marschieren mußten.

Den größten Teil des Rückwegs zum Camp legten sie zu Fuß zurück.

Am frühen Nachmittag stießen sie auf Carr und Sheila, die mit einer Gruppe Arbeiter gerade dabei waren, den Korkenzieher für eine weitere Bohrung flußabwärts aufzustellen. Sheila stampfte auf ihrer Krücke umher und machte sich, so gut es ging, nützlich. Trotzdem sah man ihren Mienen, ihren Bewegungen an, daß Sheilas Frustration zugenommen und Carrs Geduld abgenommen hatte.

An diesem Nachmittag, im dampfenden Dschungel, hätten Sheila und Carr jeder Idee zugehört.

Im Schatten eines Baobab sitzend erklärten Barbara, Juma und Fletch die Möglichkeit, die ihnen eingefallen war: daß der Fluß nämlich irgendwann einmal im Laufe der letzten zwei- oder dreitausend Jahre seinen Lauf geändert hatte, und daß sie in der Gegend nach Anzeichen für einen anderen Fluß Ausschau halten sollten, einem, der nicht mehr existierte, einem, der zu Zeiten des Römischen Reiches existiert haben könnte, an dessen Ufern die Römer ihre Stadt gebaut haben könnten . . .

Als sie den aufgeregten Vortrag vernahmen, arbeiteten sich die Arbeiter näher heran und blieben dann stehen, um zu lauschen.

Nachdem er zugehört hatte, studierte Carr Sheilas Gesicht. »Was hältst du davon, altes Mädchen?«

Sheila zuckte die Achseln. »Ich halte es für möglich.«

»Glaubt ihr, daß wir so was aus der Luft entdecken könnten?« fragte Carr.

»Ja«, sagte Barbara entschieden.

»Vielleicht«, sagte Fletch.

Carr erhob sich müde. »Ich glaube, die Sache ist es wert, mit dem

Flieger ein bißchen in der Gegend herumzukurven. Ich fühle mich allmählich sowieso wie ein Regenwurm.«

Fletch und Juma verschlangen ihre Hände und Handgelenke zu einem Sitz und trugen die lachende Sheila im Eilschritt das Flußufer hinauf und durch das Camp hindurch zum Flugzeug.

Da sie von der Vorstellung ausgingen, das trockene Flußbett könnte da sein, entdeckten sie es fast auf der Stelle. Ein sich wie eine Schlange windender Pfad führte fünf Kilometer nördlich des Camps vom Fluß weg nach rechts, nach Westen, und wand sich auf einem längeren Weg zum Ozean sichtbar durch den Dschungel.

Carr, der seinem Lauf folgte, zeigte durch die Windschutzscheibe und schrie jedem zu. »Seht ihr? Irgendwann im Verlauf der Geschichte ist der Fluß tiefer in den Boden gesunken, hat einen kürzeren Weg zum Meer genommen.«

»Wasser nimmt den Weg des geringsten Widerstands«, flötete Sheila aus dem Hintergrund, »im Gegensatz zu gewissen leidlich intelligenten Menschen, die ich kenne.«

Carr kurvte mit ihnen im wahrsten Sinn des Wortes durch die Gegend. Er folgte dem trockenen Flußbett bis zum Meer. Er flog tief, auf Baumwipfelhöhe daran entlang, östlich davon. Mal im Sturzflug, mal im Steilflug, von einer Seite zur anderen kreuzend bewies er sich und allen anderen, daß das trockene Flußbett aus allen Höhen, allen Winkeln zu erkennen war.

Fletch wurde schlecht.

Ganz plötzlich mußte er gegen den aufsteigenden Brechreiz ankämpfen. Die Landschaft unter ihnen bewegte sich viel zu schnell, kippte, kam und ging. Alles verschwamm vor seinen Augen. Sein Kopf hämmerte, als wäre er mit verrosteten Kolben in einer rapide beschleunigenden Maschine vollgestopft. Seine Nackenmuskeln verspannten sich, bis sie schmerzten. So gut er es vermochte, zog er riesige Mengen Luft in seine Lunge.

Eine völlig andere Sorte Schweiß bedeckte sein Gesicht, jene Sorte, durch die sich seine Haut weit von ihm entfernt und kalt anfühlte.

»Carr«, stöhnte er, »ich glaube, Sie sollten mich besser bald auf dem Boden absetzen.«

»Seht doch!« Sie waren wieder hoch in der Luft. Barbara zeigte nach vorn, so daß Carr es sehen konnte. »Seht euch diesen kleinen Berg an.«

»Seht euch das an!« Carr schlug mit dem rechten Handballen gegen das Steuerpult. »Genau da, wo ich gemeint habe! Ein hübscher großer Hügel an einer Biegung an der Westseite des Flusses, wie weit vom Meer entfernt?«

»Vielleicht zehn Kilometer«, sagte Juma.

»Soviel, glaubst du?« Carr wirbelte die Maschine herum und ließ sie nach unten trudeln und noch weiter nach unten zu dem großen Hügel neben dem trockenen Flußbett. Er flog mehrmals darüber hinweg und drumherum. »Wenn unter diesem Hügelchen keine Stadt ist«, sagte Carr, »fresse ich ein rohes Zebra!«

Barbara sagte: »Könnte passieren.«

An diesem Nachmittag führte Carr wirklich vor, was er mit einem Flugzeug alles anstellen konnte.

Wenn das Flugzeug sank, blieb Fletchs Magen in der Luft. Wenn das Flugzeug rollte, hatte Fletch das Gefühl, als ob sein Magen gleich durch seine Seiten herausgespritzt würde. Wenn die Maschine stieg, stieß sein Magen mit sich selbst zusammen, indem er einfach mit einem Ruck herunterkam.

Sein Kopf hätte sich am liebsten in die weiche Erde unter ihm gegraben.

Beim Besteigen des Flugzeugs und beim Abheben hatte sich Fletch noch durchaus wohl gefühlt.

Kurz nach dem Abheben spürte er einen stechenden Schmerz in den Augen. Die Nachmittagssonne, die von der Windschutzscheibe eines anderen, weit entfernten Flugzeugs reflektierte, schien direkt durch sein Gehirn zu schneiden.

Während er schwer durch die Lippen atmete, die sich wie Würste anfühlten, wußte Fletch, daß er den Brechreiz nicht mehr lange zügeln konnte.

Er packte Carr am Unterarm. »Carr!« rief er. »Ich bin krank! Wirklich krank! Bitte bringen Sie mich so schnell wie möglich auf den Boden runter!«

»Empfindliches Bäuchlein?« Carr musterte Fletchs Gesicht. »Sie haben doch noch nie darüber geklagt.« Er rollte die Maschine in eine Linkskurve. »Halten Sie durch!«

Nur Fletch kam der Rest des Fluges endlos vor.

Er hörte Carr sagen: »Hallo. Seht mal, was die Hyäne da heimgeschleppt hat.«

Fletch öffnete die Augen. Das Flugzeug näherte sich der Landespur, die hügelaufwärts zum Camp führte.

Am oberen Ende der Spur stand ein gelbes Flugzeug mit grünen Flossen. Die Cockpitluke war offen.

Ein Mann in Khakishorts und -hemd stand neben der Maschine und sah zu, wie sie landeten.

Noch bevor Carrs Maschine den Boden berührte, hatte Fletch die Cockpittür geöffnet und seinen Sicherheitsgurt abgelegt.

Die Maschine rollte noch, als Fletch auf die Tragfläche hinauskroch. Sobald die Maschine langsamer wurde, rollte er sich von der Tragfläche auf die Erde, die sich, Gott sei Dank, nicht bewegte.

Auf den Knien übergab sich Fletch.

Fünfzehn Meter weiter die Fahrspur hinauf kam die Maschine zum völligen Stillstand. Alle riefen *hallo* und erboten sich, Sheila beim Ausstieg zu helfen.

Während er gleichzeitig versuchte, allen weiter den Rücken zuzukehren, nicht in seinem eigenen Erbrochenen zu knien und eine neue Stelle zu finden, wo er sich erbrechen konnte, kroch Fletch auf bloßen Knien seitwärts über die Fahrspur.

Hinter ihm, in der Nähe des Flugzeugs, wurde aufgeregt geredet. Er hörte den Namen Walter Fletcher. Die Namen Barbara, Juma. Freudiges Gerede über die neue Hoffnung, die verschwundene römische Stadt zu finden. Kommentare über Sheilas gebrochenes Bein und Jumas Heldentum. Irgend etwas über das Thorn Tree Café.

Die Stimmen kamen auf Fletch zu.

Er schürfte sich die Knie noch ein bißchen weiter auf dem Erdboden auf.

»Und dies«, hörte er Carr sagen, der über ihm, hinter ihm stand, »ist Irwin Maurice Fletcher. Nicht ganz in Form, wie du sehen kannst. Fürchte, daß ich eine Achterbahnrunde zuviel für ihn gedreht habe.«

Mit Blick auf die langen Spuren von Erbrochenem und schleifenden Knien, die er auf dem Weg hinterlassen hatte, wischte sich Fletch Nase, Mund und Kinn mit den Händen ab.

Dann stieß er sich mit den Händen vom Boden ab und stand auf. Seine Knie kamen ihm vor, als hätten sie noch nie gearbeitet, sich noch nie gebeugt, sich noch nie gerade gestreckt. Sie schlackerten. Sein unteres Kreuz kam ihm wie ein rostiger Kran vor.

Er holte tief Luft.

Und drehte sich um.

Da standen sie alle und sahen Fletch an: Carr, stabil aussehend,

Arme in die Hüften gestemmt, Sheila auf ihrer Krücke, einen Fuß vom Boden weg, Juma mit unsicherem Lächeln und tanzenden Augen, Barbara, angezogen wie ein unter Drogen gesetztes Flittchen vom Sunset Strip, Haare schmutzig, eine Mischung aus Schweiß und Dreck auf der Haut, und zwischen ihnen ein Fremder.

Der Fremde sagte: »Ein ziemlich erbärmlich aussehendes Exemplar, was?«

Alles unterhalb von Fletchs Taille wurde taub.

Er hob das Gesicht, um Luft zu kriegen. Seine Augen verschlossen sich gegen den rotierenden Himmel.

Als seine Knie auf dem Boden aufschlugen, schnellte sein Genick nach vorn. Ein stechender Schmerz zuckte durch seine rechte Schulter, als er böse auf seinem Arm landete und ihn verdrehte.

38

Der schwere Regen setzte erst am nächsten Nachmittag ein.

Fletch hatte rasendes Fieber.

Als er aufschaute, sah er über sich Carrs Gesicht aufragen. Es wirkte größer als normal. Über Carrs Kopf war die Zeltspitze. Fletch wußte nicht, wieso er auf dem schmalen Feldbett in einem Zelt lag. Seine Beine schmerzten. Sein Kopf schmerzte. Er fror. Schwitzte kalt. Sein Mund schmeckte scheußlich. Seine rechte Schulter tat weh. Er wußte nicht, woher der Schmerz in seiner Schulter kam.

»Wie geht's Ihnen?« fragte Carr.

Fletch durchdachte alles noch einmal: »Wunderbar.«

»Das ist gut.«

»Kann ich eine Decke haben?«

»Klar.« Carr steckte Fletch ein Thermometer in den Mund.

Barbaras rundäugiges Gesicht war über dem Ende des Feldbettes. Juma stand mit über der Brust gefalteten Armen in der Nähe der Zeltluke.

Raffles kam herein und deckte Fletchs Körper mit einer braunen Decke zu.

Carr entfernte das Thermometer und studierte es: »Wenigstens wissen wir jetzt, daß es nicht meine Flugkünste waren, die Sie umgehauen haben.«

»Mir ist heiß.«

»Das kann man getrost sagen.«

Carr flößte ihm ein Glas kalte Suppe und zwei Pillen ein.

»Schade«, sagte Carr. »Zum Dinner haben wir Fettucini mit einer feinen Anchovissoße geplant.«

Mal bei Bewußtsein, mal nicht, so verbrachte Fletch die Nacht. Er hörte im Küchenzelt Töpfe und Deckel klappern und dann Gerede und Gelächter aus dem Eßzelt. Carr schaute wieder nach ihm, rüttelte ihn wach, sagte etwas, was Fletch nicht lange genug behalten konnte, um zu antworten, gab ihm noch zwei Pillen, noch mehr kalte Suppe. Irgendwann sah er Barbaras Gesicht im schwachen Licht der Kerosinlampe. Dann Stille, lange, lange Stille. Während der Nacht kam Carr noch einmal. Er half Fletch, sich aufzusetzen, mehr Suppe, mehr Pillen zu sich zu nehmen. Eine Zeitlang lag Fletch wach unter dem Moskitonetz, hörte jetzt bewußt die heiseren Dschungelgeräusche. War ihm heiß, schleuderte er die Decke weg. War ihm kalt, zog er sie wieder bis zum Kinn hinauf.

Morgens war Carr wieder da. Er las das Thermometer im Tageslicht nahe der Zeltluke ab. »Mögest du so alt werden, wie hier steht«, murmelte er. Mehr Suppe. Mehr Pillen.

»Wie geht's Ihnen?«

»Wunderbar.«

»Das ist gut.«

Wieder drangen fröhliche Geräusche aus dem Küchenzelt, dem Eßzelt. Irgend jemand pfiff fortwährend die ersten vier Takte dieses populären italienischen Liedes. Immer und immer wieder. Vielleicht war es ein Vogel.

Juma stand neben Fletch. Er sagte nichts.

Später war Carr mit Barbara und Sheila im Zelt.

Carr sagte: »Sind Sie wach?«

»Wunderbar.«

»Wir ziehen jetzt gleich durch den Dschungel zu diesem Hügel, den wir gestern gesehen haben. Wissen Sie noch?«

»Klar. Hügel.«

»Mal sehen, ob wir irgendwas ausbuddeln können. Hacke-und-Schaufel-Brigade. Werden Sie zurechtkommen?

»Klar.«

»Sheila bleibt hier. Können sie sowieso nicht durch den Dschungel schleifen. Sie wird Sie weiterhin mit Flüssigkeit und Pillen versorgen.«

»Okay.«

»Wir kommen wieder.«

»In Ordnung. Viel Glück.«

»Wenn wir zurück sind, wird's Ihnen schon besser gehen«, sagte Carr.

»Bestimmt.«

Carrs massige Gestalt entfernte sich vom Feldbett.

Barbara fragte: »Möchtest du, daß ich hierbleibe?«

Fletch wünschte, sie hätte nicht gefragt. »Nein.«

»Ich kann hierbleiben.«

»Nein. Das ist ein aufregender Tag.«

»Wirst du zurechtkommen?«

»Geh und finde die verschwundene römische Stadt. Du möchtest das doch nicht versäumen.«

»Ich glaube wirklich, daß sie dort ist.«

»Hoffentlich.«

»Wenn du mich lieber hierhaben ...«

»Nein. Geh mit ihnen. Geh.«

». . . okay.«

Barbara ging seitwärts aus dem Zelt.

Sheilas Stimme schien kräftiger zu sein. »Möchten Sie irgend etwas im Moment?«

»Nein. Mir geht's gut.«

Sheila ging.

Von fern hörte Fletch, wie der Jeep losfuhr. Stimmen riefen einander zu. Der Motor des Jeeps beschleunigte. Jemand schrie, Bremsen quietschten. Der Jeep fuhr wieder los.

Raffles kam herein und wusch Fletchs Körper mit kalten, feuchten Tüchern ab. Es war ein wunderbares Gefühl. Raffles drehte Fletch sogar auf jede Seite, um ihm sorgfältig den Rücken zu waschen.

»Raphael?«

»Ja?«

»Würdest du mir bitte jede Decke im Camp bringen und sie auf mich draufpacken?«

»Gut. Okay.«

Im Laufe des Morgens betraten Raffles und Winston das Zelt, hoben wortlos das Feldbett mitsamt Fletch auf und trugen ihn hinaus. Es war ein überraschend dunkler, trüber Tag. Sie setzten ihn flach auf den Boden unter einem Baum ab.

Winston stellte einen Campingstuhl neben das Feldbett.
»Regen?« fragte Fletch.
»Nein«, sagte Winston. »Hier sieht es oft nach Regen aus, aber es gibt keinen Regen.«
Manchmal, wenn Fletch aufwachte, saß Sheila in dem Stuhl, manchmal nicht. Manchmal hatte sie sich vorgebeugt und rieb ihm mit einem feuchten Tuch Gesicht und Brust ab. Sie flößte ihm Suppe und einen leichteren, kalten Kräutertee und die Pillen ein, während entweder Raffles oder Winston seinen Kopf hochhielten.
»Sind sie schon zurück?« fragte Fletch.
Sheila sagte: »Nein.«
»Sie sollten bei ihnen sein.«
»Ich bin froh, daß ich bei Ihnen bin.«
»Wieviel Uhr ist es?«
»Kümmern Sie sich nicht darum.«
Kommen und Gehen. Der Tag wurde eher immer dunkler als heller. Die Luft war stickig.
Es war ein langer Tag.
Wieder erwachte Fletch im Zelt. Er erinnerte sich nicht, zurückgebracht worden zu sein.
Carr stand lächelnd über ihm.
»Wie geht's Ihnen?« fragte Fletch.
»Wunderbar!« Carr streckte die Hand aus. Fletch griff nicht danach. Carr hielt etwas hoch, damit er es sehen konnte.
»Was ist das?«
»Eine Tonscherbe. Darauf ist ein Stück zu sehen, das eindeutig zu einem römischen Soldaten gehört, der mit einem Speer und einem Schild marschiert.«
»Fantastisch!«
Carr hielt seine andere Hand hoch. Irgend etwas funkelte in dem schwachen Kerosinlicht.
»Und für den Fall, daß Sie noch irgendwelche Zweifel hinsichtlich unserer Funde hegen, sehen Sie sich das an! Eine Münze!«
»Nein!«
»Doch!« Carr lachte. »Zeigt den Kopf von Caesar Augustinus. Zumindest glauben wir das. War das nicht der Nette?«
»Sie waren alle nett, als Knaben.«
»Eindeutig Caesar Soundso.«
»Mein Gott!«

»Und ich glaube, daß wir möglicherweise die Krone einer alten Mauer gefunden haben. Bin mir da ziemlich sicher.«

»Carr, das ist ja wunderbar!«

»Das können Sie laut sagen. Sheila macht draußen den Massaisprung, was auf einer Krücke gar nicht so einfach ist.«

»Was ist denn das?« Fletch hörte etwas, das wie Erdklumpen klang, die gegen das Zelt geworfen wurden.

»Regen.«

»Es fängt zu regnen an?«

»Wahrscheinlich nicht.«

»Carr. Glückwunsch. Gute Nachrichten. Tut mir leid, daß ich nicht dabei war.«

Barbara kam hinter Carr herein, um zu sehen, wie es Fletch ging.

»Gut.«

Carr sagte: »Ich komme später noch mal, um Ihre Temperatur zu messen.«

Später machte der Regen heftigen Lärm. Fletch hörte keinerlei Koch- und Eßgeräusche mehr. Die Zeltwände bauschten sich unter den Regenböen.

Fletch beobachtete, wie das Wasser langsam durch die Zeltwände hindurch nach innen drang. Zuerst waren es nur ein paar Rinnsale, aus denen sich stattliche Ströme entwickelten, außerdem kroch eine allgemeine Feuchtigkeit durch alle Wände hinein; bald standen stattliche Pfützen im Zelt.

Carr triefte vor Nässe, als er hereinkam.

Er drehte die Kerosinlampe auf der Kiste höher, um das Thermometer abzulesen. Stirnrunzelnd sagte er: »Sie sind ganz schön krank, Irwin.«

»Krank vor lauter Irwin.«

»Eigentlich müßte es Ihnen längst besser gehen.«

»Da stimme ich zu.«

»Sie können diese hohen Temperaturen nur eine Zeitlang durchhalten, wissen Sie.«

»Wie lange?«

Die Hände auf den Hüften, beobachtete Carr, wie der Regen auf das Zelt niederprasselte. »Kann Sie bei diesem Wetter nicht nach Nairobi ins Krankenhaus fliegen. Kann nicht starten.« Er blickte zur Seite und auf Fletch nieder. »Es muß Ihnen unbedingt bald besser gehen.«

»Meine Beine, Carr.«

»Was ist damit?«

»Sie fühlen sich schrecklich an.«

»Wie zum Beispiel?«

»Völlig zerschlagen.«

Carr zwickte an jedem Fuß in eine Zehe. »Spüren Sie das?«

»Ja.«

»Das ist nur das Fieber.«

»Sie fühlen sich völlig zerschlagen an.«

Mehr Suppe, mehr Pillen.

Fletch wachte auf, als Raffles ihn wieder abwusch.

Fletch wollte, daß man ihm wieder alle Decken auflegte.

Die drei Decken waren vollkommen durchnäßt und schwer wie Blei.

Später, als Fletch aufwachte, stand Juma schweigend über ihm. Im schwachen Licht der Kerosinlampe glitzerten Jumas Haar und Haut vor Regenwasser.

Fletch sagte: »Keine schöne Zeit.«

»Weißt du was?«

»Was?«

»Du mußt diese Kiste voller Steine absetzen.«

Fletchs Magen hob sich.

Juma half Fletch, sich zu übergeben, auf den Boden, auf die der Zeltluke abgewandte Seite des Feldbettes.

Dann war Juma, wieder naß, mit einem Besen da und schob das Erbrochene und den Schlamm drumherum aus dem Zelt. Er hielt den unteren Rand des Zeltes mit einer Hand hoch, während er das Erbrochene darunter hinausfegte.

Als er wieder allein war, lauschte Fletch dem Regen. Es war interessant zu beobachten, wie das Erbrochene unter der Zeltwand hindurch wieder zurücklief.

Als es seinem Magen besser ging, rollte er sich auf den Rücken.

»Oh!« Fletch war mit einem Ruck wach.

Ein entsetzlicher Geruch war in seinen Nasenlöchern.

Riesige, blutunterlaufene Augen starrten aus einer Entfernung von nur wenigen Zentimetern in seine Augen. Ein unheimliches, hohes Summen erfüllte seine Ohren. Irgend etwas drückte, warm, gegen seine Stirn und sein Herz, und sein Penis und Hodensack waren warm. Es war nicht die Wärme der Dschungelhitze oder die Fieberhitze. Es war eine andere, trockenere, natürlichere, menschlichere Wärme.

Als er, soweit es ihm gelang, von den starrenden Augen weg nach unten schaute, sah er die Nase, die Wangen eines Greisengesichts, das mit orangefarbenen Streifen bemalt war.

Der grauenvoll stinkende Atem des summenden alten Mannes zog Fletch in Nase und Mund.

Die Stirn des alten Mannes drückte gegen Fletchs Stirn. Die linke Hand des alten Mannes drückte auf Fletchs Herz. Die rechte Hand des alten Mannes war in Fletchs Schritt, wölbte sich über seinen Penis und Hodensack.

Während er Fletch seinen Atem ins Gesicht blies, summte der Mann die Tonleitern rauf und runter.

Fletch sagte: »Jesus Christus.«

Als er aufwachte, war der alte Mann verschwunden. Hatte er das Ganze nur geträumt? Der Gestank war immer noch in seinen Nasenlöchern. Die drei vor Nässe schweren Decken lagen wieder glatt über ihm, von den Zehenspitzen bis zum Kinn.

Er fühlte sich nicht besser durch das Ereignis, Wirklichkeit oder Traum. Abgesehen von dem nachhaltigen Geruch, fühlte er sich aber auch nicht schlechter.

Kiste voller Steine.

Dann schüttelte Carr, barbrüstig, naß, noch mehr Pillen aus einer Flasche.

Fletch erinnerte sich nicht, daß er sie einnahm.

Der Lärm des Regens, der auf die Erde draußen prasselte, gegen das Zelt trommelte, ging weiter und weiter und weiter.

Plötzlich waren Fletchs Augen weit geöffnet. Das schwache Licht der Kerosinlampe hatte sich nicht verändert. Plötzlich konnte Fletch die Kiste, auf der die Lampe stand, und das nasse Handtuch auf der Kiste klarer erkennen. Die Nähte des Zelts über seinem Kopf waren deutlicher zu sehen.

Die Luft in seinen Nasenlöchern schien reiner zu sein. Die Kopfschmerzen waren verschwunden – bis er seinen Kopf zu schnell bewegte.

Seine Arme waren glücklich, daß sie sich etwas bewegen durften, als sie den Befehl dazu erhielten.

Er war frei, frei vom Fieber.

Durch den Lärm des Regens hörte er Männer reden. Zwei Männer, deren Stimmen unter dem Lärm des Regens kamen und gingen.

Er war allein im Zelt.

Als ihm bewußt wurde, wie schwer, wie naß die Decken waren, schob er sie weg, ans Fußende der Pritsche. Als er sich wieder hinlegte, hob er seine Beine hoch, zog seine Knie an die Brust, streckte sie aus, senkte sie nieder.

Frei.

Eine Entscheidung war gefällt worden.

Die bloßen Füße im Matsch, saß Fletch auf der Kante der Pritsche und versuchte, über die Entscheidung nachzudenken. Er lauschte dem Regen. Ihm war kalt, auf natürliche Weise. Es gab nichts, worüber er nachdenken mußte.

Die Entscheidung war gefällt worden.

Dies hier war das Richtige. Dies hier war die Normalität. Dies hier war Gesundheit. Dies hier war Leben. Und wenn er sich dem Leben, der Gesundheit, der Normalität, dem *Richtigen* stellen wollte, dann mußte er sich auch der Entscheidung stellen, sich zu ihr bekennen, denn die Entscheidung beruhte auf Entscheidungen, die von jedermann, überall, gefällt worden waren, vor langer, langer Zeit, *am Anfang,* und jene einmal gefällten Entscheidungen bestimmten, wie alles verlief, das Leben, die Gesundheit, definierten die Normalität, und wenn man, jedermann, nicht grundsätzlich im Rahmen dieser Schlußfolgerungen handelt oder ihnen zuwiderhandelt oder etwas anderes entscheidet, dann *zerbrechen die Beine*, die uns aufrechthalten, uns stützen, elementare Bewegung, Fortbewegung erlauben, und bald darauf sitzen wir, ein jeder von uns, verderbt und übergeschnappt im Dreck, Aas, das auf die Schakale wartet.

Nachdem er sich müde und zunächst benommen von der Pritsche erhoben hatte, stand Fletch einen Moment lang da und saugte die regenschwere Dschungelluft ein. Er konnte den Dschungel riechen, die modernden Wurzeln und die windgepeitschten grünen Blätter. Er konnte die Geräusche der Tiere hören, als sie sich in ihrer Welt bewegten, im Rahmen von Entscheidungen handelten, was Normalität, was Gesundheit, was Leben für sie bedeutete.

Wählen zu dürfen ist die größte Freiheit in einer Welt, in der Entscheidungen gefällt worden sind, um diese Freiheit zu erlauben. Nicht zu erkennen, daß man manchmal keine Wahl hat, daß es keine persönliche Entscheidung gibt, ist die größte Torheit, bedeutet die absolute Vernichtung des eigenen Ichs und die aller.

Fletch nahm das feuchte Handtuch und schlang es sich um die Taille.

Er schlug die Zeltluke zur Seite und schaute hinaus. Am Himmel zeigte sich der beginnende Tag. Der Regen war ein nahezu beständiger, senkrecht fallender Sturzbach, der so hart herunterprasselte, daß der Boden fast zu hüpfen schien.

Aus welcher Richtung kam das Geräusch der beiden redenden Männer? Zwei Männer, die sich laut über den Lärm des Regens hinweg unterhielten, auf englisch. Lachten. Obwohl er direkt hinter der geöffneten Luke seines Zelts stand, konnte Fletch nicht verstehen, was sie sagten.

An einem Zelt, das auf der anderen Seite des Weges erst kürzlich errichtet worden war, war gedämpftes Licht um die Kanten seiner Luke zu erkennen.

Während der Regen auf ihn niederprasselte, platschte und schlitterte Fletch, der sich gut fühlte, erschöpft fühlte, frisch fühlte, leicht benommen fühlte, auf unsicheren Beinen barfuß durch den Schlamm.

Muß ich das tun? Bin ich sicher, daß ich nichts entscheiden muß? Die Entscheidung ist gefällt worden. Wir leben innerhalb eines Ganzen. Dies ist unsere erste, unsere einzige, unsere letzte Entscheidung. Wählen zu dürfen ist die größte Freiheit. Ohne einmal gefällte Grundsatzentscheidungen gibt es keine Freiheit. Selbstdisziplin ist die beste Form, Freiheit zu praktizieren.

Er zog die Zeltluke beiseite und schaute hinein.

Im Zelt saßen Peter Carr und Walter Fletcher auf holzgerahmten Segeltuchstühlen. Jeder hatte ein Glas in der Hand. Auf der Kiste neben der Kerosinlampe stand eine fast leere Flasche Whiskey.

Sie unterbrachen ihre Unterhaltung und starrten Fletch an.

Die Linien in ihren Gesichtern zogen sich von rings um ihre Münder bis rings um ihre Augen hinauf.

Fletch sagte zu Walter Fletcher: »Danke, daß du zum Flughafen gekommen bist, um uns abzuholen.«

39

Die beiden Männer, die in dem Zelt saßen und durch das trübe Licht der Kerosinlampe zu Fletch emporstarrten, sagten nichts.

»Sprichst du Portugiesisch?« fragte Fletch den Mann mit dem sich lichtenden, straff gekämmten Haar, dem Bleistiftschnurrbart.

»Was meinst du damit?« fragte Walter Fletcher.

Fletch stand genau innerhalb der Zeltluke. Hinter ihm prasselte stetig dröhnend der Regen nieder.

»Ich habe dich gesehen«, sagte Fletch. »Am Flughafen. In der Herrentoilette.«

»Oh, mein Gott!« Carr beugte sich auf seinem Campingstuhl vor. »Sagen Sie, daß das nicht wahr ist.«

Auf der Kiste neben Carr, neben der Kerosinlampe, neben der Whiskeyflasche lagen die Tonscherbe und die römische Münze.

Walter Fletcher starrte Fletch mit großen Augen an. Er stellte sein Whiskeyglas auf die Kiste und machte es sich in seinem Stuhl wieder bequem.

Knöchel gekreuzt, Stiefelabsätze im Schlamm, Hände im Schoß gefaltet, studierte Walter Fletcher lange Zeit Fletchs Gesicht.

Carr starrte mit offenem Mund Walter Fletcher an.

Nur sekundenlang blickte Walter Fletcher zu Carr.

Dann schaute er wieder eine ganze Weile Fletch an.

»Nun denn.« Abrupt stand Walter Fletcher auf. Seine Stiefel standen platt im Schlamm. Er klopfte die Taschen seiner Safarijacke ab und strich mit beiden Händen die Haare von den Schläfen nach hinten.

Hocherhobenen Kinns, ohne Fletch eines Blickes zu würdigen, rauschte er an Fletch vorbei und trat aus dem Zelt in den Sturm hinaus.

»Wohin geht er?« fragte Fletch.

»Er kann nirgendwo hingehen.« Carr blieb vornübergebeugt auf seinem Campingstuhl sitzen. »Was für eine Kiste voller Steine. Die ganze Zeit über haben Sie gedacht, daß der Mörder im Flughafen Walter Fletcher gewesen sein könnte.«

Fletch zuckte die Achseln. »Der Mörder war ein Einheimischer, der jemanden vom Flughafen abholen wollte ... und den er nicht abgeholt hat.«

»Finden Sie nicht, daß Sie sich besser hinsetzen sollten?«

»Allmächtiger, Carr!«

»Was nun?«

Fletch hatte gehört, wie ein Flugzeugmotor gezündet wurde. Carr nicht.

Beide hörten sie das Röhren des Motors, als Benzin in ihn gepumpt wurde.

Carr sprang auf.

Zusammen standen Fletch und Carr vor dem Zelt und blickten in der Dämmerung durch den heftigen Regen über den Lagerplatz zu dem gelben Flugzeug mit den grünen Flossen. Die Cockpitbeleuchtung erlosch. Die Tragflächen- und Leitwerkbeleuchtung brannte.

Das Flugzeug drehte sich auf dem unebenen, nassen Boden herum, schlitterte mit wackelnden Tragflächen um Carrs Maschine herum und holperte auf die Landepiste.

»Eine so leichte Maschine kann in diesem schweren Regen doch nicht starten«, rief Fletch. »Oder doch?«

In dem Glas, das Carr in der Hand hielt, stand bereits zentimeterhoch das Regenwasser.

Carr sagte: »Ich würde es jedenfalls nicht probieren.«

Das Flugzeug schaffte es beinahe. Es spritzte und schwankte die Piste hinunter. Sein Motor dröhnte durch den Lärm des Regens. Eine Wasserfontäne hinter sich lassend, hob es von der Piste ab. Es stieg gegen die Baumreihe auf. Und für einen Moment sah es so aus, als wäre es über den Baumwipfeln.

Die linke Tragfläche kippte. Die Maschine verlor an Höhe.

Die linke Tragfläche der Maschine krachte gegen eine Baumkrone. Die Baumkrone schwankte. Das äußerste Ende der Tragfläche fiel in den Wald. Als drehe es sich um seine eigene Achse, mit dröhnendem Motor, wirbelte die Maschine links um die Baumkrone herum.

Dann war nur noch das Fahrgestell des Leitwerks der Maschine gegen den Himmel zu sehen.

Kein Krachen, sondern nur ein dumpfer Aufschlag war aus dem Wald zu hören.

Und sofort schoß eine Stichflamme aus dem Unterholz.

Carr drückte Fletch sein Glas in die Hand.

»Ich gehe. Sie sind nicht in der Verfassung.«

Carr rannte platschend durch den Regen.

»Die Flammen. Carr –«

Fletch schleuderte das Glas zur Seite. Er rannte, tänzelte über den nassen Boden, rutschte in dem Schlamm aus.

Fletch war noch nicht weit gekommen, als er mit dem Gesicht voran in den Schlamm fiel. Er versuchte aufzustehen, rasch. Sein Kopf schien aus Zement zu sein. Ein stechender Schmerz durchzuckte seine Schulter. Geschwächt von den Tagen des Fiebers, schlugen seine Arme und Beine hilflos auf den Schlamm ein.

Einen Moment blieb er auf dem Bauch liegen, die rechte Wange, das rechte Ohr im Schlamm, und atmete nur.

Beobachtete, wie Luftblasen im Schlamm platzten.

40

Regendurchnäßt, von oben bis unten mit Schlamm bedeckt, eine blutende Wunde auf dem Unterarm, betrat Carr Fletchs Zelt.

Carr schüttelte den Kopf: *Nein.*

Fletch saß auf der Kante seiner Pritsche. Schlamm lief über sein Gesicht, seinen Oberkörper, seine Brust, seinen Bauch in das durchweichte Handtuch um seine Taille; an seinen Beinen herunter in den Schlamm zu seinen Füßen.

Wie viele Worte hat mein Vater zu mir gesagt? Ein ziemlich erbärmlich aussehendes Exemplar, was? *Nein. Diese Worte hat er nicht zu mir, sondern über mich gesagt. Er sagte:* Was meinst du damit? *Er sagte:* Nun denn. *Sechs Worte. Mein Vater hat sechs Worte zu mir gesagt. In meinem Leben. In seinem Leben. In unserem Leben.*

Ich hatte keine Entscheidung zu fällen.

Die Grundsatzentscheidung, der soziale Vertrag, der anordnete, wie die Menschen sich zu verhalten hatten, um zu überleben, war schon vor langer, langer Zeit geschlossen worden.

»Carr, er hat versucht zu entkommen. Nicht wahr?«

»Wer weiß?« sagte Carr. »Wen interessiert's?«

»Meine Mutter sagte, daß er sich stark gefühlsbetonten Momenten immer gern entzogen hat . . .«

»Wie fühlen Sie sich?«

». . . als hätte man mich am Genick aufgehängt.«

Carr beobachtete Fletch im trüben Schein der Kerosinlampe von der anderen Seite des Zelts.

»Also ist er doch noch bei einem Flugzeugabsturz ums Leben gekommen. In einem Sturm. Zwar nicht in Montana, aber in Afrika. *Vermutlich tot*. Die Richter haben eine Vermutung angestellt, die sich beinahe als richtig erwies.«

»Offensichtlich ist niemand durch den Krach aufgewacht.«

»Der Lärm, den der Regen macht . . .«

»Ja. Der Lärm, den der Regen macht.«

»Wieso hat er überhaupt herkommen können? Ich habe das nie erfahren.«

»Sie sind ziemlich krank gewesen.«

»Wurde die Anklage gegen ihn fallengelassen?«

»Das Ganze war längst eine Farce. Noch eine lustige Geschichte. Der *askari* hatte keinen offiziellen Rang. Er war nur ein amtlich nicht zugelassener Wächter von einem Juwelierladen auf der anderen Straßenseite. Daher wurde Walter aus der Untersuchungshaft entlassen, nachdem er eine Geldstrafe, eine Entschädigung an das Thorn Tree Café und die Krankenhauskosten des *askari* bezahlt hatte plus ein paar *shillingi* Schmerzensgeld für die Kilos, die der *askari* im Krankenhaus zugenommen hatte.«

»Da bin ich also um die halbe Welt gereist, um meinen Vater in einen Sturm hinauszuschicken; um mitzuerleben, wie er bei einem Flugzeugabsturz umkommt. Das nennt man Poesie.«

»Irwin . . .«

»Ja, Carr.«

»Ich weiß, daß Sie sich nicht gerade wie ein Turnlehrer an einem Frühlingsmorgen fühlen . . .«

»Wie ich meine Flitterwochen verbrachte.«

»Heute ist Dienstag. Heute abend geht eine Maschine nach London. Ich meine, Sie und Barbara sollten an Bord sein.«

»Ja?«

»Sobald das Wetter aufklart, werde ich euch nach Nairobi fliegen, eure Plätze buchen.«

»Na gut.« Fletch fingerte Schlamm aus seinen Augen. »Ganz wie Sie meinen. Sie sind ein echter Freund gewesen, Carr. Danke.«

»Lassen Sie das. Ich habe euch zu danken. Wenn Sie, Barbara und Juma nicht so intelligent gewesen wären, hätten wir die letzten Ruinen der Welt nicht gefunden.«

»Daß Sie sie gefunden haben, wird eine Berühmtheit aus Ihnen machen, Peter Carr.«

»Ja. Ich möchte heute noch nach Nairobi und den Fund melden. Den Beweis vorlegen. Die ganze Graberei an die Diener der Wissenschaft übergeben. Nachdem ich den Ort entdeckt habe, möchte ich mir nicht den Vorwurf einhandeln, ihn zu versauen.«

»Richtig. Entdecken, aber nicht einmischen. Mitgefangen, aber nicht mitgehangen.«

»Außerdem muß ich den Behörden natürlich den Tod von Walter

Fletcher melden, sie hier runterbringen.«

»Natürlich.«

»Bis dahin bleibt uns noch das Problem, daß die Polizei einen Unschuldigen des Mordes anklagt.«

Fletch schaute zu Carrs massiger Gestalt auf. »Wir werden nicht melden, daß Walter Fletcher der Mörder war?«

»Nur, wenn uns nichts anderes übrigbleibt. Warum sollten wir auch? Warum den Namen Walter Fletcher total in den Schmutz ziehen? Die Welt ist klein.«

»Sie denken dabei an mich.«

»Wenn es so aussieht, als ob sie den falschen Sack aufknüpfen wollten, melden Sie sich dann freiwillig?«

»Selbstverständlich.«

»Dann gäbe es einen Grund, sich freiwillig zu melden.«

»Vielleicht bleibt es ja ein ungeklärtes Verbrechen. Aber Dan Dawes –«

»Sie könnten doch heute morgen einen Augenzeugenbericht schreiben, der in der Herrentoilette des Flughafens beginnt und die Ereignisse von heute morgen einschließt. Vielleicht werde ich ihn Dan Dawes zeigen.«

»Einverstanden.«

»Sollten die Behörden auch nur annähernd vorhaben, einem anderen den Mord anzuhängen, werde ich Ihren Bericht offiziell vorlegen. Mal sehen, ob man Sie dann als Zeugen zurückholen will.«

»Scheint vermutlich das Vernünftigste zu sein.«

»Ich hole Ihnen Papier und was zum Schreiben. Ein Schluck Tee wäre jetzt auch nicht schlecht.«

»Carr? Warum reisen Barbara und ich so bald ab? Warum reisen wir heute abend ab?« Carr, der immer noch stand und die Wunde an seinem Arm nicht beachtete, sah Fletch von der anderen Seite des Zelts ausdruckslos an. »Ich dachte an ein Begräbnis. Meinen Vater . . . Die Aufregung um die Entdeckung . . .«

»Der Flugzeugabsturz wird untersucht werden«, sagte Carr. »Die Behörden werden hier sein. Universitätsleute werden kommen und die Ruinen besichtigen. Die Presse. Sie alle werden bis heute abend hier sein.«

»Na und?«

Carr trat einen Schritt näher an Fletch heran. Selbst im Licht der Morgendämmerung waren Carrs Augen klar, blau. Leise sagte er:

»Fürchten Sie nicht, daß Ihre Pässe Fälschungen sein könnten?«

In Los Angeles, als sie in ihren Paß schaute, hatte Barbara gesagt: *Woher stammt dieses Bild von mir?* Auch Fletch hatte sein Paßbild noch nie zuvor gesehen.

»Nun ja. Ich weiß, daß wir sie nicht selbst beantragt haben.«

Carr nickte.

»Ich habe alle Neuigkeiten erfahren.« Naß und verdreckt stand Barbara in Fletchs Zelt.

Auf seine Pritsche gestützt, die Kerosinlampe dicht zu sich gezogen, war Fletch gerade dabei, seinen Bericht über den Mord an Louis Ramon und den Tod von Walter Fletcher bei einem Flugzeugabsturz während eines Sturms zu schreiben.

Bevor er damit angefangen hatte, hatte er den größten Teil des Schlamms vom Regen abwaschen lassen.

Mein Vater starb nicht bei der Geburt.

Barbara sagte: »Ich weiß nicht, was ich davon halten soll.«

»Was du davon halten sollst?«

»Nein.« Sie blieb weiterhin einen Meter von ihm entfernt stehen.

Schweiß, Feuchtigkeit: Fletch hatte Mühe, das Papier zum Schreiben trocken zu halten.

»Wir müssen packen«, sagte Fletch. »Wir brechen heute abend nach Hause auf.«

»Sobald wir erst einmal hier im Camp waren, haben wir nie mehr richtig ausgepackt. Nur Unterwäsche.«

»Die kaputten Pullover und abgeschnittenen Skihosen brauchen wir wohl kaum einzupacken.«

»Ich werde sie in die Bäume hängen. Vielleicht tragen sie ja die Affen. Passen zu ihnen.«

»Trotzdem. Wir müssen umpacken.«

»Man kann nicht behaupten, daß ich mit Souvenirs überladen wäre.«

»Du hast ein paar Erinnerungen. Für die lange Reise.«

»Ich habe meiner Mutter nicht einmal eine Postkarte geschickt.«

»Du kannst ihr ja eine von zuhause schicken. Wo ist Carr?«

»In seinem Zelt. Er schreibt auch irgendwas.«

»Seine Version der Ereignisse.«

»Er sagt, seiner Meinung nach wird es so weit aufklaren, daß wir mittags starten können.«

Fletch schaute durch die Zeltluke, die Barbara schräg offengelassen hatte. »In dem Regen kann er nicht starten.«

Barbara sagte: »Ist mir bekannt.«

41

»Dein Vater war ein Mörder.« Barbara war dabei, sich an Bord der Mitternachtsmaschine von Nairobi nach London anzuschnallen. »Wäre das nicht ein gefundenes Fressen für deine Mutter? Wenn man an all die Bücher denkt, die sie auf der Suche nach dem Mörder geschrieben hat.«

Fletch war bereits angeschnallt. Er seufzte.

Er sagte nichts.

Er hatte eine lange Reise mit den anderen Fluggästen an Bord vor sich.

Er hatte eine lange Reise mit Barbara vor sich.

Nachdem sie aufgestiegen waren, das No-Smoking-Zeichen erloschen war, die Stewardessen den Fluggästen vorgeführt hatten, was sie tun mußten, falls das Flugzeug im Bach landete, und das Fasten-Seat-Belt-Zeichen erloschen war, sagte die Stimme über das Bordmikrofon: »Würde sich Fluggast Fletcher bitte melden. Mr. I. M. Fletcher?«

Barbara, die gerade dabei war, sich auf ihrem Sitz einzunisten, hörte die Bitte offenbar nicht.

Fletch holte tief Luft und schloß die Augen. *Haben Sie keine Angst, daß Ihre Pässe gefälscht sein könnten?* Weiterer Ärger konnte warten.

Erst am Nachmittag hatte es so weit aufgeklart, daß sie vom Camp starten konnten. Als er das Flugzeug vollpackte, machte Carr ein paar lahme Witze über die Skier. Keiner schaute die Landepiste hinunter zu der Stelle, wo an diesem Morgen ein Flugzeug zerschellt und in Flammen aufgegangen war; wo immer noch eine Leiche war.

Sie verabschiedeten sich mit gemischten Gefühlen voneinander. Die Arbeiter, einschließlich Winston und Raffles, sagten persönlich Auf Wiedersehen. Sheila umarmte und küßte Fletch, Barbara und Juma. Sie alle waren betrübt über den Abschied, betrübt über die Nähe eines schrecklichen Todes, und doch war jeder froh, daß etwas mit großem Aufwand Gesuchtes gefunden, eine historische Entdeckung gemacht worden war, und daß jeder Anteil daran gehabt hatte.

Fletch schaute auch nicht zu dem Brandloch im Wald hinunter, als sie abhoben.

Erst als sie auf dem Wilson Airport landeten, zog er seine neuen weißen Turnschuhe, das Gastgeschenk des Norfolk Hotel, an.

Juma und Carr halfen ihnen, ihr Gepäck zum International Airport zu befördern. Juma stand bei ihnen, während Carr ihr Rückflugticket zum Flugschalter brachte.

Die wenigen Leute, die sich zu dieser Stunde im Flughafen aufhielten, warfen neugierige Blicke auf die Skier.

Fletch sagte zu Juma: »Schöne Zeit.«

Juma legte den Kopf schief. »Tut mir leid.«

»Ihr habt Plätze in der Nachtmaschine.« Carr hielt ihre Tickets und Bordkarten in der Hand, als er zurückkam. »Euer Gepäck müßt ihr selbst durch den Zoll bringen. Habt ihr irgendwelches kenianisches Geld? Ihr müßt es zurückgeben.«

Sowohl Barbara als auch Fletch kramten die paar kenianischen Shilling hervor und reichten sie Juma. Lachend sagten sie beide: »Nein.«

Das Geld in der Hand, verbeugte sich Juma lachend.

Carr sagte: »Ich fürchte, ihr werdet lange warten müssen. Die Maschine fliegt erst um Mitternacht ab.«

»Das geht schon in Ordnung«, sagte Fletch. »Ich muß mich dringend setzen.«

»Werden Sie den Flug gut überstehen?«

»Klar. Ich habe die Erholung nötig.«

»Nun denn.« Carr schaute sich in dem nahezu menschenleeren Terminal um. »Es gibt da zwei Sachen, die ich erledigen muß.«

Fletch sagte: »Ich verstehe.«

»Eine erfreuliche, eine unerfreuliche.«

»Werden Sie für ein Begräbnis sorgen?« fragte Barbara.

Carr zögerte. »Oh, sicher.«

Fletch sagte: »Carr . . . Peter Carr, wir danken Ihnen«

»Nein, nein.« Rot werdend, wandte sich Carr ab und stoppte Fletchs Rede mit einer Handbewegung. »Machen Sie uns nicht verlegen.«

Barbara sagte: »Danke, Peter Carr.«

Fletch umarmte Juma. »Ich werde dich auf dem Bildschirm sehen, Kleiner.«

»Und ich dich auf den Comicseiten.«

Während Barbara Juma umarmte, umarmte Fletch Carr. Anschließend schüttelten sich alle reihum die Hände.

»Wiedersehen«, sagte Carr. »Fletch.«

Fletch sagte zu Juma: »Freunde?«

»Warum nicht?« sagte Juma. »Schöne Zeit.«

Fletch legte den Kopf schief.

Das Warten im Terminal schien kein Ende zu nehmen. Barbara las Zeitschriften. Fletch dachte über den Bericht nach, den er über den Mord an Louis Ramon und den Tod von Walter Fletcher geschrieben und Carr ausgehändigt hatte.

Langsam dämmerte es ihm, daß er noch eine Story schreiben mußte. Eine weitaus bessere Story als jene über Lawinen, Schlammrutsche, größere Erdbeben, Flugzeugabstürze, Eisenbahnunglücke, Massenmorde oder Anschläge auf Flughäfen, um die Frank Jaffe gebeten hatte. Er mußte die Story von Sheila und Peter Carr schreiben, die Story über ihre historische Entdeckung der Ruinen einer alten römischen Stadt an der Ostküste Afrikas.

Nachdem er darüber nachgedacht hatte, beschloß Fletch, Barbara nicht gerade jetzt zu erzählen, daß er vorhatte, aus ihren Flitterwochen eine Story für die Zeitung herauszuschlagen.

Barbara stupste ihn an. »Das bist du.«

»Was bin ich?«

»Man hat dich gerade ausgerufen. ›Würde sich Fluggast Fletcher bitte melden?‹ hat sie gerade gesagt.«

»Oh.«

Fletch hob die Hand. In den Gängen irrten Leute herum.

»Vielleicht kriegen wir eine Flasche Champagner gratis«, sagte Barbara. »Das wäre prima.«

»Du gibst die Hoffnung wohl nie auf, was?«

»Mr. Fletcher?«

»Ja.«

Die Stewardeß reichte ihm einen Brief.

»Postzustellung über den Wolken?« fragte er.

»Jemand hat ihn mit der Bitte an Bord geschickt, ihn Ihnen nach dem Start auszuhändigen. Möchten Sie etwas zu trinken?«

»Nein, danke.« Während er den Umschlag öffnete, sagte Fletch zu Barbara: »Er ist von Carr.«

»Oh. Kein Champagner.«

Der Brief lautete:

Lieber Irwin,

geplant war, daß dieser Walter Fletcher und ich, nachdem wir Dich und Deine Braut abgeholt und begrüßt hätten, Euch beiseite nehmen und uns in aller Ruhe erklären wollten.

Statt dessen verstand dieser Fletcher, daß er Euch am International Airport abholen sollte, und handelte sich, wie Du und ich ja wissen, seine persönlichen Schwierigkeiten ein.

Wie Dir jetzt klar sein dürfte, nimmt die kenianische Regierung ihre amtlichen Dokumente in der Tat sehr ernst. Aufgrund der Tatsache, daß dieser Fletcher im Gefängnis saß, sah ich ihn, Dich und Barbara plötzlich als Bordkanonen, die sich aus ihrer Verankerung gelöst hatten und nun auf dem Deck hin und her rutschten. Vergib mir, aber Du kannst sicher verstehen, daß ich nicht wollte, daß mein persönliches Schiff sank, nicht in diesem Augenblick meines Lebens.

Die Tatsachen sind folgende. Ich war zu jener Zeit in Kenia, als die englischen Kolonisten die Wahl hatten, entweder nach England zurückzukehren oder ihre englischen Pässe gegen die kenianische Staatsbürgerschaft einzutauschen. Ich war in Chile, Australien, Kolumbien geflogen, dann hier. Selbst ich war an dem Punkt angelangt, wo ich irgendwo hingehören wollte, nach Kenia. Während meines Aufenthalts in Kolumbien hatte ich etliche Großschmugglertypen ausgetrickst, mit dem Erfolg, daß etliche erschossen wurden, was sie mir, wie sich herausstellte, nur schwer verziehen. Deshalb tauchten hin und wieder merkwürdige Leute auf, die nach mir suchten, und ich mußte mich dann jedesmal im Busch verstecken, bis sie wieder abzogen. Eine lästige Sache. Jedesmal, wenn sie abzogen, hinterließen sie die Botschaft, daß sie mich so lange suchen würden, bis sie mich gefunden hätten.

Zur gleichen Zeit hatte Peter Carr sowohl in England als auch in Frankreich hohe Schulden, die er nicht bezahlen konnte. Ich habe die Art seiner Schwierigkeiten nie allzu gründlich erforscht, aber ich bin überzeugt, daß sie gravierend waren.

Peter war Engländer; ich Amerikaner.

In jenen Tagen, als es in den Behörden drunter und drüber ging, brauchten wir nur ein bißchen zu frisieren, um die Pässe austauschen zu können, meinen amerikanischen gegen seinen britischen, den ich dann wiederum gegen einen kenianischen eintauschte. Wenn danach jemand kam und nach Walter Fletcher suchte, fand er Carr und erschoß ihn nicht; wenn jemand kam und nach Peter Carr suchte, fand er mich und ließ mich entsprechend unversehrt.

So lebten wir jahrelang in Frieden.

Mir war klar, daß ich ein Risiko einging, als ich Dich und Deine Braut hierher einlud, aber eins, so dachte ich, das wir überstehen könnten.

Ich hatte nur zur Hälfte recht.

Vermutlich verdiene ich es nicht, daß man Deiner Mutter Gutes über mich berichtet. Wir sind jetzt erwachsene Menschen. Wir können nie wieder Kinder füreinander sein.

Wir waren Kinder, als wir heirateten.

Als ich in jener Nacht in Montana, nachdem ich gerade die Nachricht von Deiner Geburt erhalten hatte, zum Heimflug startete, herrschte Sturm, aber ich habe den Sturm nie erlebt. Ich landete kurz vor Einbruch der Dunkelheit auf einem kleinen, geschlossenen Flugplatz. Stell Dir, wenn Du kannst, im Geiste einen Jungen, einen Teenager, vor, der am Ende einer Landebahn eines kleinen, geschlossenen Flugplatzes in Montana im Cockpit seines Flugzeuges sitzt, während ein paar Meilen vor ihm ein Schneesturm wütet, ein sehr junger Ehemann, der gerade erfahren hatte, daß er ein sehr, sehr junger Vater war, der fröstelte, fühlte, dachte. Nicht nur meine Füße waren kalt. Es war nicht Josie, meine Frau, die ich ablehnte. Es warst nicht Du, Irwin Maurice, mein Sohn, den ich ablehnte (trotz Deines komischen Namens). Ich habe mich in jener Nacht selbst abgelehnt, die Vorstellung von mir, als Ehemann und Vater. In jener Nacht wußte ich mit absoluter Sicherheit, daß ich ein fürchterlicher Vater werden würde, ein fürchterlicher Ehemann, eine totale Enttäuschung, daß ich mehr Leid verursachen würde, als wir alle ertragen könnten. Nach Meinung dieses Knaben, der da frierend in der Dunkelheit in seinem Cockpit saß, bestand nicht der geringste Zweifel, daß Du ohne mich besser dran wärst. Ich hätte in jener Nacht gegen einen Berg fliegen können. Ich tat es nicht. Für uns alle entschied ich mich für die nächste Möglichkeit: zu verschwinden, aus Euerm Leben auszusteigen, meine eigenen Unfälle zu bauen ohne Euch als Opfer. Zwei Tage später, in Britisch-Kolumbien, las ich von meinem vermutlichen Ableben. Ich beließ es dabei.

Trotzdem weiß ich, daß ich Euch beiden viel Leid zugefügt habe. Durch die internationale Bruderschaft der Fliegerkameraden habe ich gelegentlich Berichte, Fotos von Euch beiden erhalten. Du bist hervorragend ohne mich zurechtgekommen; besser, meine ich, als

Du mit mir zurechtgekommen wärst. Die Geschichte, wie ich mir mühsam meine heutige Reife angeeignet habe, würde selbst dem zufälligsten, aber geduldigen Beobachter die Haare ergrauen lassen und das Rückgrat brechen. Ich habe es selbst kaum überlebt.

Auch wenn Du Deiner Mutter nichts Gutes über mich berichten kannst, könntest Du sie eines Tages vielleicht doch wissen lassen, daß ich ihre Bücher wie Liebesbriefe lese, die ich nicht verdiene.

Dir, mein Sohn, biete ich einen schlichten, aufmunternden Gedanken an: Man wird reif.

Ich weiß es zu schätzen, daß Du genügend gelinde Neugier aufgebracht hast, um mich besuchen zu kommen.

42

Was Fletch verblüffte, war der Name, mit dem der an ihn gerichtete Brief unterzeichnet war: *Fletch*.

David Wiltse

Der Hochzeitsgast

Polit-Thriller

Ullstein Buch 10415

ein Ullstein Krimi

Januar 1979, der Iran steht in Flammen, der Schah verläßt Hals über Kopf sein Reich. Aber wohin?
Mit 69 Millionen Dollar will er sich in den USA einkaufen. Doch dort interessieren sich gleich mehrere ehrenwerte Herrschaften für den persischen Schatz. Darunter ein in Schimpf und Schande aus dem Amt gejagter Präsident. Und dessen psychopathischer Killer.

Tucker Coe

Auf totem Gleis
Ullstein Buch 10418

Das hab ich nicht gewollt
Ullstein Buch 10424

Der Wachsapfel
Ullstein Buch 10436

Keine Schonzeit für Widder
Ullstein Buch 10443

Sag die Wahrheit, Kollege
Ullstein Buch 10455

ein Ullstein Krimi

Mitch Tobin war Polizist. Einer der besten. Aber während er eine Gangsterbraut becirct, wird sein Partner erschossen. Und Tobin geschaßt. Jetzt sitzt er daheim und baut aus Verzweiflung eine Mauer um sein Grundstück. Aber die Unterwelt begehrt des Detektivs Dienste.
Und mit der Arbeit lernt Tobin auch mit seiner Schuld umzugehen.

Tucker Coes Serie um Mitch Tobin markierte in den sechziger Jahren die Geburt einer neuen Generation von Privatdetektiven.